U0450843

名著好看在哪里

一只萧包子 著

© 中南博集天卷文化传媒有限公司。本书版权受法律保护。未经权利人许可，任何人不得以任何方式使用本书包括正文、插图、封面、版式等任何部分内容，违者将受到法律制裁。

图书在版编目（CIP）数据

名著好看在哪里 / 一只萧包子著 . -- 长沙：湖南文艺出版社, 2024.8. -- ISBN 978-7-5726-1970-0

Ⅰ . I106

中国国家版本馆 CIP 数据核字第 2024V20W10 号

上架建议：畅销·文学

MINGZHU HAOKAN ZAI NALI
名著好看在哪里

著　　者：一只萧包子
出 版 人：陈新文
责任编辑：张子霏
监　　制：于向勇
策划编辑：王远哲　王子超
文字编辑：刘春晓　王成成
营销编辑：黄璐璐　邱　天　时宇飞
封面设计：末末美书
版式设计：鹿　食
内文排版：谢　彬
插　　画：馒大头
出　　版：湖南文艺出版社
　　　　　（长沙市雨花区东二环一段 508 号　邮编：410014）
网　　址：www.hnwy.net
印　　刷：三河市天润建兴印务有限公司
经　　销：新华书店
开　　本：680 mm × 955 mm　1/16
字　　数：284 千字
印　　张：18.75
版　　次：2024 年 8 月第 1 版
印　　次：2024 年 8 月第 1 次印刷
书　　号：ISBN 978-7-5726-1970-0
定　　价：58.00 元

若有质量问题，请致电质量监督电话：010-59096394
团购电话：010-59320018

作者有话说

哎，不知道你在读书的时候，有没有遇到下面这些问题：

"我应该如何读书呢？"

"我读不进去书，我一读书就走神，还没读完就忘了。"

"我根本记不住书里的内容，这可怎么办啊？"

如果你正面临这些问题，那你就来对地方了，因为这些问题都是我在阅读生活中被观众、粉丝问得比较多的问题，为了不再当一个重复回答问题的无情机器人，我便把答案都给写下来了。刚好，这本书是一本引导你阅读一些名著的书，我觉得可以在这儿分享一下我的方法。

其实，阅读一点都不难！只要用对方法，你会发现读书是一件非常快乐的事情。

我的阅读方法来自一本非常经典的书——《如何阅读一本书》。我会将这本书里面的知识点和我自己的经验结合起来，分享给你，让你觉得阅读这件事，一点都不难。

通过总结，我发现只要重视以下三大点，就能轻松拿捏阅读！我们分别看一下这三大点：一是检视阅读，二是分析阅读，三是主题阅读。

从序号上来看，我们不难知道，层次越往下，其境界就会越高，我们在阅读中能感知到的东西就会越多。接下来，我们来一一分析这三大点。

检视阅读

（一）什么是"检视阅读"

这听上去好像是很难理解的东西，但实际上你不用被它的学名吓到，它其实并不难理解。检视阅读就是有系统地去粗读或者略读一本书。

（二）什么是"有系统"

这就像你有你自己的阅读步骤、看书的顺序。不过，如果你没有的话，也不用担心，我接下来会告诉你该怎么做的。

（三）"检视阅读"的作用

你可能会问，这个"检视阅读"有什么用呢？

我的回答是，这个"检视阅读"可以让你快速地分辨出这本书到底适不适合你，它对你有没有用，你能否接受它，你对它感不感兴趣，以及你对这本书的喜爱程度能达到多少。

其实，很多人不是不喜欢读书，也不是不会阅读，只是挑书环节出了问题。这就像一个从来没有吃过冰激凌的人，偶然的一天，他刚尝试吃冰激凌，就吃到一根非常难吃的冰激凌，那他这辈子大概都会觉得冰激凌也就这样了。

读书也是如此，你如果选不到适合自己的书，不会判断一本书值不值得读，那你接下来的阅读注定是唐僧取真经——要经历九九八十一难了。

（四）如何进行"检视阅读"

它的具体操作则分为"三点一面"，我们先来看看"三点"都是什么。

第一个"点"是先看书的序言。

你在阅读时会不会经常忽略一本书的序言，觉得序言并不重要，认为这是一些作者自吹自擂的话，对正文毫无帮助，直接选择跳过呢？

其实，这样是不好的，在一本好书中，序言绝对是有含金量的。你想一想，如果序言不重要的话，大家怎么会把序言放在内文的最前面呢？这就跟我们刷短视频一样，如果一个短视频的前几秒没有吸引到你的话，那你自然不会坚持看完这个视频。

一本书的序言就是一个短视频的前几秒。在序言中，你可以看到是谁在推荐这本书，还可以看到作者自己是怎么评价这本书的，包括他写这本书有什么初衷，他的态度能否打动你。阅读序言，可以帮助你做一些阅读之前的理解，而且序言一般都不会太长，读起来不会很久，毕竟时间才是金钱（浪费啥都不能浪费时间）。

看完序言之后，你通常就会知道，你还想不想看下去，或者你能不能看下去。如果你觉得不行、不能、不喜欢、不感兴趣，那你还是先把它放下，重新去挑更适合你自己的书。在选书上，我们首先要学会放弃，这样才能更好地展开阅读。

第二个"点"是研究目录页。

除看序言之外，看目录则是一个让人更加直接地了解全书的方式。目录大多都是展现一本书的结构，特别是知识类书籍。通过对目录的观察，我们很快就能知道这本书的具体章节有哪些，作者写了怎样的内容。凭此可以判断，你对这本书有没有兴趣。

一个好的目录就像是一张不错的美食宣传单，可以更好地燃起你"进食"的欲望。一旦有了欲望，你读起书来就事半功倍啦。

第三个"点"是兴趣跳读。

我观察了身边的一些朋友，发现他们读书时总有一个习惯，或者说他们很注重一个仪式感——看书必须从头开始看，从第一页翻到最后一页，认为完整、仔细地看完一本书才叫看书。

实际上，这种阅读方式并不是高效的，我们在很多时候会因为走神，最后什么也没记住。其实，在阅读时完全没必要这么做。在面对一本新书的时候，你如果只是想检验一下它好不好，其内容适不适合你，那我们完全可以挑出一些有可能感兴趣的内容进行阅读。

你挑选的内容可以是标题，可以是开头，可以是某一部分情节、某一个知识点……如果有充裕的时间的话，你甚至可以把全书快速地翻阅一遍。这一遍不用看得很认真,你也不用做笔记,只是快速地翻阅一下,让你对这本书有一个全局的印象就好。

经历这一遍翻阅,如果你觉得不错的话,那么之后再读这本书的时候,就会更容易理解一些。因为,你在这时候已经有了全局的视角,不会局限在某一章或某一个部分中了。

要注意的是,你在第一遍翻阅这本书的时候,不宜花太多时间,尽量在一个小时之内搞定。

以上就是"检视阅读"的三个"点"。看到这儿,你可能会问:完成"检视阅读"的好处是什么呢?

答案就是,你如果肯进行检视阅读,就能够有很大的概率避免看书时走神的情况。因为这些步骤都是需要自主操作的,你是带着"问题"在阅读的,你在阅读的时候会思考这本书的序怎么样、知识点怎么样、全局怎么样等等。

很多人之所以会在读书时走神,很大的原因就是搞不清楚自己为什么要读这本书,不知道这本书有什么地方吸引自己。甚至他们的阅读更多是因为随大溜,"大家都说这本书好,那我必须读一读,不读我好像就落伍似的",这些阅读目的都可能导致很低效的阅读。

以上这些就是"检视阅读"的三个"点"。说完这三个"点",我们再来看一看这个"一面"。

当你决定深度阅读一本书的时候,"不出意外的话,会出意外"。也许,正当你读到某个章节,看到某个知识点、某段描写的时候,你突然发现,坏了!你好像看不懂这本书的内容了。

"不出意外的话,会出意外"是网络用语,意指很有可能会出现意外。

你可能会发现,这个知识点是你没学过的,那个段落是你理解不了的,书中角色的名字没记住,搞混了书中的角色。有些作品甚至会让你一度怀疑这本书的作者的精神状态，你可能会发出这样的感叹："他不会有什么毛病吧？他这么写是什么意思？"

那么请问，你要是遇到这种情况的话，会怎么办呢？

我们先说说错误的解决方案吧。很多朋友这时会选择停下来，然后花费九牛二虎之力去搞懂这个情节、这个知识点，记名字，查资料，阅读文献，等你解决完这个问题，你会发现时间已经过去很久了，可能家里人都喊你吃晚饭了，你的阅读节奏也被打断了。至于这本书前面写了什么内容，你很有可能已经忘掉了，可以说这样做真的是赔了夫人又折兵。

而且，万一你花费了大量的时间，依旧搞不懂这个问题，那你的内心不免就会遭受"亿"点点的打击，这会破坏你的阅读心情。

> ""亿'点点"是网络用语，表达数量多或程度高。

还有一种可能，你停下来，花费了时间，但还是没解决这个问题，之后就算你放下这个问题，继续前行，但因为解决未遂，你在接下来的阅读过程中，大概率还会继续纠结着前面的那个问题，这渐渐会成为你的心理负担，导致你很可能放弃继续阅读这本书（这样实在是可惜）。

正确的做法是，在第一遍阅读的时候，面对看不懂的情节、知识点，你应该先跳过去，不要停下来。一口气读过去，你就会发现很快就会读到你能读懂的地方。前面不懂的地方等到第二遍阅读的时候再来解决就好。

举个例子，包子我在B站上传的视频里的代表作是解读《百年孤独》的。我是从高中就开始看《百年孤独》这本书的，说实话，我尝试阅读这本书很多次，都失败了，要么是读不进去，要么是读不懂。因为这本书里面的人名众多且重复，很多书中的角色都是同祖辈共用一个名字，而且作者马尔克斯的写作风格是时而跳跃的，这导致故事的时间线混乱复杂。大概是因为这些原因吧，我陆陆续续地读了好多年，但没有一次能够读完这本书。

直到二〇二二年，我有了把解读《百年孤独》做成视频的打算。在阅读过程中，我开始忽略我自己的问题，先读一遍，再读一遍，"两口气"读完这本书，我在读完后才大概知道这本书写了什么。

皇天不负有心人啊！原来这本书是在讲那样的一个故事！哪怕我还没有搞清楚里面一些细节，但我至少已经知道了整个故事的大概框架。于是，我就用后面读懂的情节倒推前面那些我看不懂的情节，然后再看一遍，慢慢地把情节和人物都捋清楚，做成了视频（在这本书里你也会看到我解读《百年孤独》的故事）。

这也是我在检视阅读中学习到的东西——抱着问题前行，知难而进，我们才会更有收获！

分析阅读

"分析阅读"，顾名思义，就是要我们去分析和思考一本书。我们在阅读中要知道我们的问题、目的。带着自己的问题与需求去阅读就是分析阅读。

可能，我这么说还是有点抽象的，我结合一种阅读时经常出现的情况再给大家说一下吧。

不知道大家在阅读的时候，有没有出现过这种情况：你拿起一本书，准备好好地沉浸在书中的世界。明明前几秒读着还好好的，但读着读着很快就开始走神。轻则进入想象世界，琢磨"我今晚吃啥呢？我在家吃还是出去吃呢"；重则拿起手机，开始一边玩手机，一边想"是不是有人找我，看看大家的朋友圈发了什么"。渐渐地，你会发现，书还没开始读呢，但天已经黑了……

如果你经常出现这种情况，那么"分析阅读"就十分适合你了，"分析阅读"的核心便是做一个有自我要求的阅读者。那么，怎么才能做到有自我要求呢？我们做到以下内容就够了。

我们在阅读时要有"功利性"。

是的，没错，这个"功利性"就是指读书一定要抱有目的。

你们是不是听着这句话感觉怪别扭的，因为平常听别人说的都是读书就是修身养性，这是一种修行，我们读书的目的性不能太强。

那他们说的对不对呢？我觉得对，但我认为这可能不适合我，我更倾向于阅读时必须要有"功利性"，否则很容易陷入"无心阅读"。

那么，如何才能有"功利性"呢？

刚刚已经说了，我们需要带着问题去书里寻找答案。比如我们要看一本教人如何理财的书，那我们看这本书的目的，就是要从里面学如何理财、如何拒绝当"韭菜"①，那么当你带着问题去阅读的时候，自然不会轻易分心，也就能充分地吸收书里的养分。

假如你不知道你自己有什么问题，也无法抱着问题阅读的话，那么，包子我在这儿给你提供几个问题的模板，你可以试着拿起一本书，在书里寻找问题的答案。

（1）整体来说，这本书在说一些什么事情？

（2）这本书说的有道理吗？是全部有道理，还是部分有道理呢？

（3）你为什么会觉得有道理呢？是哪个点或哪个段落戳中你了吗？

（4）这本书跟你有什么关系呢？你在读了之后有什么感受呢？

（5）你会不会再读一遍这本书呢？会是因为什么呢？不会是因为什么呢？

你现在就可以试着带着这些问题去阅读、分析，很快你会发现你可以做到专注地阅读。

当然，只有问题还是不够的，我们还要试图在书中去解决这些问题。那该怎么解决呢？其实，我们可以通过文字或者口头表达去把问题的答案表述出来。如果你已经意识到你可以很清晰地回答你自己提出来的问题，那就说明你已进行了一场高效的阅读，你是有收获的。

---

① 指那些被人利用、被套利的人群。——编者

主题阅读

"主题阅读"是阅读中的最高境界了，它是什么意思呢？它就是把整本书浓缩为一个主题去研究。比如说，你要研究《百年孤独》，《百年孤独》就是你的主题，那么仅靠一本书是绝对不够的，你需要更多的资料来支撑，包括作家的经历、作者所在国家的历史、对小说本身的解读文献等等。

这种"主题阅读"通常应用在写论文、书评、影视解读等领域，包子我做视频的时候，就用到了"主题阅读"。只有"主题阅读"才能给观众呈现出更多视角。

所以，"主题阅读"需要的阅读量是非常庞大的，但其也是相对高效的阅读方法。在这种阅读方法的支撑下，这本书已经不单单是给你提供知识，而是给你提供了一个研究的方向，它从唯一的选择，变成了选择之一。这就像你在组装一个机器人一样。这本书可能只是这个机器人的头部，你要把它组装起来可能需要很多本书，而且书与书之间还要互相呼应，这样最后组成的这个机器人才能动弹。

"主题阅读"就像是数学考试中最后的那一道大题，总是有人答不上来，但也有人得满分。所以，我们可以根据自己的阅读需求去选择适合自己的阅读方法。

阅读本应该是一件开心的事情，不要让自己被阅读束缚。

我希望你们能愉快地阅读完这本书。

另外，我在这儿也要特别感谢我的好朋友馒大头。这本书里的插画都是他画的，希望你们能喜欢。

目录

1 《百年孤独》 001
——七代人的繁荣与衰落,孤独与命运的轮回

2 《局外人》 071
——关于存在主义与人性疏离的辩题

3 《霍乱时期的爱情》 083
——一场跨越半个世纪的暗恋

4 《一九八四》 119
——一个连权利、思想、自由都受控制的"未来"世界

5 《堂吉诃德》 141
——一位为追求理想而陷入疯狂的骑士

6 《白鹿原》 163
——两大家族的兴衰,农村的风土人情与社会变迁

7 《三体》 213
——两个文明的碰撞,宇宙未来的探索

8 《基督山伯爵》 249
——一场酣畅淋漓的复仇

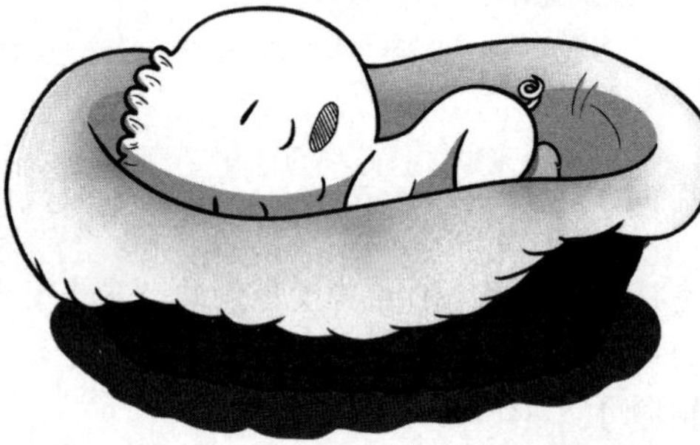

1

《百年孤独》

——七代人的繁荣与衰落，孤独与命运的轮回

  你或许没有看过这部小说，但你一定在某个角落听过它的名字，或者说感受过被它支配的"恐惧"。大家被劝退的原因有：人名太多，记不住；故事复杂，不知所云；不是不想读，而是真的看不懂……这样一部令许多人头疼不已的小说，怎么会变成人人追捧的世界名著呢？《百年孤独》真有这么神吗？被誉为"神作"的它到底讲了一个怎样的故事呢？

名著好看在哪里

> 听包子我娓娓道来，让你爱上读名著。

故事脉络

（一）被猪尾巴诅咒的族人

很久之前，在拉丁美洲的西北部，有一个名叫里奥阿查的地方，此地海盗猖獗，由于海上市场"内卷"，海盗竟然开始打劫到陆地上来。有一对阿拉贡商人夫妇，在这儿做一些小生意。有一次，这位阿拉贡商人的妻子在海盗打劫的过程中，受到了惊吓，她非常担心海盗会再一次"问候"他们。这位阿拉贡商人看到妻子担惊受怕成这个样子，便带着她和两个子女搬了家，来到山中一个印第安人定居的村庄，在这儿开始生活。

这个村庄里住着一位种植烟草的克里奥约人。经过一段时间的发展，这位克里奥约人决定和这位阿拉贡商人搭伙做生意。没承想，他们"八字"挺合，赚得盆满钵满，为各自的家族累积了一大笔财富。他们的后代因此成为世交，其中有一对男女即书中真正的主角，男主角名叫**何塞·阿尔卡蒂奥·布恩迪亚**（为了好记，我们就叫他**老何塞**），女主角名叫**乌尔苏拉·伊瓜兰**（为了好记，我们就叫

| 老何塞和乌尔苏拉 |

她乌尔苏拉）。

老何塞和乌尔苏拉是青梅竹马，两个人长大之后，要跟对方结婚，但他们的家长不同意，因为他们是表兄妹，属于近亲关系。在他们家族中，近亲结婚的，有过一个可怕的先例——会生出带有猪尾巴的小孩。

乌尔苏拉的表哥就是带着猪尾巴出生的，这导致他终生都要穿着肥大宽松的裤子。他也没有婚配。有一位屠夫朋友用一把斧头帮他砍掉了猪尾巴，结果猪尾巴没了，他也没了。虽然有先例在前，但年轻气盛的老何塞并不在乎，他决定迎难而上，最后他和乌尔苏拉顺利地结了婚。他们的日子也就这么过了下去。

有一天，村里举行了一场斗鸡比赛。一听到斗鸡比赛，老何塞没有任何犹豫地就报名参加了。双方选手分别是老何塞和"冤大头"**普鲁邓希奥·阿基拉尔**（为了好记，我们叫他**普鲁邓希奥**）。老何塞斗鸡很在行，他养的鸡可谓是鸡中的"战斗鸡"。三下五除二，老何塞就赢得了这场比赛。输了比赛的普鲁邓希奥不服气，就开始嘲讽他，说一些类似"斗鸡厉害有什么用啊？""一个大男人，你老婆的肚子这么久都没有动静，你是不是不行啊？"的话。

身为男人，老何塞哪能听得了这种话，他在现场撂下了狠话："你有种放学别走！"哦，不对，他说的是"我马上回来"。老何塞冲回家拿了一把长矛后回到了比赛场地，他用尽全身的力气把那把长矛投了出去，直接刺穿了普鲁邓希奥的喉咙。普鲁邓希奥被杀了，世界瞬间安静了。

没承想好景不长，虽然普鲁邓希奥死了有一段时间，但是老何塞和乌尔苏拉二人表示，他们经常能够在家里看见普鲁邓希奥的鬼魂，他们两个人便决定搬离这个地方。

他们要出走的消息很快就传到村里一些年轻男女的耳朵里，这群年轻人觉得在村里发展没意思，也想跟着他们出去闯一闯，在征得老何塞的同意之后，就收拾行李同他们一起出发了。一群人就这样离开了村庄，一路向北，走了

名著好看在哪里

二十六个月。乌尔苏拉还在旅途中顺利地产下一名健康的男婴——非常健康，没有猪尾巴。这个男婴就是他们的大儿子——**何塞·阿尔卡蒂奥**。

他们走到一条河的河边，这儿的景色不错，大家决定休息一下，就在当天晚上，老何塞做了一个梦，他梦见这个地方耸立起一座喧嚣的城市，家家户户以镜子为墙，他甚至在梦里得到了这个地方的名字——马孔多。醒来之后的老何塞说服大家相信他们永远也找不到大海，并决定在此定居。大家也没有反对，便开始了各种生产建设的工作。这期间，乌尔苏拉有了第二个孩子，这个男婴名叫**奥雷里亚诺**，他很健康，也没有尾巴。

《百年孤独》的故事在这儿就正式展开了，老何塞一家四口和一群年轻男女就在这个叫马孔多的村庄里，写下了一系列长达百年、涵盖七代人的魔幻家族史。

| 马孔多大全景 |

《百年孤独》

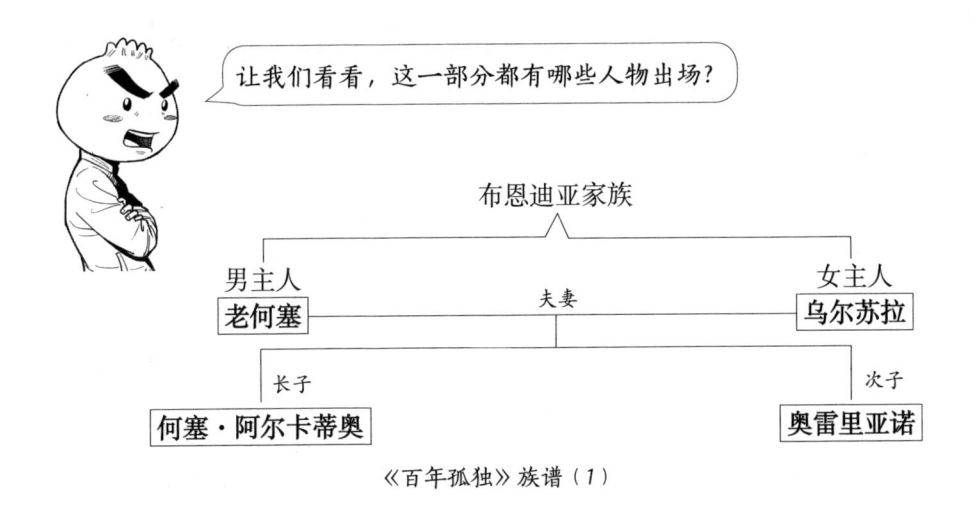

让我们看看，这一部分都有哪些人物出场？

```
           布恩迪亚家族
        ┌──────┴──────┐
      男主人          女主人
      老何塞 ──夫妻── 乌尔苏拉
        │              │
       长子            次子
   何塞·阿尔卡蒂奥    奥雷里亚诺
```

《百年孤独》族谱（1）

（二）爱折腾的老何塞

每年的三月前后，马孔多都会迎来一群兜售小商品的吉卜赛人，其中有个人叫**梅尔基亚德斯**（为了好记，我们叫他**老梅**）。他带来的小商品在马孔多算得上顶级"黑科技"，比如磁铁，村民们看到老梅拿着磁铁把铁做的玩意都吸了过去。

老何塞见此动起了心思："哎，这个玩意这么能吸，我若拿它去吸地下的金子，那马孔多的人们岂不发财了？"老梅提醒老何塞磁铁是干不了这个的，但老何塞不信，他拿一头骡子和一对山羊换得了磁铁。自磁铁入手后，老何塞整天勘测土地。不出所料，老何塞失败了，他在这场闹剧中唯一的收获就是用磁铁找到了一副生锈的铁盔甲。

过了一段时间，吉卜赛人又来了，他们这次带来了望远镜和放大镜。老梅在村民们眼皮底下，表演了用放大镜聚光凭空点燃干草。老何塞看到这个表演后，心中又生一计，如果拿这玩意去打仗的话，岂不天下无敌了？老梅拗不过他，最后同意让老何塞"以旧换新"——用磁铁和三枚金币换取了放大镜。

如获至宝的老何塞，整天捣鼓放大镜，甚至还拿他的身体做实验。好消息是实验很成功，坏消息是老何塞身上多处被烧伤，他还差点把房子烧了。经过不懈的实验和总结，他写出了一本《阳光作战：从入门到入土》的手册，还把手册邮寄给当地的政府，他希望能把这项技术用在战场上，保家卫国！可有哪个政府会要这种秘籍呢？

老何塞心灰意冷地过了几年，等到再次与老梅见面，老何塞一把鼻涕一把泪地把前面整个过程细说了一遍，不仅感动了自己，也感动了老梅。

看到老何塞都这样了，老梅于心不忍，不仅收回放大镜，退回了那三枚金币，还额外赠送给他一本德国修士的星相学研究成果，其中包括了罗盘、六分仪的使用方法。老梅希望老何塞善用这些工具，换一个赛道继续努力，比如研究科学。

收到新礼物的老何塞发愤图强，全然不顾妻子乌尔苏拉和两个孩子。在这种状态下，老何塞发现了一个惊天大秘密——地球是圆的！他立马跑回去告诉他的妻子和孩子。听完老何塞的这个发现，乌尔苏拉这下彻底怒了，她认为老何塞整天什么正事也不干，于是她把心中长期积压的不满情绪都爆发出来——乌尔苏拉把老何塞的星盘砸碎了。

不过，老何塞并没有"悔改"，他还向村民们宣传他的新发现。村民们认为他不仅有病，而且病得不轻。

就在老何塞掉入马孔多的舆论旋涡中时，老梅又来了，他证明了地球确实是圆的。为表敬佩，老梅在临走前赠送给老何塞一间炼金实验室，以鼓励他继续研究科学。千里马终于遇上伯乐了，老何塞开始炼金！

但是，他想炼金的前提是得有金，没金的话怎么办？老何塞便开始尝试给他妻子洗脑："妻子啊，你把金子拿出来给我炼一炼吧，你就当定期投资，长期收益肯定很不错。"

乌尔苏拉的耳根子一软，拿出了三十枚金币，老何塞就这样获得了第一笔投资。转眼间，一堆金子被丢进坩埚，变成一坨油渣。乌尔苏拉崩溃了，这就是她丈夫所谓的投资吗？这三十枚金币可是她全部的家当。

| 老梅忽悠老何塞炼金 |

> 所以说投资有风险，入市须谨慎啊，朋友们！

在这节骨眼上，吉卜赛人又来了。乌尔苏拉发动了村里人一起抵制，"你们这帮坑人的商贩"。虽然村里人怒气冲天，但是好在吉卜赛人有"黑科技"防身，他们开始向村里人展示从外面带来的产品，成功地转移了村里人的注意力。

村里人看得一愣一愣的，老何塞也陷入了沉思与迷茫，他开始意识到马孔多是多么落后，要产品没产品，要科学没科学，他必须打通这儿和外界的联系。于是，老何塞组织起村里人，打算来一场寻找新出路之旅。他们一路向北，最终发现马孔多的周围基本都是海，马孔多原来是在一座半岛上，他们出不去了。

回到马孔多的老何塞一蹶不振，甚至提出了搬家的方案，不过乌尔苏拉不同意，她暗中组织"妇联"一起反对男人们的突发奇想，大家好不容易扎下根，怎么能说走就走呢。但老何塞没有完全放弃。有一天早上，他对妻子说："既然没人肯走，那我们自己走。"

　　乌尔苏拉一哭二闹三上吊地拒绝了老何塞的这个离谱要求，看到妻子如此坚决，老何塞也不再相劝。他往窗外望去，发现原来他的两个孩子竟然都这么大了，他竟然错过了孩子们的成长，老何塞认为他应该把宝贵的时间都留给孩子们。

　　说到这两个孩子，我们再来介绍一下。老大叫何塞·阿尔卡蒂奥，今年十四岁，发育非常迅速，身材魁梧。老二叫奥雷里亚诺，今年六岁，平日沉默寡言、性格孤僻，但富有想象力。老二似乎有一种与生俱来的超能力——能预言出生活里即将发生的事。

　　醒悟的老何塞开始当起全职奶爸。某一天，老何塞在和孩子们上课时，突然之间，发现外面"锣鼓喧天""鞭炮齐鸣"。噢，吉卜赛人又来了，老何塞借此机会带两个孩子开开眼。父子三人都见识到神奇的"黑科技"之后，老何塞想找到老梅来解释"黑科技"背后的奥秘，在寻找之后才知道老梅已经死了！这个打击对老何塞来说是巨大的！忽然，老何塞发现了这次吉卜赛人带来的一款旗舰产品！不给钱还不让他看！在他花了三十里亚尔之后，父子三人被带到一个帐篷里的一个箱子面前，箱子里面有一个冒着寒气的透明块状物体——冰块。

　　老何塞先是付钱让两个儿子获得了一次摸冰块的机会，然后又付了五里亚尔，为了亲自摸冰块。当老何塞把手放到冰块上的那一瞬间，他又想起了当初做的那个梦，用镜子建造起来的喧嚣都市，他庄严地对孩子们说，这是我们这个时代最伟大的发明。

（三）全村患上失眠症

没多久，乌尔苏拉又怀孕了。怀孕后，乌尔苏拉做起家务力不从心，这时，有个叫**庇拉尔·特尔内拉**的女人来帮乌尔苏拉（为了好记，我们就叫她**庇拉尔**）。

庇拉尔早期经历很是坎坷，她十四岁被强奸，后来被渣男欺骗、背叛等等，不过她依然笑对生活，性格十分开朗，精通用纸牌算命之道。在一次闺密交流中，乌尔苏拉向庇拉尔透露她的担忧，大儿子何塞·阿尔卡蒂奥体格健硕，但某些部位过于突出，她担心这和家族里表兄的猪尾巴一样，是不正常的表现。庇拉尔笑了笑，说道："他会很幸福的，过几天，我过来算上一卦，帮你看看。"没过几天，庇拉尔就带上纸牌找到了何塞·阿尔卡蒂奥，在他们家的谷仓里算命！对外说是算命，实际上是发生关系，年轻气盛的何塞·阿尔卡蒂奥从此以后一发不可收地爱上了算命。

一个周四的凌晨，乌尔苏拉的第三个孩子出生了，是个女孩，名叫**阿玛兰妲**。幸运的是她也没有猪尾巴。大约在阿玛兰妲出生第四十天，吉卜赛人又来了，但这群吉卜赛人，不再宣传科技使人进步，渐渐变成了贩卖娱乐的商人，整个村庄陷入欢愉之中，有点娱乐至死的味道。何塞·阿尔卡蒂奥沉浸在娱乐盛宴中时，庇拉尔告诉他："你就要有儿子了！"何塞·阿尔卡蒂奥立马就被这句话给镇住了，他大吃一惊，他怎么平白无故地当了爹呢！不知道该怎么面对这个情况的他，连续好几天都没有出门，他在家里吃不下饭，也睡不着觉！他实在没想明白，他还是孩子，怎么就会有孩子了呢？

> 孩子不都是从垃圾桶里捡来的吗？

一天晚上，他决定出门去散散心，意外邂逅了一位吉卜赛女郎，两个人在此刻对上了眼，占有天时地利人和，何塞·阿尔卡蒂奥就和这位吉卜赛女郎发生了一夜情。在这群吉卜赛人即将离开马孔多时，何塞·阿尔卡蒂奥打算跟着他们一起走，远离这个让他当上父亲的地方。

何塞·阿尔卡蒂奥这么一走，乌尔苏拉非常着急，二话不说就出门找大儿子去了！见乌尔苏拉不见了，老何塞也是着急的！于是就将小女儿阿玛兰妲托付给别人照顾，他带上村里人出门找起了乌尔苏拉。大家足足走了三天！连人影都没看着，只能返回马孔多。

在接下来的几周里，老何塞又当爹又当妈。过了一段时间，乌尔苏拉终于回来了！虽然她没找到何塞·阿尔卡蒂奥，但是她带回了一群住在附近的人，那些人居住的地方距离马孔多只有两天路程。

老何塞万万没想到，妻子找到了通往外界的路，马孔多原来不是"孤岛"，紧接着乌尔苏拉把她带回来的印第安女人和印第安男人安排在家里做用人。乌尔苏拉回来后，庇拉尔与何塞·阿尔卡蒂奥的孩子也出生了，乌尔苏拉和老何塞最终决定亲自养这个孩子，给他取名为**阿尔卡蒂奥**。随着新成员降生，马孔多的人也慢慢增多，老何塞看着马孔多日益繁荣也闲不住了，开始指导起村庄建设，像修桥、铺路、贸易进出口等等。村庄开始向前发展，乌尔苏拉开起了店，小生意十分红火。老何塞投身建设新农村之后，奥雷里亚诺便继承了父亲的衣钵，掌握了炼金的核心技术，阿玛兰妲和婴儿阿尔卡蒂奥，都交给了家里的印第安女人照顾。

有一天，奥雷里亚诺跟母亲说，他预感到家里要来人了，果然到了周日，几个商人带着一个叫**丽贝卡**的女孩来到家里。同时还带着她父母的骨灰以及一封信。信里说，丽贝卡是乌尔苏拉的远房表妹，乌尔苏拉则表示他们说是就是吧，毕竟无法验证，于是就把丽贝卡收养在了家中。丽贝卡过了很久才融入这个大家庭，但她身上依然有怪癖，她喜欢吸手指和吃土。吸手指还能被接受，但吃土是什么爱好呢？家里人发现她的怪癖后，开始对她进行严格的管控，日复一日，她才慢慢好了起来。这个吃土其实是故事对拉丁美洲（简称拉美）现实历史的一个折射。

才过了几天安生日子,一天深夜,家里的印第安女人发现丽贝卡坐在摇椅上吸着她自己的手指,双眼就跟猫眼一样在黑暗里泛着光,她立刻就察觉到这是失眠症。印第安女人立马把她的发现告诉家里人,并跟大家介绍起失眠症。简单来说,失眠症是一种传染病,患者初期睡不着觉,后期记忆力开始衰退,最后开始遗忘。人们会渐渐忘记所有的事物,包括自己是谁。印第安女人就是因为故乡的人都得了这种病,才背井离乡出来打工的。家里的印第安男人察觉到这是失眠症后,天没亮就溜了。

得知这个消息的布恩迪亚家族不以为意,表示现在有几个年轻人不熬夜呢?偶尔睡不着不碍事,不要小题大做。渐渐整个村庄的人都开始睡不着觉。日复一日,大家的记忆力逐渐下降,开始忘记一些事情。很长时间,人们都在抵御失忆中度过。直到一天,一位衣衫不整的老人,来到老何塞家门口,递给老何塞一瓶淡色的液体,老何塞喝下之后,慢慢感觉到他的记忆逐渐恢复!恢复记忆的老何塞认出了眼前的这位老人!他就是吉卜赛人老梅!

> 咱们的老朋友限时返场了!

聊到这儿,可能有朋友会问,老梅不是"领盒饭"(死)了吗?怎么这会儿又出来了?

这就是马尔克斯魔幻现实主义的一种写作手法,超能力、死而复生、鬼魂这些设定都是这本书里存在的,大家见怪莫怪。有时候,我们就是需要借助想象的力量,才能更好地看清我们的现实。

随着老梅的到来,全村的失眠症都好了,老梅决定留下来和老何塞一起

| 复活的老梅 |

发展新农村。老梅为此还特地准备了重生见面礼，他准备了一台照相机，在村里开了家照相馆。随着大家痊愈，马孔多也恢复了往日的秩序，再次走上发展之路。随着马孔多的发展，村里渐渐有了以娱乐为主的店铺，有点类似于咱们今天的夜总会。与此同时，老梅发现他干不动了，索性把照相馆的经营权让给了老何塞。

村里在扩建，老何塞家里的人也没闲着，丽贝卡、老三阿玛兰妲和孙子阿尔卡蒂奥都渐渐长大，乌尔苏拉发现家里太小不够住，于是就拿出了半辈子的家当扩建家宅。就在新家装修好时，政府派了个领导——里正来视察马孔多，里正发现马孔多的氛围十分不错，"民风淳朴"，带着一家老小一起入住了马孔多。里正家中一共有七个女儿，其中一个叫**蕾梅黛丝**。奥雷里亚诺一眼就爱上了蕾梅黛丝，但这时的蕾梅黛丝年纪比较小，而奥雷里亚诺已经是成年人了。

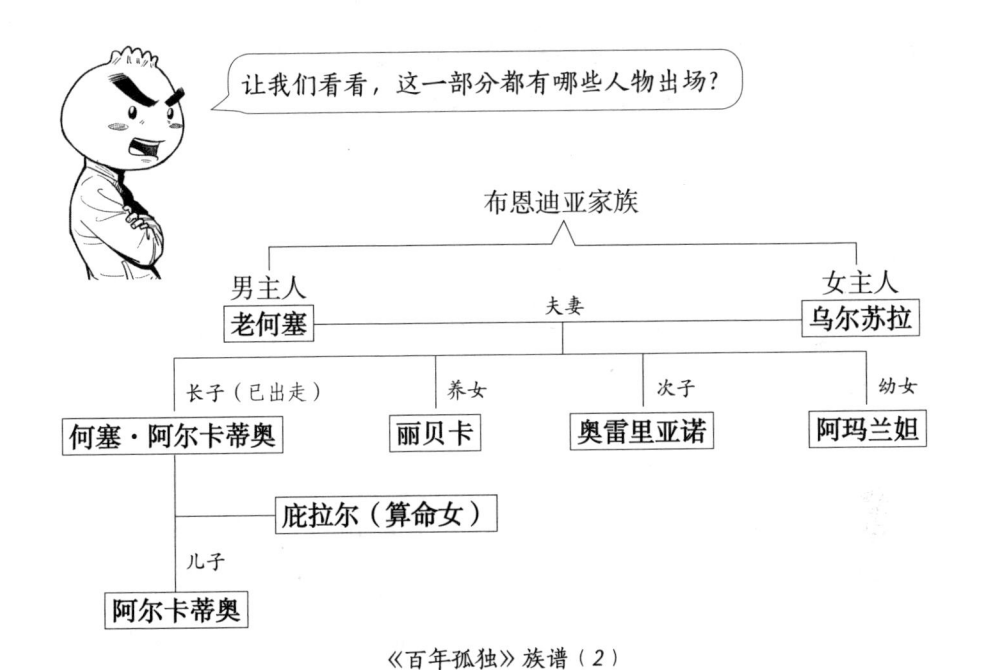

让我们看看，这一部分都有哪些人物出场？

```
                布恩迪亚家族
                    ┌─┴─┐
         男主人              女主人
         老何塞    ——夫妻——   乌尔苏拉
    ┌───────┬────────┬────────┐
  长子(已出走)  养女      次子       幼女
  何塞·阿尔卡蒂奥  丽贝卡   奥雷里亚诺   阿玛兰妲
    │
    ├── 庇拉尔（算命女）
  儿子
  阿尔卡蒂奥
```

《百年孤独》族谱（2）

（四）老何塞家的三角恋

新家建成，乌尔苏拉在家里组织起晚会，还置办了一架自动钢琴。这家钢琴店承诺只要买钢琴就送钢琴师，尽全力做好售后服务。钢琴师的名字是**皮埃特罗·克雷斯皮**（为了好记，我们就借用《海上钢琴师》中主角的名字，叫他"1900"）。"1900"一出场，就博得布恩迪亚家族中大部分人的好感，帅气、绅士、多才，简直可以说是完美，丽贝卡以及阿玛兰妲，几乎同时对"1900"动了心。舞会结束后，钢琴师"1900"完成了工作，就收拾东西离开了马孔多。他这一走，丽贝卡和阿玛兰妲两个人都开始思念起"1900"。尤其是丽贝卡，她一开始只是哭泣，到后来她甚至因为思念过度而旧病复发，重新吃起了土。

一天下午，里正的一个女儿**安帕萝**来参观布恩迪亚家族的新家，丽贝卡和阿玛兰妲一起接待了她，安帕萝趁着阿玛兰妲分神那一瞬间，把一封信偷偷塞给丽贝卡，这正是"1900"写的情书，看来丽贝卡不是单相思。丽贝卡这边的恋情有了眉目，可奥雷里亚诺那边却过得浑浑噩噩，他总是找不到机会和蕾梅黛丝见面，度日如年，终于在一天下午，奥雷里亚诺在炼金作坊里组装小金鱼的时候，听到了蕾梅黛丝的声音，抬头一看果真是她。两个人见面后，蕾梅黛丝对奥雷里亚诺组装的小金鱼很好奇，问了几个关于小金鱼的问题，但奥雷里亚诺因为太紧张，说不出话，最后还把蕾梅黛丝给吓跑了。

> 典型的给机会都不中用的类型，妥妥的反面教材，咱别学。

蕾梅黛丝这么一跑，奥雷里亚诺备受打击，每天跑去村里的夜总会买醉。有一天半夜，他喝得酩酊大醉，走到一处陌生的房子里，见了房门就敲，房子主人开门的一瞬间，奥雷里亚诺傻眼了：他怎么走到他前大嫂庇拉尔那儿了。庇拉尔见到小叔子，倒没有慌张，而是很自然地把奥雷里亚诺接进家里，照顾起醉酒的他。两个人一开始是挺正常的，后来不知道怎么回事，两个人竟然发生了关系。后来，奥雷里亚诺跟庇拉尔谈心，说他喜欢一个女孩子，爱而不得。庇拉尔问是谁家的孩子，奥雷里亚诺回答是蕾梅黛丝，庇拉尔直接笑出了声，决定帮奥雷里亚诺一把。她让奥雷里亚诺放心，蕾梅黛丝会自愿嫁给他。

不知道这是不是庇拉尔暗自算命算出来的，但她说得可真准，没过多久蕾梅黛丝就自愿嫁给奥雷里亚诺，里正也同意了。家有喜事，这本应该是个好消息，但是碍于家里的氛围，现在还不能把这个好消息放到台面上说。他的家里是发生了什么事呢？经历了上次的情书事件后，丽贝卡和"1900"已经偷偷地在一起，谈起了异地恋，她因等不到恋人的回信而陷入绝望，而阿玛兰妲因为爱而不得，陷入了单相思，思念无果的两个人相继病倒，乌尔苏拉只能亲自照顾两个女儿的生活起居。

最后家里还是知道了奥雷里亚诺要结婚的事情，当老何塞得知二儿子想娶蕾梅黛丝时，他大发雷霆："娶谁不好，偏偏要娶里正的女儿。"乌尔苏拉反倒赞成这门亲事，老何塞这一听，提出了条件：奥雷里亚诺可以娶蕾梅黛丝，但作为交换,必须让丽贝卡嫁给"1900"。

丽贝卡听到老何塞这么一说,病直接好了,她给"1900"写了一封信告知这个消息。阿玛兰妲得知这个消息后,表面上同意了这门亲事,但实际上她在心中默默地发誓,丽贝卡别想顺利地结婚,除非从她的尸体上跨过去。后来,老何塞一家去了里正家里提亲,里正知道这个家族的实力,便同意了这门婚事。

家里有人长大,便有人老去,吉卜赛人老梅正在以肉眼可见的速度衰老。直到一个清晨,孙子阿尔卡蒂奥在河里洗澡时,从河流里发现老梅的尸体,老梅又"领盒饭"了……

老梅成了马孔多成立以来,第一个过世的人。为了感恩老梅给马孔多带来的变化,村民们纷纷赶过来给他守灵。"1900"闻此消息也来到马孔多,借着老梅的葬礼,"1900"跟丽贝卡、阿玛兰妲重新相聚。重新见到"1900"的阿

| 老梅彻底离开 |

玛兰妲决定鼓起勇气向"1900"告白！毕竟他还没结婚，她还是有机会的。"1900"听到阿玛兰妲的告白后，认为这是小女孩开的玩笑，还打趣道他家里有个弟弟，到时候把弟弟介绍给阿玛兰妲。阿玛兰妲听完直接发怒了，她决定破坏"1900"和丽贝卡的婚姻。

很快，"1900"就意识到阿玛兰妲不是开玩笑的，她真的在一步一步地阻止他结婚。他把这份威胁告诉给丽贝卡，乌尔苏拉也知道这件事了。乌尔苏拉认为这是女儿一时生气，转移一下注意力就好了，她立马给阿玛兰妲安排了旅行，家里的家务就由丽贝卡和那个印第安女人撑起来。至于这个时候的奥雷里亚诺，他只能一心教导未来的妻子读书写字，顾不了别的。

> 可谓两耳不闻窗外事，一心只顾谈恋爱。

又一天，奥雷里亚诺正在炼金房里炼金，庇拉尔前来表示她怀孕了，孩子正是奥雷里亚诺的。奥雷里亚诺得知这个消息后，欣然接受，并给这个孩子取名为**奥雷里亚诺·何塞**（为了好记，我们就叫他叫**小奥雷**）。比起未婚先得子的消息，还有另外一个消息让奥雷里亚诺更加烦恼，那就是他父亲老何塞发疯了。

自老梅死后，老何塞整天都是稀里糊涂的，寻找着已逝的老友们，像老梅，还有更久远的普鲁邓希奥。寻找无果的老何塞自认为被困在时间里，好像每天都在重复，每一天的日子都是一样的，这令他很不解，于是他抄起家伙，开始砸毁炼金室、照相馆，他试图逃出这个空间，想活得不一样，可是在别人的眼睛里，他只是发了疯。奥雷里亚诺看到这个情况，向邻居求助，来了十几个人将老何塞按在了地上，最后把他吊在了树上，乌尔苏拉和阿玛兰妲回家的时候，老何塞已经失去理智，认不出她们了。乌尔苏拉于心不忍，帮老何塞解开勒烂他手脚的绳索，只留下他腰间的那捆绳索，让他舒服一点。

过了几年，蕾梅黛丝长大了，在三月的一个周日，奥雷里亚诺和蕾梅黛丝结为了夫妇。虽然蕾梅黛丝刚刚长大，不过她的仪态十分端庄，露出这个年龄不该有的成熟，众人欢喜。此时唯一不欢喜的就是丽贝卡，因为今天本来也是她和"1900"的大喜日子，只不过"1900"在结婚前收到了一封信，信里说"1900"的母亲病危，请他速速回家。被爽约的丽贝卡很伤心，可没有办法，这是一个需要被谅解的理由，好在当时婚礼上有一个神甫安慰了丽贝卡，说丽贝卡看似不幸，实际上是幸运的，因为马孔多的教堂已经开始搭建，延期结婚的她，可以在马孔多的第一个教堂里面举办婚礼。听到这儿，丽贝卡又重新燃起了对婚姻的希望，她好奇地问神甫教堂还有多久完工，神甫说需要三年。

> 居然还要再等三年，人生还有多少个三年经得起等待？再等下去，隔壁家的孩子都能打酱油了。

丽贝卡将这个消息告诉了"1900"，说她想在教堂里结婚。"1900"听后表示不可思议。但是没办法，他架不住丽贝卡的要求，"1900"只好天天去教堂里监工，甚至自掏腰包赞助施工队，让他们加快施工速度，随着教堂进展越来越快，婚礼也渐渐提上日程。家里的生活一切如旧，新进门的蕾梅黛丝做起家务得心应手。她接受奥雷里亚诺和嫂子庇拉尔的孩子小奥雷，还把他视为自己的长子，全家因为蕾梅黛丝的到来，显得其乐融融，甚至丽贝卡和阿玛兰妲吵架的时候，只有蕾梅黛丝能让她们停止争吵。

不久后，蕾梅黛丝顺利怀孕。在她怀孕期间，丽贝卡和阿玛兰妲暂时休战，着手给她未来的孩子做衣服，布恩迪亚家族迎来一段少见的温馨时光。村里的教堂竣工，丽贝卡和"1900"的婚礼如期而至，丽贝卡很开心，但阿玛兰妲说过，只要她在，就不会让婚礼顺利举行，她在一杯咖啡里下了一种名为鸦片酊的毒物，想用这杯咖啡来毒死丽贝卡，从而阻止婚礼。

整个计划很完美，但意外还是发生了，蕾梅黛丝误喝了那杯咖啡，最终在深夜里中毒身亡，她腹中的孩子也一起走了。知道做错事的阿玛兰妲受到了良

| 蕾梅黛丝误食毒药 |

心巨大的谴责,乌尔苏拉更是宣布全家闭门谢客,为蕾梅黛丝守丧,并吩咐全家及后人,要在蕾梅黛丝的遗照前点起一盏长明灯,子孙们要保持灯火不灭,以表示布恩迪亚家族对蕾梅黛丝深深的喜爱以及无尽的愧疚。"1900"闻此消息也前来探望,他和丽贝卡默契地知道,发生了这种事,他们的婚事怕是遥遥无期了。蕾梅黛丝走后,阿玛兰妲肩负起了照顾小奥雷的职责,好不容易成家的奥雷里亚诺,则是回到了炼金作坊,闭门不出,逐渐自闭。

一天下午两点,一位身材魁梧的大汉的到访,打破了家族的安静氛围,乌尔苏拉一眼就把他认了出来,他就是当年出走的何塞·阿尔卡蒂奥。他回来了。根据他的口述,这几年他走南闯北,吃了上顿没有下顿,他还描述了他的各种冒险故事。他到家以后睡了三天三夜,醒了之后,什么事都不干,听说村里开了"夜总会",便直奔"夜总会"。身材魁梧的他,很快就在那儿得到姑娘们的青睐。何塞·阿尔卡蒂奥发现他竟如此有市场,便在马孔多以此为生,做起了皮肉生意。何塞·阿尔卡蒂奥,白天吃喝玩乐,晚上去夜总会卖力气。只有乌尔苏拉默默为大儿子担心，好好一个小男孩怎么变成这样了呢？

渐渐地，家里的人都不怎么喜欢他，只有一个人例外，那就是丽贝卡，因为丽贝卡第一眼见到何塞·阿尔卡蒂奥的时候就被他征服了，仿佛这才是她心中男人的模样。她寻找一切借口去接近何塞·阿尔卡蒂奥，他也不讨厌丽贝卡，甚至还夸赞丽贝卡很有女人味，此时的丽贝卡已然忘记她是"1900"的未婚妻，不仅忘记，她还做出了更出格的事情——她和何塞·阿尔卡蒂奥私下结成了夫妇。就在仪式举行的前一天，何塞·阿尔卡蒂奥特地去了"1900"的商店，"官宣"了他和丽贝卡结婚的消息，真的是杀人诛心，面对这个消息，"1900"自然接受不了，但在魁梧的何塞·阿尔卡蒂奥面前也没有办法。何塞·阿尔卡蒂奥对"1900"说："好吧，如果您真喜欢我们家，那还有阿玛兰妲呢。"

阿玛兰妲："你礼貌吗？"

乌尔苏拉得知大儿子将要和养女成亲这件事情之后，一气之下把他们赶出了家门。被赶出来的他们，就在村里的墓地旁租了一间小屋子，打算在这儿过起他们的小日子，得知消息的奥雷里亚诺，顾及兄弟之情，便给他大哥添置了一些家具，还给了一些钱。而乌尔苏拉感觉自己家对不起"1900"，也不知道怎么补偿，只能安排他每周二来家里吃上一顿饭，顺便把阿玛兰妲介绍给他。往后的日子里，"1900"还真对阿玛兰妲有了感情。有了上次的经验，这一次"1900"迅速地向阿玛兰妲求了婚，想要快刀斩乱麻，但可惜阿玛兰妲没有接受，表示他们之间还需要再互相了解一段时间。

奥雷里亚诺慢慢地从丧妻之痛中走了出来，岳父里正看他不容易，就劝他再婚，并表示家里还有六个女儿可以给他选，但是奥雷里亚诺并没有这个想法，比起儿女情长，他更是一心报国。刚好这时，国家正在举行票选，参选的政党分别是保守派以及自由派。借此机会,岳父里正便和奥雷里亚诺科普两个政党的一些事情,奥雷里亚诺表示他对自由派还挺有好感。一天晚上,里正和奥雷里亚诺打牌时,叫手下把选票箱给打开,当着奥雷里亚诺的面,做了一些有利于保守派的手脚,因为里正就是保守派。奥雷里亚诺看见岳父的做法,心里十分气愤。(这么做的话,那这个国家岂不是乱了?)里正跟奥雷里亚诺说,无论换不换票,两个政党开战是迟早的事。

果然,气氛很快变得紧张起来,一支保守派的战队驻扎进马孔多,这伙人将马孔多暴露的自由派全部逮捕,无论好坏,当场枪决。里正想阻止也无果,这时奥雷里亚诺才醒悟过来,他的岳父不过是政治上的一名傀儡而已。两周后的一个周日,奥雷里亚诺想通了,他想为自由派效命。他联系了自己多年的好友,以及村里的年轻人。在一天夜里,他们用刀枪棍棒一起袭击了军营,缴获了敌军保守派的武器,在对方的军营里枪杀了俘虏,战斗终于打响了。奥雷里亚诺想打出去,但放心不下马孔多,于是他任命自己的大侄子阿尔卡蒂奥为

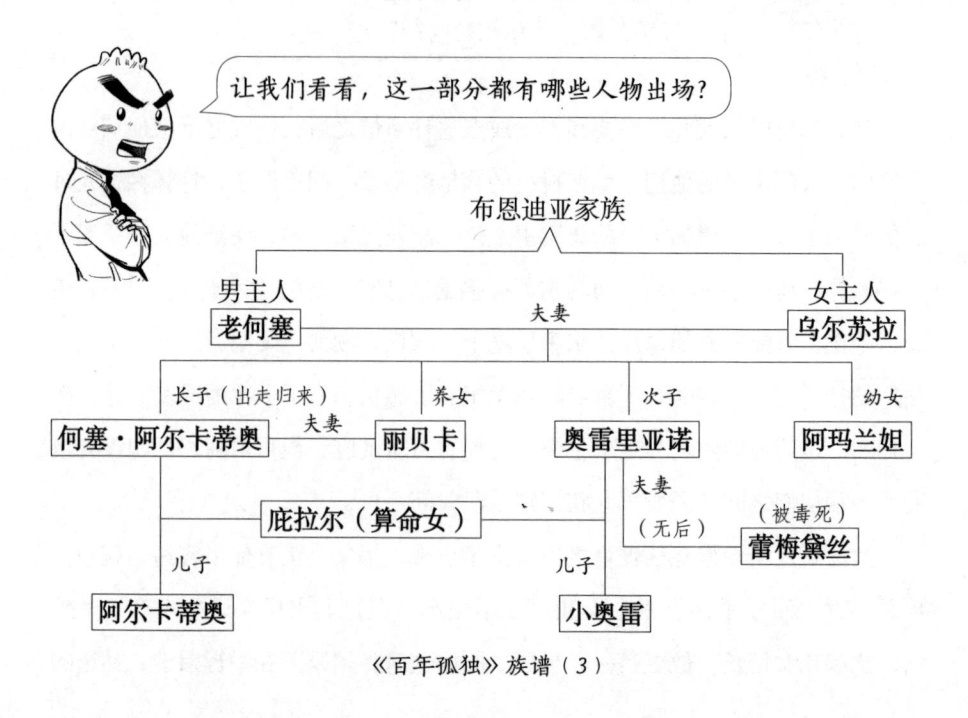

让我们看看,这一部分都有哪些人物出场?

《百年孤独》族谱(3)

镇上的军政首领看守马孔多。其余年轻人便跟随奥雷里亚诺前往自由派的阵地——他想要改变这个国家。临别之时，奥雷里亚诺见到他的岳父，他的岳父表示自己是保守派，女婿却是自由派，真是荒唐。奥雷里亚诺表示这一点都不荒唐，这就是战争，"另外请不要再叫我奥雷里亚诺了，请叫我奥雷里亚诺上校"。

（五）关于上校的神话

奥雷里亚诺成了奥雷里亚诺上校，接下来我们就称他为上校。上校在离开马孔多之前，特别嘱咐他的大侄子阿尔卡蒂奥说："我们就把马孔多交给你了。"说完之后一行人就出发革命去了。上校一走，大侄子阿尔卡蒂奥立马武装起了他和他身边的小伙伴们，当起了地方官，他想一出是一出，弄得村庄里面的人苦不堪言，民不聊生。里正借机嘲讽说这就是自由派的天堂。听到这种阴阳怪气的消息，大侄子阿尔卡蒂奥立马带人去里正家里，下令要枪决里正，这件事情很快就传到乌尔苏拉耳朵里，乌尔苏拉连忙抄家伙去了现场，到了之后，乌尔苏拉趁着阿尔卡蒂奥还没有反应过来，一鞭子接着一鞭子地抽了过去，当场把阿尔卡蒂奥给抽傻了。

> 你奶奶还是你奶奶。

跟随的小伙伴，看到自己的老大都被抽傻了，立马散伙了。乌尔苏拉这才解开了里正的绳索，并把其他的囚犯都放回家。

乌尔苏拉的举动，让她在村里众人眼中的形象立马高大起来，在外名望十足，一身正气的大女主形象。但回到家，她时而会感觉到孤单，毕竟儿子们都不在，丈夫又疯了，每当她有孤单的感觉，她都会去找被绑在树上的老何塞，自说自话地聊聊最近这个家发生了什么。说得最多的都是家里的一些消息，比如阿玛兰妲和"1900"两个人好像有戏。但乌尔苏拉只看到表面，事情并非

| 乌尔苏拉挥鞭子 |

如此,虽然"1900"总给阿玛兰妲写情诗,但阿玛兰妲却两耳不闻窗外事,闭门不出,对外面的事情毫不关心。

蕾梅黛丝走后,阿玛兰妲好像变了一个人,她一改以前的脾气,不仅变得十分善解人意,还很温柔体贴,这些行为让"1900"更加笃定要把她娶进门,"1900"再一次向阿玛兰妲求婚,可阿玛兰妲的回答是:"我死也不会和你结婚。"听到这话的"1900"崩溃了,他开始试图挽回阿玛兰妲,遗憾的是,面对"1900"的举动,阿玛兰妲内心毫无波澜,甚至觉得有点恶心。几个月后,"1900"终于不堪感情的重负,割腕自杀,离开了这个荒诞的世界。在"1900"走后,乌尔苏拉决定在家为他守灵。被乌尔苏拉教训后的阿尔卡蒂奥也听闻了"1900"的死讯,他开始下令让整个镇子为"1900"守丧。看到阿尔卡蒂奥的这个举动,乌尔苏拉表示这个小子在挨了一顿揍后开始懂事了。

殊不知这一切都是表面的,从小没有得到过父爱、母爱的阿尔卡蒂奥,心理早已扭曲,他并不在乎这些,谁生谁死他都不在乎,他在乎的只是他自己。于是当有人为了羞辱他,说他根本就不配姓布恩迪亚这个姓氏的时候,阿尔卡蒂奥内心毫无波澜,更是云淡风轻地说了一句"我很荣幸我不是布恩迪亚家族的人"。此时的阿尔卡蒂奥甚至并不知道他的生母就是庇拉尔。虽然不知道,但他跟庇拉尔却有过几面之缘,成熟有韵味的庇拉尔给年轻气盛的阿尔卡蒂奥留下极深的印象,所以阿尔卡蒂奥一直在找机会"攻克"庇拉尔,但庇拉尔面对她的儿子还是下不去手的。最终庇拉尔雇了一个叫**索菲亚**的女人,好在阿尔卡蒂奥对索菲亚十分满意,阿尔卡蒂奥就这样跟索菲亚未婚同居了,两个人还生下一个女儿。当了爹的阿尔卡蒂奥自然就要解决生计问题，于是用着上校留给他的职务，在村里混吃混喝。

> 说难听点，这就是耍流氓，便宜了自己，苦了其他乡民。

和平的日子没过多久，前方上校和自由派失利的消息不断传来。三月末，马孔多的教堂遭到突袭，敌人已经打进了马孔多，阿尔卡蒂奥下定决心来做抵抗，无奈装备有限，阿尔卡蒂奥带领的学生被一个个歼灭，镇子马上陷入混乱。战乱中，阿尔卡蒂奥发现姑姑阿玛兰妲和奶奶乌尔苏拉两个人正在疯狂地寻找他，他们发现彼此之后，阿尔卡蒂奥尽全力把她们护送到了家里。不幸的是，他们在护送的过程中暴露了行踪，阿尔卡蒂奥眼看自己将要被敌军发现，随即把乌尔苏拉她们推进了门内，举手投降。虽说阿尔卡蒂奥不承认自己是布恩迪亚家族的人，但关键时刻，还是护住了家人的安全。

被逮捕的阿尔卡蒂奥，经过军事法庭的审判，最终被判枪决。执行前，阿尔卡蒂奥想到他不幸的童年，想到已经八个月大的女儿，想到索菲亚，以及索菲亚肚子里还没有出生的孩子，于是他在被枪决前的那一刻，留下了遗言，他告诉索菲亚，如果生了男孩就叫何塞·阿尔卡蒂奥，如果生的是女儿就取名为蕾梅黛丝，随后大喊一声"自由派万岁"。一声枪响，阿尔卡蒂奥"杀青"（死）了。

经过一段黑暗的时间，战争终于在五月结束，结局是上校战败，被敌军逮捕，以死囚的身份被押送回马孔多。上校到了马孔多后，乌尔苏拉不顾一切硬闯军营，只为了能够见到上校一面，乌尔苏拉借此机会告诉上校，他走后在马孔多发生的事情，以及阿尔卡蒂奥被枪决的消息。但其实这些上校已经通过他的超能力，提前预知到了。临走前，乌尔苏拉不放心上校，准备了一把左轮手枪给上校防身，上校收下了这把手枪，并藏在了监狱的床底下。上校并没有打算用它来越狱，他跟刚进去时一样躺在床上，什么也不干，默默等死。

就在上校闭眼，等待被行刑的时候，现场有了动静，上校发现他大哥何塞·阿尔卡蒂奥正拿着猎枪向行刑队开火。没错，他大哥来劫狱了，在一通操作下，此次的劫狱非常成功，上校成功逃脱。因为这次成功越狱，上校的名声更大了，他手下的人顺势推举他成为革命的统帅。来不及休息，上校以最快的速度调整后，再上前线。上校带部队四处作战，走到哪儿就打到哪儿，新闻和谣言满天飞，只要这个地方一打仗，就有消息说上校战死了，那个地方一打仗，别人就说他还活着。这样传来传去，江湖上便流传着上校无所不在的传说。

> 好在上校心大，否则每年都得出来澄清一次他还活着。

过了几个月，上校带着他的军队，解放了家乡马孔多。

村民们非常高兴，举村欢庆。但上校明白，胜利只是表象，马孔多背海受困，且已经陷入了混乱的政治环境中，现在的赢和稳定只是暂时的，指不定哪一天又会出什么幺蛾子。村庄的命运也只能走一步看一步。上校回到家后，发现家里多了几副生面孔，比如，死去的阿尔卡蒂奥的妻子索菲亚，以及她的三个孩子，女儿的名字是**蕾梅黛丝**，还有一对双胞胎，名字分别是**何塞·阿尔卡蒂奥第二**以及**奥雷里亚诺第二**（为了好记，我们分别叫他们**何塞第二**和**奥雷第二**）。

时间来到九月的一天下午，何塞·阿尔卡蒂奥像往常一样，下班回家换衣服。突然，一声枪响响彻全屋，何塞·阿尔卡蒂奥倒下了，没人知道是谁开的枪，只见一股鲜血向外流出，最终流到了乌尔苏拉的厨房里，乌尔苏拉顺着鲜血的指引来到一处房屋，一开门，发现全身充满火药味的何塞·阿尔卡蒂奥，他已经没有生命迹象了。没有人知道他是怎么死的，此案成了马孔多的第一悬案。

何塞·阿尔卡蒂奥被安葬以后，他的妻子丽贝卡过上了活死人的生活，整

| 上校荣耀归乡 |

天闭门不出，不问世事，渐渐被镇子上的人遗忘。在马孔多休养一段时间后的上校，重新出发，他此行的目的是与内陆反抗武装建立联系，希望能救被海所困的马孔多，临走前他把马孔多的安危托付给了出生入死的好兄弟**马尔克斯上校**。这位马尔克斯上校也是一名军人，早年跟着上校出生入死，成了上校最信任的伙伴，他完成了上校的嘱托，村庄也被治理得不错。这位马尔克斯上校在和布恩迪亚家族的相处中，喜欢上了阿玛兰妲，但阿玛兰妲还是一如既往地将人拒之门外。

上校离开马孔多的八个月后，乌尔苏拉收到了一封来信，信上写着几个大字：好好照顾爸爸，他就要死了。乌尔苏拉非常吃惊，她知道儿子的超能力，所以立马请人帮忙把老何塞接回家里，细心照顾。没过几天，乌尔苏拉给老何塞送饭时，发现老何塞死在了家中。乌尔苏拉立刻叫来木匠给老何塞打造棺材。这时，乌尔苏拉看见窗外无数小黄花如细雨缤纷飘落，把所有道路都铺满了。

让我们看看，这一部分都有哪些人物出场？

布恩迪亚家族

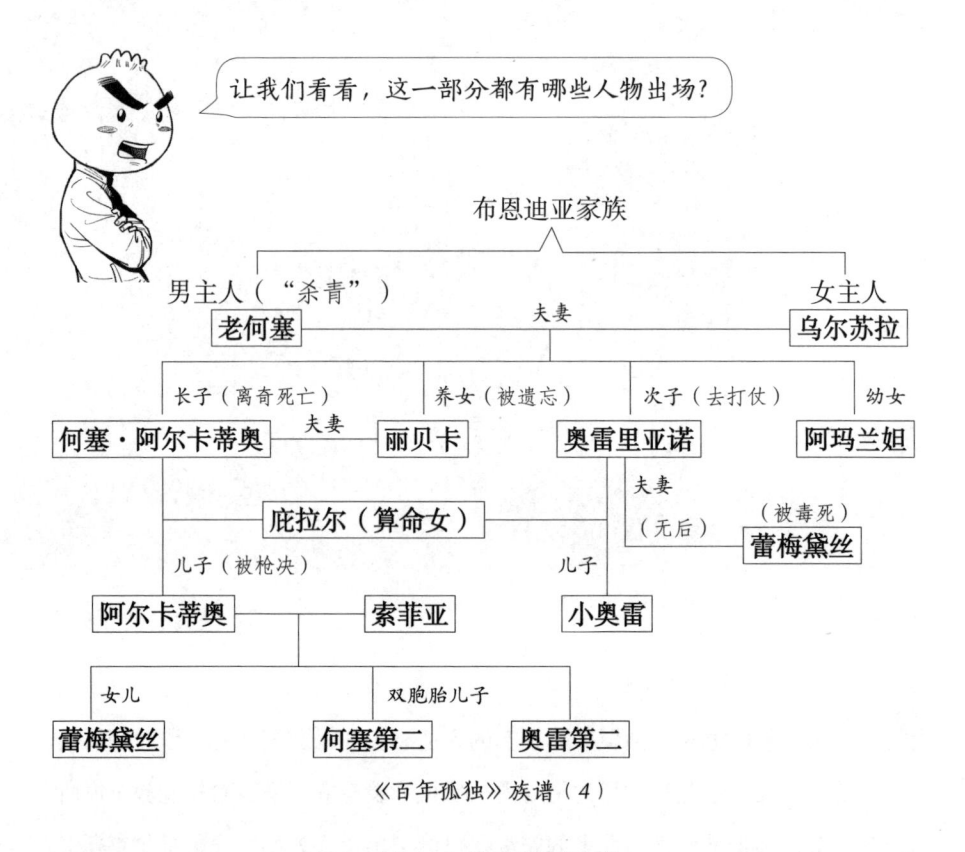

```
男主人（"杀青"）                           女主人
  老何塞 ——————夫妻—————— 乌尔苏拉
   │
 ┌─────────┬─────────┬─────────┬─────────┐
长子(离奇死亡) 养女(被遗忘) 次子(去打仗)    幼女
何塞·阿尔卡蒂奥—夫妻—丽贝卡   奥雷里亚诺        阿玛兰姐
         │                  │夫妻
      庇拉尔（算命女）         （无后）  （被毒死）
         │                          蕾梅黛丝
   儿子(被枪决)              儿子
    阿尔卡蒂奥 ——— 索菲亚      小奥雷
         │
    ┌────┼────────┐
   女儿    双胞胎儿子
  蕾梅黛丝  何塞第二  奥雷第二
```

《百年孤独》族谱（4）

（六）上校重返马孔多

上校走后，上校与庇拉尔的孩子小奥雷被他姑姑阿玛兰姐带大，他从小就和姑姑的关系特别好，随着小奥雷长大，他们之间的感情慢慢发生了变化。身为成年人的阿玛兰姐保持着理智，主动和小奥雷保持距离，小奥雷发觉他的姑姑好像有意地躲着他，心情不好，开始去夜总会买醉。

四月初，随着停战事件发酵，两大政党即将达成协议，上校居然在西部边境发起了一场武装起义，掀起了一场战争，并且打得热火朝天。虽然如此，但国家两党依然在拟定停战协议。政府开始注重起马孔多这个地方，因为以前的小破村马孔多，现在已经是一座有点规模的小城市了。政府派了一位新领导来马孔多，这位新领导成了马孔多的第一任市长，这个市长不仅做事靠谱，行动力也没的说，马孔多很快从战争的阴霾中走了出来，城里各方面变得更加繁华。

> 该有的和不该有的，全有了。

眼见马孔多一天比一天好，乌尔苏拉对市长感到敬佩，经常邀请市长来家里做客。这个时期，布恩迪亚家族的第四代人都相继长大了，比如被枪决的阿尔卡蒂奥与索菲亚的女儿蕾梅黛丝，她已经变得十分漂亮，颜值可以说是马孔多的天花板，她有个外号是美人儿蕾梅黛丝。

双胞胎何塞第二和奥雷第二都到了可以上学的年纪。小奥雷在这时通过了军训，进入军队。乌尔苏拉的甜食生意也在这时因索菲亚的帮助而上了一座新的高峰。布恩迪亚家族迎来了难得的宁静时光。

不过，马尔克斯怎么会让剧情这么一帆风顺呢？原本好好待在军队的小奥雷竟然开了小差，他先是跑到德国船上当水手，后来又回到了家里。他之所以冲动地回家，是因为他太想念他的姑姑阿玛兰妲了，他想跟阿玛兰妲结婚。得知此消息的阿玛兰妲自然没有答应。一身欲火的小奥雷，只能花钱去夜总会解决他自己的需求，自此，小奥雷几个月都没有回家。几个月不回家的小奥雷，他能去哪儿呢？哦，原来是去他母亲庇拉尔的家中了，小奥雷跟他母亲诉说了他的苦恼，对于这些感情问题，庇拉尔一听便给小奥雷介绍了另外一个女郎。

庇拉尔嘱咐小奥雷说："今晚你别出门，你在这儿睡。"小奥雷答应了下

| 美人儿蕾梅黛丝 |

来，但转眼就出了门，独自去剧院看话剧。小奥雷入场检票时，赶上马孔多的一位长官正在盘查情况，刚好就查到了小奥雷这边，小奥雷仗着自己有点身份，就和长官发生了一点口角。小奥雷警告这位长官不要对他动手动脚，这位长官见此心生疑惑："你小子这么放肆？"立马就要搜他的身，小奥雷见状撒腿就跑。这时，这位长官的一名手下告诉他，这是布恩迪亚家族的人，长官一听，立马抢过步枪，对准小奥雷开了枪。小奥雷正式"杀青"，"领了盒饭"。

还没有等到小奥雷咽气，这位长官就被突如其来的暗枪给打死了，不仅被打死，还被打得不成样子。

这时还在前线打仗的上校，由于多次挑起战争，已经被国家军事法庭判了死刑，任何部队一旦抓到他必须立即开枪执行，即使是在马孔多的市长也不例外，上校收到了风声，他想着既然横竖都是一死，那不如回到马孔多呢！

十月份的某一天，上校带着一支精良的部队准备进攻马孔多，次日市长战败被俘虏，上校顾着往日情面，带着市长来到自己家和乌尔苏拉共进午餐，同时等待革命军的军事法庭决定这个市长的命运。此时乌尔苏拉心里也不好受，因为这个市长的确是个好人，马孔多因为他的到来变得生机勃勃。很快革命军的消息就下来了：不留活口，枪决市长。行刑前，市长对上校说了一番话："你曾那么憎恨军人，跟他们斗了那么久，最终你却变得和他们一样，人世间没有任何理想值得以这样的沉沦作为代价。"

两个月后，上校再次返回马孔多，这次他没有带任何的护卫以及军队，回到家只是一心躺平，完全不管任何国家政事，这个反常行为引起了乌尔苏拉以及他的好兄弟马尔克斯上校的注意。此时的上校已经意识到，战争本身让他感觉到迷茫，他一开始革命只是为了让人民拥有更好的生活，被更优秀的政党引领，但如今，每一次战争都使得人们处于水深火热的生活中，国家根本就没有什么改变，人民就更不用说了，所以战争到底有什么意义呢？

《百年孤独》

不久，两党的谈判又开始了，他们谈判的目的就是停止战争。这一次，上校参加了会议，他一改往日的风采，在会议上无论保守派说什么，他都是一个劲地同意，谈判进行得很顺利，上校毫不犹豫就在协议上签了字，这一签，意味着上校前二十年所有的努力奋斗，都在今天失去了意义。签订仪式结束后，上校独自走到帐篷里，脱下衣服，在下午三点一刻拿起手枪，对他的心脏开了一枪。随后满身是血的上校被抬进了家里，乌尔苏拉瞬间就哭了，老二这么一死，家族里就不再有男人，好在上校并没有死透，存在抢救的余地，这一切都要感谢村里的一个医生。前些天上校就去问医生，心脏准确的位置是哪儿，医生反手就在他胸口上画了一个圈，于是上校开枪是对着那个圈开的，可万万没有想到，医生故意指错心脏的位置，所以上校只是重伤，不至于死亡。

> 真的是一个敢指，一个敢信。

在短短的几个小时里，自杀未遂的上校，在马孔多恢复了他失去的荣誉，人们觉得他这是为了停战而做出的牺牲。

慢慢恢复的上校，终于在十二月踏出房间，他看到老母亲乌尔苏拉迸发出与年龄不符的活力，整个家里被收拾得干干净净，似乎家里回归了以往的平静。

| 上校与老母亲乌尔苏拉重逢 |

让我们看看，这一部分都有哪些人物出场？

布恩迪亚家族

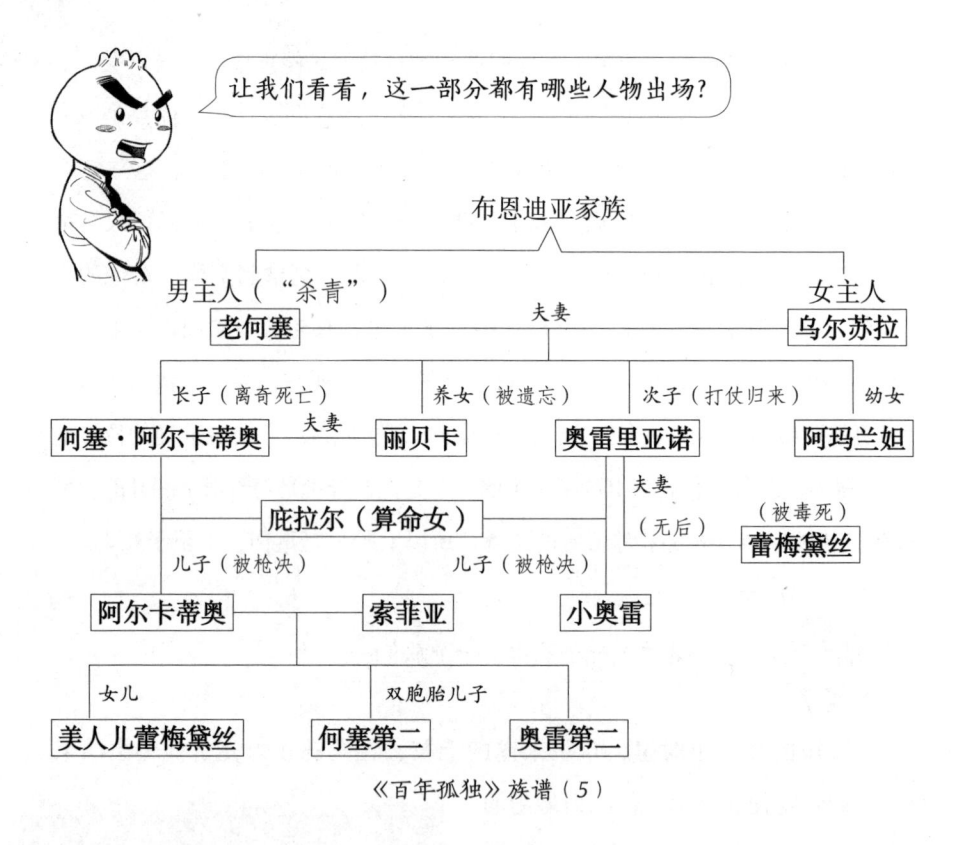

```
         男主人（"杀青"）                               女主人
           老何塞 ——————— 夫妻 ——————— 乌尔苏拉
              │
    ┌─────────┼──────────────┬────────────┐
 长子(离奇死亡)  养女(被遗忘)  次子(打仗归来)  幼女
  何塞·阿尔卡蒂奥—夫妻—丽贝卡   奥雷里亚诺    阿玛兰妲
        │                      │夫妻
     庇拉尔（算命女）          （无后）   （被毒死）
        │                              蕾梅黛丝
  儿子(被枪决)      儿子(被枪决)
   阿尔卡蒂奥 —— 索菲亚       小奥雷
        │
    ┌───┴────────┐
   女儿       双胞胎儿子
  美人儿蕾梅黛丝  何塞第二  奥雷第二
```

《百年孤独》族谱（5）

（七）双胞胎的成长

布恩迪亚家族看似回归了以往的平静，殊不知这只是暴风雨来临前的样子。我们现在把视角集中在第四代人身上，也就是被枪决的阿尔卡蒂奥与索菲亚的一对双胞胎儿子身上。他们分别是何塞第二以及奥雷第二，因为是双胞胎的关系，哥俩从小长得一模一样，家里的人为了区分开，给他们戴上写了他们各自名字的手环，可是这两个人在上学的时候，经常玩互换衣服、手环的游戏，到最后连他们的亲妈都搞不清楚谁是谁了。只有乌尔苏拉暗自寻思，他们会不会在玩换名游戏的某一时刻真的混淆了，从此永远地互换了身份。

双胞胎渐渐长大，外表虽然很相似，但这哥俩的性格差异很明显，奥雷第二的性格比较内敛，不怎么爱出门，他最大的兴趣就是待在已经去世的老梅的房间，研究老梅留下的各种手稿。他还经常在房间里自言自语，看似自言自

| 老梅魂魄 |

语，其实是因为这个奥雷第二身上也有着超能力——与鬼魂交流的能力，老何塞也有这个能力，所以奥雷第二在老梅的房间，能见到老梅的鬼魂，他不仅不害怕，还跟老梅相谈甚欢，向老梅请教各种各样的问题。

老梅为"鬼"豪爽，对奥雷第二的问题有问必答。有一次，奥雷第二问老梅："哎，这个房间里的羊皮卷上到底写了什么呀？"老梅说："不到一百年后，就不该有人知道其中的含义。"老梅一语成谶，这也为后文埋下了一个重要的伏笔，我们先按下不表。

何塞第二的性格跟奥雷第二完全相反，他一点都不宅，而且兴趣很广泛，平时没什么事就跑去教堂帮助神甫训练斗鸡，何塞第二的斗鸡技术一点也不亚于当年的老何塞，甚至斗鸡让何塞第二赚到了一笔不小的钱。一天，奥雷第二在街上遇见了一个靠卖彩票为生的女人，叫佩特拉·科特斯（为了好记，我们就叫她佩特拉）。她每次都非常亲热地和奥雷第二打招呼，但奥雷第二并不认识她。有一天，佩特拉哭着喊着让奥雷第二回心转意，奥雷第二的内心很崩溃，他平日只是在家里看看书，为什么要回心转意？因此，他猜到一定是他的兄弟何塞第二辜负了这个女人。最后，为了平息这件事，奥雷第二代替他的兄弟抚慰了这个女人。这一次邂逅之后，奥雷第二也爱上了佩特拉，因此他一直没有告诉佩特拉他不是何塞第二。

换作是你，你敢说吗？

在接下来的日子里，佩特拉没有发现她在和不同的两个男人交往，但很快就出了问题，兄弟两人都检查出来得了性病，好在问题不大，痊愈之后的何塞第二立马就抛弃了佩特拉，只有奥雷第二还愿意和她接着交往。慢慢地，佩特拉知道了真相，原来在身边的是奥雷第二，时间一长就接受了他，两个人过起了日子。一开始生活过得很拮据，奥雷第二不得不想法子赚钱。机缘巧合之下，他们开始饲养起家禽家畜，他们家养的母马居然一胎能够生出三个小马驹，母鸡一天能下两次蛋，就连家里的兔子也开始疯狂地下崽，动物们似乎都得了多产症。佩特拉和奥雷第二一看就发现了商机，便把家里的兔子换成了奶牛，奶牛也是疯狂地产出。

慢慢地，奥雷第二就靠着养殖业，成了马孔多的养殖大亨，实现了财务自由。此时的何塞第二因为听了上校对外面世界的精彩描述，动心了。他看着村旁那条小河流，想开发出一条通往大海的伟大航路，他认为好男儿就应该志在四方。于是，他卖了所有斗鸡，开始招募人手，购买工具，准备向他的伟大航路进发。奥雷第二一听，觉得这事有点意思，于是慷慨解囊，给他的兄弟提供了所缺的启动资金，助他远航。何塞第二很快就消失在了马孔多。

何塞第二出走的消息，令乌尔苏拉很生气，似乎整个家族都在重蹈覆辙，死去的大儿子也曾离开过马孔多，但一把年纪的她，想要阻止也是有心无力，此时家里的第四代人就只剩下美人儿蕾梅黛丝。对比那兄弟两人，还是美人儿蕾梅黛丝要省心一些，乌尔苏拉曾评价她："她什么都好，有着最纯洁的灵魂，只可惜长得太漂亮了，每次和她出门，阿玛兰妲都要准备一块黑色的头巾来遮住她的脸庞，要不然必定就会引起很多男人的围观，这些围观她的男人，只要见过她一面，结局都不太好过，轻则睡不着觉，重则思念成疾，很快就没了命。"

色字头上一把刀啊，兄弟们。

一天，一个公子哥慕名而来，他此行目的就是追求美人儿蕾梅黛丝。到了第六个周日，公子哥手持一枝黄玫瑰，在街上拦住了美人儿蕾梅黛丝，并献上了那枝黄玫瑰，美人儿蕾梅黛丝很自然地接了过来并掀开她自己的头巾，微微一笑表示感谢。要知道，美人儿蕾梅黛丝很少掀开她的头巾，这个动作就足以让公子哥沦陷，这下公子哥连家也不回了，天天就在美人儿蕾梅黛丝的家门口守着，但始终见不到人。日子一天天地过去，见不到人，公子哥的心态一天天地崩溃，他并不知道，美人儿蕾梅黛丝压根没有在意过他，接受他的玫瑰只是觉得他很滑稽，掀开头巾并不是为了展露容颜，而是想看看这个小丑。在一个绝望的日子里，公子哥不堪感情的重负，自尽了。马孔多又开始散播着美人儿蕾梅黛丝美死人的传言。

这个风波过了没有多久，马孔多的人又开始讨论起了何塞第二，说这个家伙会不会卷着兄弟的钱跑路了，刚好这个时候有人跑过来说，他看见一艘奇怪的船正向马孔多的方向驶来。马孔多人争先恐后地跑去观望，大家定睛一看，那哪是什么船，就是一条小木筏。何塞第二站在木筏前头向大家挥手致意，和他一起来到马孔多的是一群风情万种的女郎，她们带来了很多娱乐的项目，使整条街都变成了夜市！人们陷入了狂欢，像极了多年前的那群吉卜赛人。

这时候，一个对于布恩迪亚家族很重要的角色就要登场了。我们来说说她的故事。

在距离马孔多很遥远的地方，有一个从事花圈生意的落寞家族，家族里母亲病逝，只剩下父亲和女儿。这个女儿的名字是**费尔南达**，从小接受着贵族的教育。父母经常给她灌输着各种家族的荣耀，按照女王的标准让女儿成长，所以在她的生活中，一切都是规规矩矩的，她不被允许有什么越轨的行为。一天，一位衣着得体的军人，将她接到了马孔多，她坐上了一座金光耀眼的花台，被抬到了马孔多的狂欢节现场，只见费尔南达头戴翡翠王冠，身披白色斗篷，妥妥的一位女王。奥雷第二一看这架势自然是把她当成贵宾接待，并邀请她和美人儿蕾梅黛丝同起同坐。在狂欢节进行到高潮的时候，一声"自由派万岁!奥雷里亚诺·布恩迪亚上校万岁"打破了这场狂欢,一片弹雨压倒了烟火的光彩,狂欢瞬间沦为惨剧,现场血流成河,欢乐一瞬间被恐惧所取代。在混乱中双胞胎兄弟救出了姐姐蕾梅黛丝和费尔南达,平静下来之后,没有人知道这场突如其来的屠杀到底是怎么回事,这件事过了一阵便没有了下文,也没有人关心,仿佛没有发生过一样。

屠杀发生后的第六个月,奥雷第二被费尔南达深深地吸引,远赴费尔南达的家中向她提亲,他们在马孔多完婚。喧闹的婚礼庆典整整持续了二十天,但是奥雷第二和费尔南达的婚姻,险些在第一个月破裂,因为他们中间存在着佩特拉,奥雷第二在家庭的压力下有过多次与佩特拉分手的念头。但为了能够维持家中的生计,继续过上富裕的生活,奥雷第二迟迟没有向佩特拉开口,反倒是佩特拉十分淡定,静静在家等待着奥雷第二回心转意。果然,新婚没有多久的奥雷第二,又开始对佩特拉心心念念,身为正宫的费尔南达对丈夫这种吃里爬外的行为感到很恼火,但是为了生意,她只是警告奥雷第二,别死在情人的床上。奥雷第二就这样徘徊在两个女人中间。

费尔南达自从嫁进了布恩迪亚家族后,开始在家中制定大大小小的规矩,大家敢怒不敢言,费尔南达为布恩迪亚家族产下一男一女。儿子继承了大哥的**名字何塞·阿尔卡蒂奥**,女儿名为**雷纳塔·蕾梅黛丝**。(为了区别他们,我们叫儿子**大何**,叫女儿**梅梅**。)梅梅出生后不久,当局为了纪念当年的停战协议签订,在马孔多举行一场盛大的庆典,庆祝停战纪念日,并且邀请上校前来参加。庆典上,许多人唱起了歌颂上校的赞歌,这让上校十分社死[①],下令说不要再来打扰他。最后庆典在没有任何布恩迪亚家族人参加的情况下举行。

此时,他母亲乌尔苏拉领着上校的十七个私生子来见他,这十七个私生子都是上校在外撒下的种子。不知所以的上校,只能把他们安排在家里先住

---

① 网络流行语,全称"社会性死亡",常指在大众面前出丑,导致无法再正常地进行社会交往。——编者

《百年孤独》

三天。

> 对,你没有听错,是十七个,比一个足球队的场上队员还多。

奥雷第二打开香槟,款待这群堂兄弟。派对结束后,这十七个兄弟打算从哪儿来回哪儿去,在他们离开之前,阿玛兰姐陪着他们去教堂祈祷。神甫用圣灰在他们的额头上画了一个十字,之后各自都散了,这十七个兄弟回家以后就发现无论怎么洗也洗不掉这个十字,额头快被搓破了也无济于事。十字符号好像永远地留在了他们额头上(这个十字也是拉美的历史之一)。

时间一长,兄弟们就渐渐地习惯了自己脸上的这个十字。后来十七个兄弟中有一个(为了好记,我们叫他**奥A**)比较有想法。奥A在马孔多做起了实业,建造了一座制冰厂,这可是老何塞生前最渴望做的事情,似乎冥冥之中,

| 上校看到十七个私生子 |

名著好看在哪里

家族开启了另外一轮循环。很快,奥A的制冰生意变得十分火爆,奥A想扩大规模,将他的生意做大做强,把冰块卖到更远的地方,但这个计划有个问题——怎么把冰块运出马孔多。他打听到一种先进的交通运输工具——火车。奥A规划了铁路的建设方案,在村里各种科普,众人听得云里雾里,而奥雷第二听到这个世界上居然还有火车这种东西时,慷慨解囊,投资了这个方案,拿到天使投资的奥A马不停蹄出发买火车、建铁路去了。直到一年初冬,马孔多的平静被火车汽笛声打破,人们纷纷跑来围观,远远看到一只会喷气的怪物,怪物拉着一所所房子向马孔多驶来,而奥A站在怪物的头上,向马孔多的人们挥手致意。

这人是实在的,拿钱是真干活啊!

| 奥A在火车上挥手 |

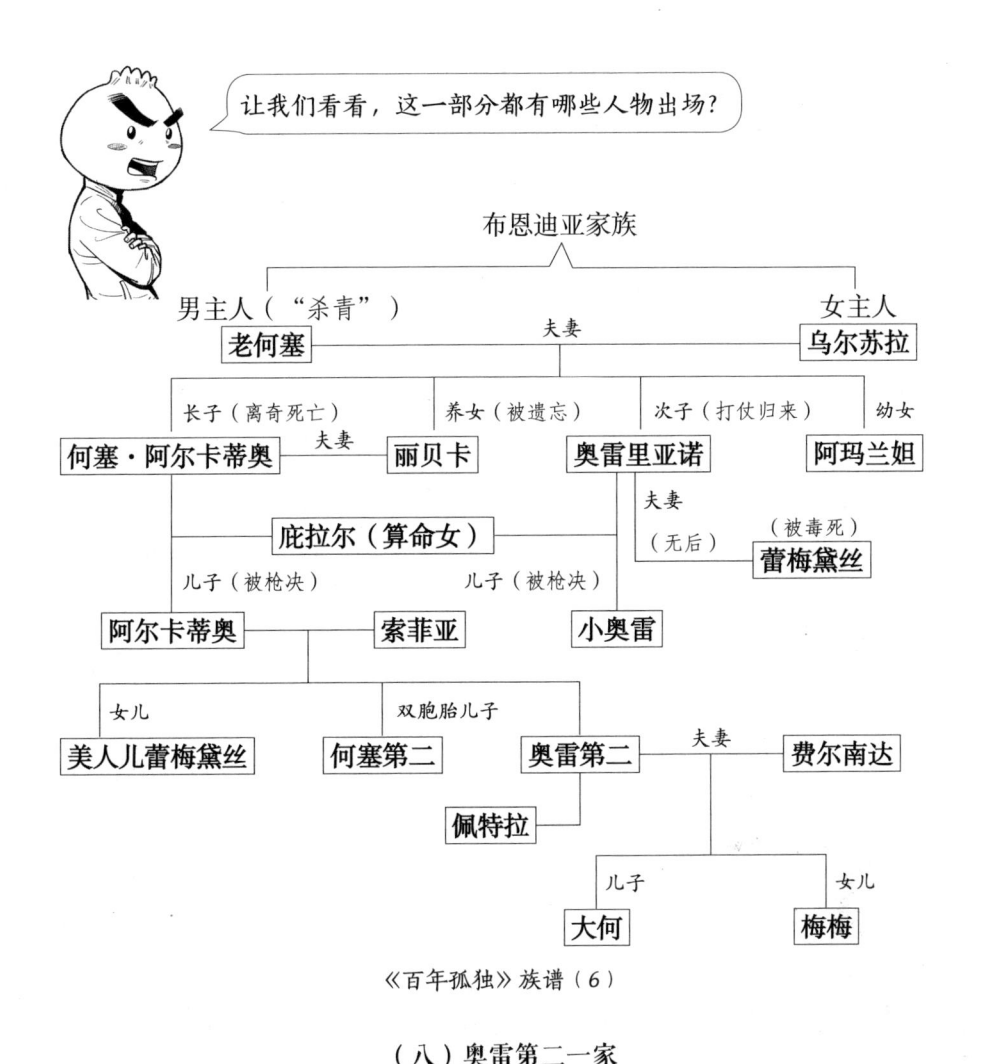

让我们看看，这一部分都有哪些人物出场？

```
                         布恩迪亚家族
        ┌───────────────────┴───────────────────┐
   男主人("杀青")           夫妻                女主人
     老何塞 ─────────────────────────────────── 乌尔苏拉
        │
  ┌─────────────┬──────────────┬──────────────┐
 长子(离奇死亡)  养女(被遗忘)   次子(打仗归来)    幼女
何塞·阿尔卡蒂奥─夫妻─丽贝卡    奥雷里亚诺       阿玛兰妲
        │                        │夫妻
        └──庇拉尔(算命女)──┐   (无后)  (被毒死)
           │              │          蕾梅黛丝
      儿子(被枪决)    儿子(被枪决)
     阿尔卡蒂奥 ─── 索菲亚           小奥雷
        │
  ┌─────┼──────────┐
 女儿   双胞胎儿子
美人儿蕾梅黛丝  何塞第二   奥雷第二 ──夫妻── 费尔南达
                           │
                         佩特拉
                           │
                    ┌──────┴──────┐
                   儿子          女儿
                   大何          梅梅
```

《百年孤独》族谱（6）

（八）奥雷第二一家

火车有了，马孔多的交通变得便利，世界各地的男男女女都齐聚马孔多，其中有一位身材矮胖的美国商人名叫**赫伯特**，他在车站偶然遇见了奥雷第二，两个人聊得起劲，奥雷第二便在家里好吃好喝地招待这个赫伯特。这个赫伯特也不客气，看见桌上有一盘颜色鲜艳的香蕉，他就顺手掰下了一根吃了起来，结果这个人在吃了第一根之后就再也停不下来了。出于商人敏锐的直觉，他立马从自己的工具箱中取出一套精密的仪器，对着香蕉和当地土壤"咔咔"地一顿研究，仿佛他研究的不是香蕉、土壤，而是一颗钻石。他研究完后什么都没有说,吃饱喝足之后就离开了布恩迪亚家。

　　一个周三,马孔多无缘无故地来了一群人,其中有工程师、农艺师……当马孔多人还在思考他们为什么而来时,一座新的城市就在马孔多铁路的另外一侧拔地而起。原来,当初在马孔多吃香蕉的赫伯特,想在马孔多这片土地上种植香蕉,他认为香蕉将会是一个很大的生意。对于外乡人这些行为,奥雷第二兴奋得不行,毕竟他看热闹不嫌事大。渐渐地,一股香蕉热潮向马孔多袭来,越来越多的马孔多人被吸引了过去,只有一个人不为所动,她就是美人儿蕾梅黛丝,岁月流逝,好像所有人都在变化,唯一不变的就是她。

　　三月份的一个中午,费尔南达想在花园里叠她的床单,一旁的阿玛兰妲发现美人儿蕾梅黛丝有些不太对劲,美人儿蕾梅黛丝的脸色开始变得苍白,身体慢慢地透明了起来,吓得阿玛兰妲赶紧追问美人儿蕾梅黛丝:"你不舒服吗?"美人儿蕾梅黛丝却微笑着回答:"我从来都没有这么好过。"话音刚落,她双脚突然离地,越飞越高,随后她升到高空之中,她开始向众人挥手告别,紧接着便消失在了众人的眼前。美人儿蕾梅黛丝就以这种魔幻的方式结束了她的一生。

　　随着越来越多外乡人涌入马孔多,香蕉公司日益壮大,甚至到了可以无视当地政府的程度,政府昔日的警察全部被香蕉公司换成手持砍刀的雇佣兵。一夜之间,香蕉公司接管了马孔多,秩序发生了改变。一天,一位老人带他七岁的孙子到广场上去买饮料,小孩一不小心撞上了一个警察头目,小孩把饮料洒在了他的制服上,谁知道这个警察头目

| 美人儿蕾梅黛丝升天 |

暴怒,当场就把爷孙两个人砍死,酿成一场惨剧。

这件事情被上校知道了,他是忍一时风平浪静,退一步越想越气,他开始独自喊道:"我要领着我的人拿起武器,干掉这些该死的美国佬!"无奈隔墙有耳,一时的"口嗨"①说出的话传遍了大街小巷。紧接着上校的十七个私生子,有十六个先后被枪杀,以示警告。此时上校心里充斥着愤怒,他离开了自己的作坊,不再默默地制作小金鱼。三个月后,上校肉眼可见地苍老了许多,无处可去的上校,决定前去看望多年前的战友马尔克斯上校,上校想让马尔克斯上校就像当年追随他一样,再次协助他发起战争,他想掀起一股力量彻底铲除香蕉公司扶持的当地政府。但如今的马尔克斯上校已经不再年轻,年老瘫痪的他,听完上校描述之后便说了一句:"我知道你老了,可现在才明白你比看起来的样子还要老得多。"说完之后,上校明白了他的意思,兄弟两个不欢而散。

> 再不发泄出来,他可能会憋死。

与此同时,奥雷第二和费尔南达的孩子大何与梅梅都到了上学的年纪,大何被送去外地读书,梅梅则选择学古钢琴。乌尔苏拉看着家族里的小孩一个个长大,越发觉得她真的老了。她如今的视力已经严重地衰退,已经失明很长一段时间,但她并没有把这件事情告诉家里人。毕竟谁想在家里承认自己没用呢。整日与黑暗做伴的她,反而看清了生活的真相。她改变了对子孙们一贯的看法,也开始意识到,上校实际上根本没有爱过任何人,包括他被毒死的妻子蕾梅黛丝。至于阿玛兰姐,虽然她的铁石心肠令很多人恐惧,但实际上她才是这个世界上最温柔的女人,即使她让钢琴师"1900"遭受不公平的折磨,也让马尔克斯上校遭受日夜等待的煎熬,但实际上这两种行为都属于无穷的爱意与无法战胜的胆怯之间的较量。只不过最后是胆怯赢了。她始终不敢去跨出那第

---

① 网络流行语,多用于吐槽嘴上说得天花乱坠,但却不能履行承诺的人。——编者

一步，索性选择独自一生，饱受内心的折磨。

乌尔苏拉这时会常常想起丽贝卡，乌尔苏拉开始明白丽贝卡有着冲动的心性、炙热的情欲，比起阿玛兰妲，她还有无畏的勇气，她始终坚定着她的选择，这些正是乌尔苏拉希望她的后代拥有的品质，只可惜这些品质竟出现在一个养女的身上。三个月后，乌尔苏拉因为衰老行动不便，开始被家族里的年轻一辈冷落一旁。阿玛兰妲见状也无动于衷，因为她的时日也不多了，她甚至开始织起了寿衣。

乌尔苏拉一退位，费尔南达媳妇熬成婆，费尔南达真正接过了家中的管理大权，现在只要是来家里拜访的客人，费尔南达就会将家里苛刻的规矩全部加在他们身上，主打的就是能待就待，不能待就走，还有凡是跟香蕉公司有关的人她一律不接待。这条规矩一出来，何塞第二也回不去了，因为何塞第二早就在第一波种植狂潮中变卖了家产，当上了香蕉公司的监工。看到家中的限制如此严格，奥雷第二浑身不得劲。所以，相比待在家里，奥雷第二还是更加喜欢去佩特拉那儿。刚开始奥雷第二只是在佩特拉家里待上一两天，还是会记得回家，但在费尔南达上位后，他便开始找各种借口去佩特拉家里常住，费尔南达早就发现丈夫的这点小心思，但她没有办法。对于丈夫的出轨，费尔南达只是提出了一个要求，当女儿梅梅回到家时，希望奥雷第二可以回家，一起演一场恩爱戏给女儿看，维持一个家庭最后的体面。奥雷第二很爽快地答应了。

> 就像歌里唱的，等了好久终于等到今天。

没过多久，女儿梅梅要放假回家，她这次回来并没有跟家里人打招呼，甚至学起了她爸，邀请了四位修女以及六十八位同学来家里开派对，母亲费尔南达得知之后感到十分生气，但生气归生气，为了顾全大局，费尔南达悉心照料这些来宾，该吃吃该喝喝，见厕所不够用，就去市里买便盆伺候他们，给足了梅梅面子。派对结束之后，家里这七十二个便盆就放到了已故老梅的房间里，

《百年孤独》

那个房间从此就被称为便盆室。上校听到这个名字的时候，拍手叫好，说这才是最适合那个房间的名字。说起上校，自从挑起战争失败，他就又把他自己关在小作坊里，一遍又一遍地制作他的小金鱼，家人想见他一面都很难。有一天凌晨，上校在树下小解，他发现他有点无力。第二天上午，索菲亚去院子里倒垃圾的时候，发现秃鹰纷纷从天而降，上校就这样倒在院子中去世了。

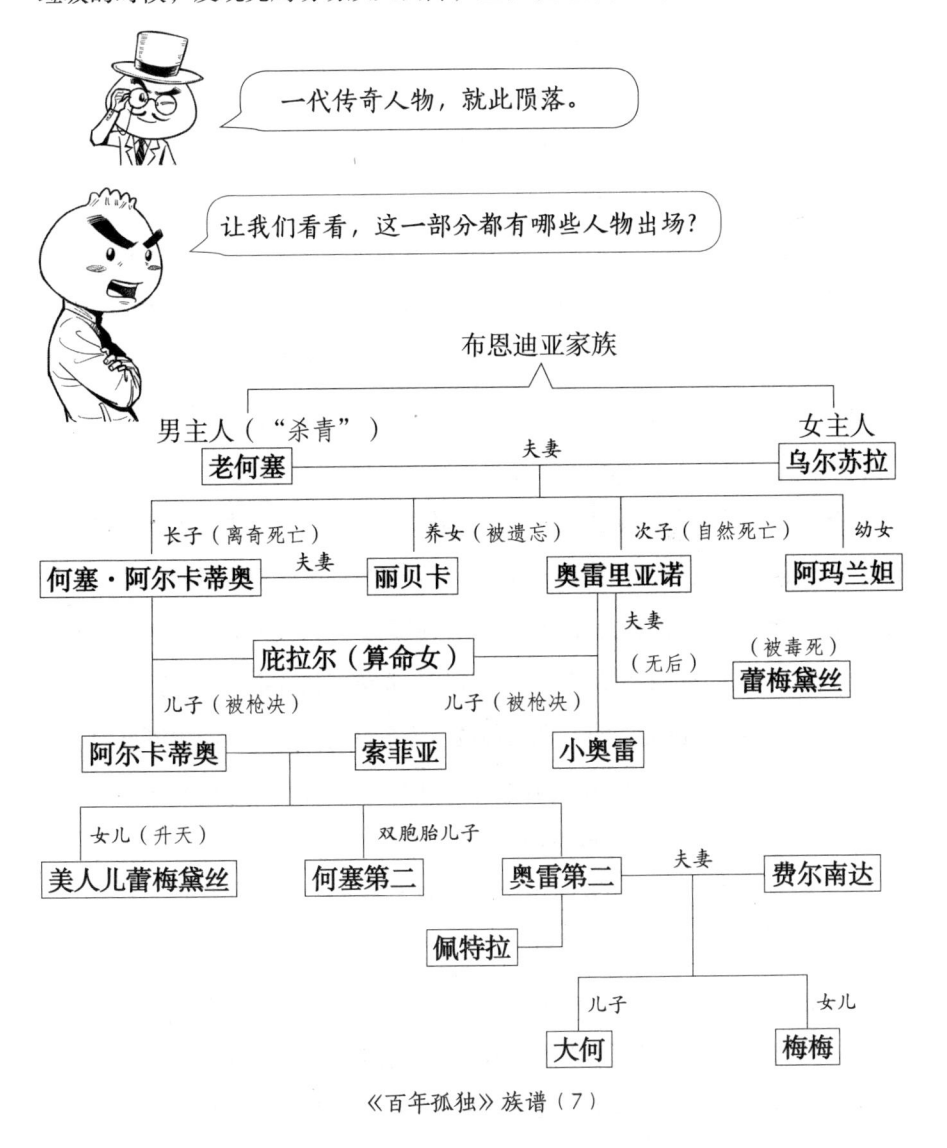

一代传奇人物，就此陨落。

让我们看看，这一部分都有哪些人物出场？

布恩迪亚家族

男主人（"杀青"）——夫妻——女主人
老何塞　　　　　　　　　　乌尔苏拉

长子（离奇死亡）　养女（被遗忘）　次子（自然死亡）　幼女
何塞·阿尔卡蒂奥——夫妻——丽贝卡　　奥雷里亚诺　　　阿玛兰妲
　　　　　　　　　　　　　　　　　　夫妻
　　　　　　　　　　　　　　　　　（无后）　（被毒死）
　　　　　　庇拉尔（算命女）　　　　　　　　蕾梅黛丝

儿子（被枪决）　　儿子（被枪决）
阿尔卡蒂奥——索菲亚　　　小奥雷

女儿（升天）　　双胞胎儿子
美人儿蕾梅黛丝　何塞第二　奥雷第二——夫妻——费尔南达
　　　　　　　　　　　　　　佩特拉

　　　　　　　　　　　　儿子　　　女儿
　　　　　　　　　　　　大何　　　梅梅

《百年孤独》族谱（7）

（九）阿玛兰妲去世

上校去世后，家里大门紧闭，一切聚会都取消了，连对上校十分不满的费尔南达也为他举行繁杂的丧礼。这段时间梅梅刚好放假，她也回家奔丧了。听闻梅梅回来，奥雷第二要履行他与费尔南达的约定，离开情人佩特拉，回到家跟费尔南达演一场恩爱戏给女儿看，费尔南达还因此怀孕了。

梅梅借葬礼的机会向来宾们展示她的结业成果，献上了一首小曲，演出赢得了大家的一致好评，大家纷纷称赞费尔南达教女有方，这场演出把费尔南达的虚荣心填满，她非常享受女儿被肯定的过程。在上校葬礼结束之后，费尔南达打算带着梅梅开启钢琴巡演之路。但实际上身为演奏人的梅梅，一点都不喜欢钢琴这门艺术，她之所以这么做全都是被费尔南达逼迫的，作为听话的奖励，梅梅获得了相对自由的时间，她开始喝酒、聚会，各种放飞自我。梅梅有一次喝多了，带着一身酒气回到家里，吐了又吐，家里人看到这情况觉得不行，立马请了个医生来到家里给梅梅检查。两个多小时之后，医生说梅梅得了某种失调症。这个年纪的梅梅，哪经得起医生这种吓唬，直接"抑郁"了。

奥雷第二看到他的小棉袄日渐低迷，做父亲的自然不好受，奥雷第二带着梅梅去看电影、看马戏，各种放松心情，尽可能把大部分空闲时间都花在梅梅身上，从那以后，父女俩的关系逐渐升温。时间一久，奥雷第二这个慈父的形象算是立住了，在一旁的费尔南达看到他们父女俩感情这么融洽，便腾出时间去照顾新出生的女儿**阿玛兰妲·乌尔苏拉**（为了好记，我们就叫她**苏拉**）。她一边照顾小女儿，一边给远在外地的儿子大何写信，在信中告诉大何家中发生的一切事情，布恩迪亚家族此时迎来少见的融洽。

自上校离去之后，身为家族第二代人的阿玛兰妲，就整天沉浸于回忆之中，她发现她好像无法忘记钢琴师"1900"，之前她试图在与小奥雷的激情中去淡忘，也试图在马尔克斯的稳重阳刚下去寻找依靠，但她发现这些终究都是徒劳。后来她开始想起了姐姐丽贝卡，她祈求不要让她死在丽贝卡前面，她还为丽贝卡准备好一套精致的寿衣，阿玛兰妲一心想把丽贝卡打扮成最美丽的

《百年孤独》

逝者,下葬到最肮脏的地方去。可是人算不如天算,一天,死神突然出现在阿玛兰妲跟前,他告诉阿玛兰妲几时会死,让阿玛兰妲从四月六日开始为她自己缝起寿衣,寿衣做好的那天就是她离去之时。死神安慰阿玛兰妲别太紧张,她可以慢慢做,不过缝制这件寿衣时必须要像为丽贝卡缝制寿衣时那样认真。

阿玛兰妲会死在寿衣完工后的那天傍晚,死的时候,没有痛苦,没有恐惧,这下阿玛兰妲意识到,她不可能走在丽贝卡后面了。

丽贝卡:"这可不关我的事啊。"

接到死亡通知书的阿玛兰妲,想通了很多的事情,如果能再来一次,她想去挽回钢琴师"1900"。这些举动并不是出于爱,也不是出于恨,而是出于对孤独的深刻理解。

| 死神通知阿玛兰妲 |

名著好看在哪里

一天早上八点，寿衣即将大功告成，阿玛兰妲向家人以及马孔多人宣告了她的死期。临走前，阿玛兰妲想做一件好事，将马孔多人对他们逝去的亲人的想念打包，一起带去另外一个世界，告知亡灵。这个消息传出后，下午三点，她家里的客厅就放满了一箱箱给亡灵准备好的信件，不愿写信的人就直接让阿玛兰妲带个口信给那边的家人，细心的她一边拿着小本本一句一句地记下大家的思念，另一边还反过来安慰委托人说不用担心，她到那儿就开始打听他们亲人们的下落，把消息一一带给他们。在一旁的费尔南达认为她是拿所有人寻开心，白眼都快翻上天了。与此同时，奥雷第二对此不当回事，还约好了下周六为阿玛兰妲举行复活宴，说完就和梅梅继续玩去了。

阿玛兰妲的临终仪式开始了，躺进棺木的阿玛兰妲没有再站起来过。她去世了。

与此同时，奥雷第二与梅梅正在一场舞会上，有人急匆匆赶来，在梅梅耳

| 棺木里的阿玛兰妲与信件 |

边告知她阿玛兰妲去世的消息，得知此事后，梅梅连忙和奥雷第二赶回家中。到家后，他们只见阿玛兰妲一动不动地躺在棺木之中。

为阿玛兰妲守灵的第九天，乌尔苏拉也倒下了，索菲亚担任起了照顾她的职责，一边照顾她，一边说马孔多发生的事情给她听。乌尔苏拉虽然病倒了，加上本身失明，但她心态不错，她觉得这些都不算坏事，因为失明让她有更多的时间来关注家人们的一举一动。这期间，乌尔苏拉第一个发现梅梅谈了恋爱，但乌尔苏拉并没有说破，直到一个夜晚，费尔南达出门闲逛，发现梅梅正在剧院里和一个男人接吻，这段恋情才暴露。女儿和男人接吻这一幕气得费尔南达直跺脚，当即把梅梅从剧院里拉了出来。

梅梅被软禁的第二天下午六点，与她约会的男人找上门来，但没有任何意外地被费尔南达轰了出去。这个男人名叫**巴比伦**，目前在香蕉公司的汽修厂里当学徒，这踩中了费尔南达的雷区。这个男的有一个特点，无论他走到哪儿都有一群黄色的蝴蝶在追随着他。虽然巴比伦被费尔南达轰了出去，但梅梅并没有表现出痛苦，在接下来的日子里她居然自律起来，比如每天早睡早起，饮食规律。以前都是早上洗澡的她，改成了晚上洗澡，费尔南达对此一脸疑惑，更为不解的是每到傍晚，家里就会出现无数的黄蝴蝶。

> 知道的是浪漫，不知道的还以为是蝴蝶来家里开派对呢。

有一天梅梅在洗澡时，费尔南达走进她的卧室，突然发现一些用于避孕的东西，再结合最近梅梅晚上洗澡的习惯，身为成年人的费尔南达开始意识到事情不太对劲。费尔南达立马向当局申请，用家里出现偷鸡贼为由，请求安排一个守夜人员来看家。一天夜里，黄色的蝴蝶再次出现在布恩迪亚家，收到了信号的梅梅一脸期待，最后并没有等到男友。突然，她听到一声枪响，只见巴比伦身中数枪，直接从屋顶跌落下去。这件事后，巴比伦一直背负着偷鸡的罪名直到去世。不知道怎么回事，梅梅偷情这件事情，居然在村里面传开了，费尔南达考虑到梅梅在村里的名声，在没和奥雷第二商量的情况下，就把梅梅送到了修道院。直到多年以后一个秋天的早晨，梅梅在一家医院中离开了人世。

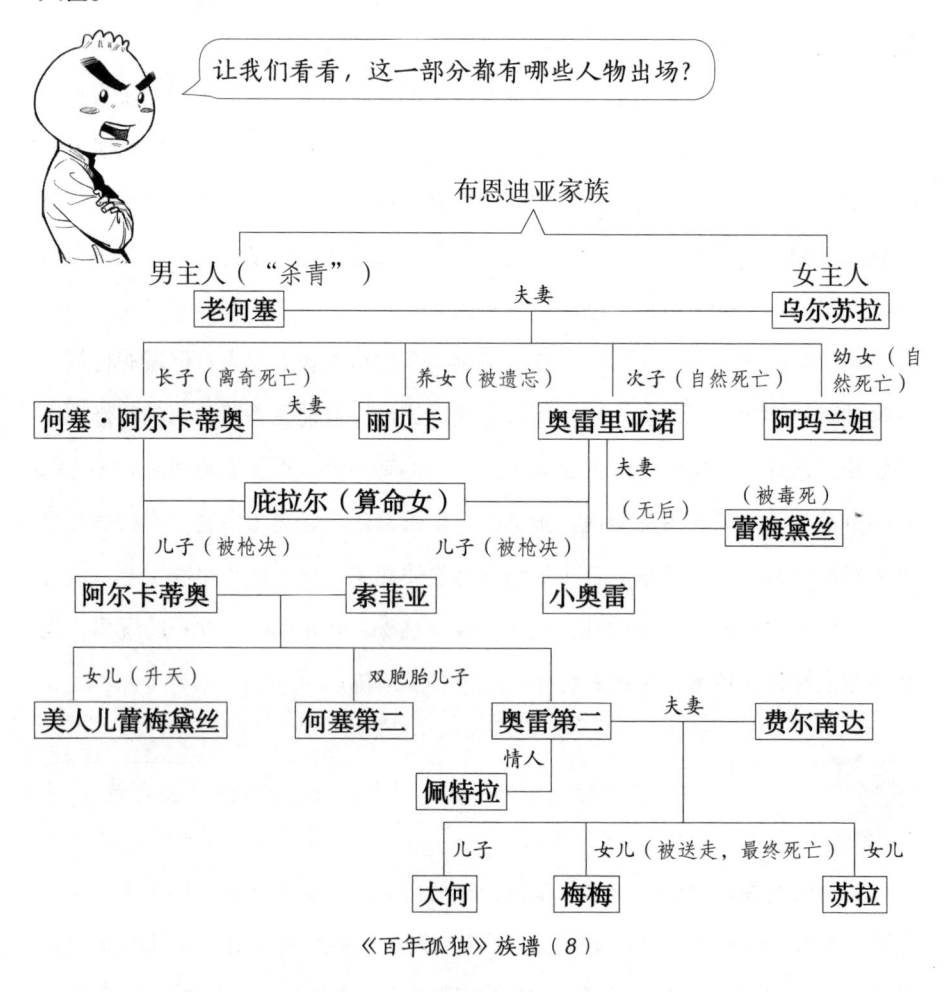

让我们看看，这一部分都有哪些人物出场？

布恩迪亚家族

男主人（"杀青"）——夫妻——女主人
老何塞　　　　　　　　　　　乌尔苏拉

长子（离奇死亡）／养女（被遗忘）／次子（自然死亡）／幼女（自然死亡）
何塞·阿尔卡蒂奥—夫妻—丽贝卡　　奥雷里亚诺　　阿玛兰姐

庇拉尔（算命女）　　　　　　　夫妻
　　　　　　　　　　　　　　（无后）（被毒死）
　　　　　　　　　　　　　　　　　　蕾梅黛丝

儿子（被枪决）　　儿子（被枪决）
阿尔卡蒂奥—索菲亚　　小奥雷

女儿（升天）　　双胞胎儿子
美人儿蕾梅黛丝　何塞第二　奥雷第二—夫妻—费尔南达
　　　　　　　　　　　情人
　　　　　　　　　　佩特拉

　　　　　　儿子　女儿（被送走，最终死亡）女儿
　　　　　　大何　梅梅　　　　　　　　　苏拉

《百年孤独》族谱（8）

（十）香蕉公司罢工事件

把梅梅送走后，费尔南达回到家发现，何塞第二正在煽动香蕉公司的工人们集体罢工——为了给他和工人们争取到更多的休息时间。这次游行抗议取得了很大成功，作为发起人的何塞第二瞬间名声大噪成了马孔多的红人。奥雷第二发现了女儿被送走的事情,他十分生气,跟费尔南达大吵了一架,回到佩特拉身边继续过着大吃大喝的生活。

有一天,一位老修女带着一个出生不久的小男孩走进家中,老修女直截了当地说,这是梅梅的孩子。原来在梅梅去修道院之前,已经有了身孕,孩子出生以后,梅梅一言不发,大家不知道怎么称呼这个孩子,最后决定还是把他送回来。费尔南达接过这个孩子,让他继承了他外祖父奥雷里亚诺的名字(为了好记,我们就叫这个孩子**小奥**)。费尔南达看到小奥时,内心是想把小奥丢进水池淹死的,因为小奥在她的认知中是一个"野种",但最后她的良心阻止了她。为了名声,费尔南达对布恩迪亚家族的人隐瞒了这个孩子的身份,对外说小奥是捡来的,大家没有怀疑,随后费尔南达就把小奥丢给婆婆索菲亚进行照顾。

在小奥满一岁时,马孔多的政治局势再一次被激化,因为香蕉公司的伙食和医疗等各种待遇越来越差,工人得了病,公司的医生也不为患者治病,干活不给钱……这再一次激化了矛盾,何塞第二和工会又一次组织起了工人,发起了抗议游行。大家拟出一份请愿书,想把香蕉公司告上法庭。对此,香蕉公司也做出了一系列动作,比如公司的律师们连哄带骗地安抚住工人的情绪,公司的高层们连夜收拾行李,在马孔多消失了。香蕉公司真正做到了进可攻退可守。

不料,有一次工人们在一家妓院中,抓到他们当中的一个还没来得及出逃的高层,工人逼迫他在请愿书上签字,高层只能先签字,毕竟保命要紧。拿到签了字的请愿书,工人们立刻把香蕉公司告上法庭,希望能够得到一个正义的回应。殊不知道高一尺,魔高一丈,工人们的请愿书在开庭前被香蕉公司调包,香蕉公司的律师当着工人面,拿出了高层的死亡证明,还说香蕉公司招的都是临时工人,公司里面根本就没有什么正式工人,他们连工人都没有,何来的压迫以及剥削呢?这些举动引起工人们的大罢工,愤懑的工人们挤满了各个村镇。为了保护香蕉公司的安全,上面派出军队驻扎在香蕉公司。军队到达以后，他们第一时间把香蕉采摘完，用火车运走。显然，香蕉才是他们真正关心的。

> 我看你现在还能跑哪儿去。

将香蕉运走之后，公司高层都逃到了由军队保护的安全区域，在此期间，工人们搞起各种各样的破坏，一场血腥恶战一触即发。当局立马发出通告，他们呼吁工人们不要冲动，请求大家来马孔多的车站集合，会有相关的领导来调解争端，工人们一听纷纷向车站走去，其中包括何塞第二。当何塞第二来到时，警惕的他发现周围布满机枪，他知道这件事情绝对没有他想象中的那么简单。

工人们从早晨等到了中午，仍然不见调解员出现，此时现场已经站了三千多人，就在大家快要失去耐心时，一个上尉拿起话筒宣读当局文件，文件宣布罢工者实为一伙不法分子，授命军队予以枪决。工人们听完异常地愤怒，随着上尉一声令下，十四挺机枪立马对着三千多人进行扫射，就连何塞第二也倒下了。何塞第二醒来时，发现他仰面躺在黑暗之中，从声音里，他意识到他是在一列火车上，他只好匍匐地从这一节车厢爬到另外一节车厢，借着板条映射的光线，他看见了男人的尸体、女人的尸体、儿童的尸体。

经过一番挣扎，他下了火车，经过几小时长途跋涉，他回到了马孔多，随

| 沿着铁轨走的何塞第二 |

机进了一户人家的厨房，想要讨点东西吃。这家的主人认出了他，给何塞第二泡了杯咖啡，缓过神后，何塞第二开始向这家的主人描述起他刚刚经历的大屠杀。

当何塞第二说完之后，这家的主人一脸疑惑说了句"马孔多没有发生过任何事"。听到这儿，何塞第二一脸蒙，不知道是他没说清楚，还是他听错了，他可是刚刚从尸体堆爬出来的……一定是哪儿出问题了。

何塞第二和这家的主人道别后，走回了家，在家的索菲亚立马就发现了何塞第二，让他动静小点，别让费尔南达发现。索菲亚就让何塞第二躲在老梅的房间里，此时马孔多下起了雨，把奥雷第二困在了家中，他听闻他的兄弟何塞第二已经回来，就偷偷去了老梅的房间，看望他的兄弟。何塞第二拉着奥雷第二诉说那场大屠杀。同样，奥雷第二也不相信何塞第二，因为在此之前，政府的公告里面说，工人们已经听从命令撤离车站，各自回家了。通告还说工会的领导和军队以及香蕉公司达成了协议，不但会改善他们的医疗和工作的环境，还主动提出举行三天公众娱乐活动来庆祝争端的解决。何塞第二不敢相信，怎么会这样呢？如果是这样，他在火车上看到的是什么呢？

他寻思着他一没眼花，二没吃撑，这不可能啊。

政府针对香蕉公司工人罢工的事件，开启了全国性的讲解，让全国人民都相信了马孔多没有死人，那三千多名工人已经心满意足地回到了家中。但在这场洗脑中，终究还是有些明白人的，他们就是失去至亲的家属们，他们来到司令部，请求军方能够给出一个合理的解释，但军方给出一致的答案，马孔多没有死人，他们一定是在做梦。何塞第二成为这场大屠杀唯一的幸存者，军队很快就收到了消息，打算斩草除根。

一天夜里，有七名官兵来到何塞第二家，他们无视奥雷第二和索菲亚的阻拦，直奔老梅的房间而去，听到外面动静的何塞第二知道了他身陷险境，退无可退，索性便穿戴整洁地坐在床上等着他们。随后一名军官踹开了房门，魔幻的一幕却发生了，那名军官走进老梅的房间看到的是一个破烂不堪，满地都是便盆的地方，完全看不到坐在床上的何塞第二。

搜查一圈后，官兵们发现没有异样便走了。门一关上，何塞第二确信战争已经结束，刚刚那一刻他彻底了解，战争的恐惧是多么令人刻骨铭心。

官兵们走后，何塞第二没有离开过老梅的房间，他告诉每天帮他送饭的索菲亚，一定要等他死透了再下葬。交代完毕后，何塞第二专心研究起老梅留下的羊皮卷。六个月过去了，军队撤离了马孔多，奥雷第二想找人聊天打发时间，便来到老梅的房间，一开门，一股刺鼻的便盆味道扑面而来，何塞第二的仪表难以形容，即使这样他仍然在专心地钻研着那张神秘的羊皮卷。在何塞第二发现奥雷第二的时候，他说他现在能确认了，车站里的三千多人全都死了。

| 军官看不到坐在床上的何塞第二 |

《百年孤独》

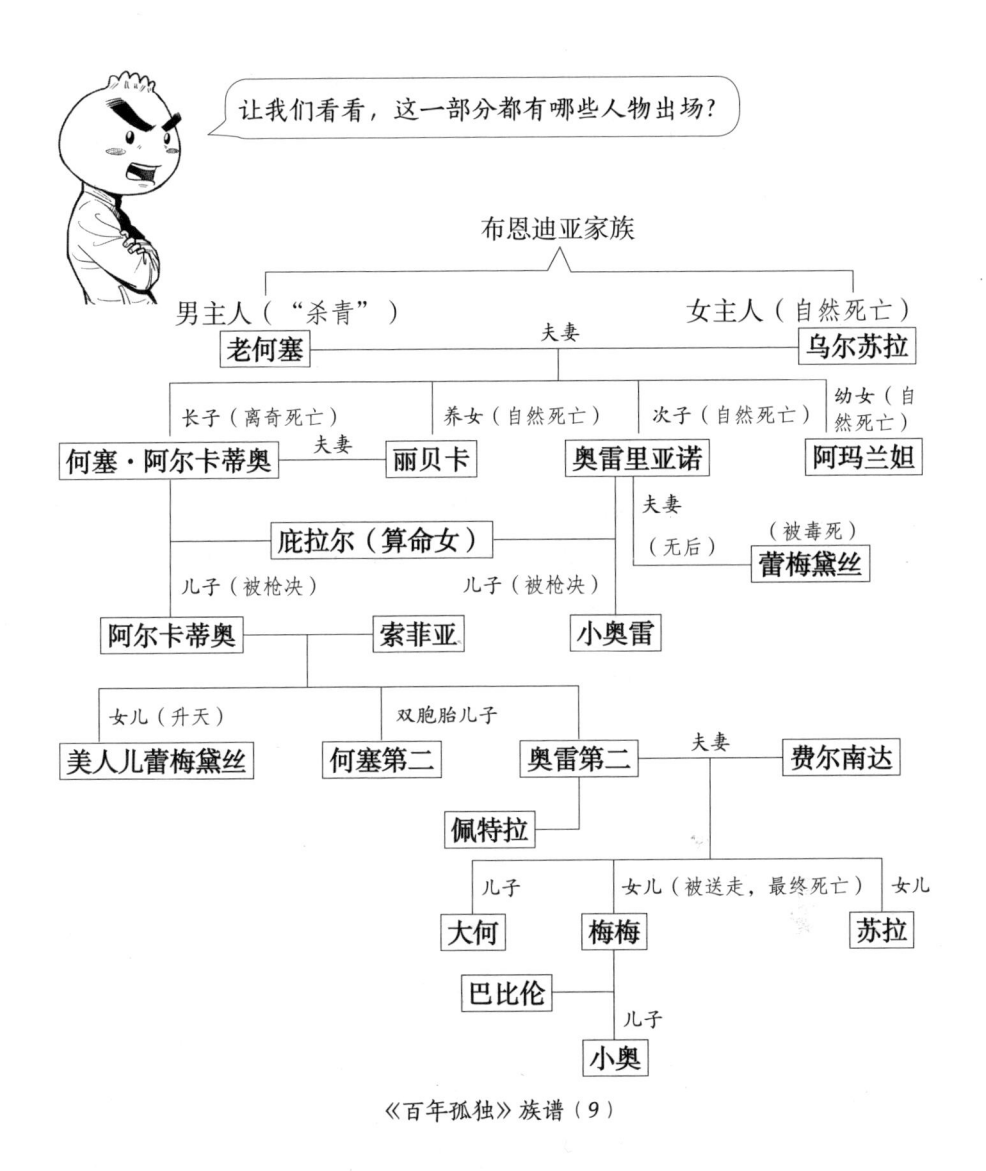

让我们看看，这一部分都有哪些人物出场？

```
                        布恩迪亚家族
         ┌─────────────────┴─────────────────┐
    男主人（"杀青"）                      女主人（自然死亡）
      老何塞 ─────────── 夫妻 ─────────── 乌尔苏拉
   ┌──────┬──────────────┬──────────────┬──────────┐
 长子    养女         次子          幼女
（离奇死亡）（自然死亡）（自然死亡）（自然死亡）
何塞·阿尔卡蒂奥─夫妻─丽贝卡  奥雷里亚诺        阿玛兰妲
       │                    │夫妻
   庇拉尔（算命女）       （无后）（被毒死）
                              蕾梅黛丝
   儿子（被枪决）  儿子（被枪决）
   阿尔卡蒂奥────索菲亚        小奥雷
       │
  女儿（升天）  双胞胎儿子
  美人儿蕾梅黛丝  何塞第二  奥雷第二──夫妻──费尔南达
                              │
                           佩特拉
              ┌──────────┬──────────────────┐
             儿子      女儿（被送走，最终死亡）  女儿
             大何       梅梅                    苏拉
                         │
                       巴比伦
                         │儿子
                        小奥
```

《百年孤独》族谱（9）

（十一）家族元老的逝世

马孔多的雨下了数日都没有停，奥雷第二迟迟没有返回情人佩特拉那儿，一开始费尔南达还以为他只是装装样子，中间给他递过雨伞，想看看他是否真的顾家。但没想到奥雷第二信守承诺，说不回就不回。在这种等待的时间里，奥雷第二发现了一直被费尔南达藏在屋子里的小奥，也就是他的外孙，闲着也

是闲着，奥雷第二便开始带起了小孩，他开始给孩子理发，然后穿好衣服，让他不再怕人，甚至还带着小奥和自己的小女儿苏拉一起玩耍，因此小奥从小就跟苏拉的关系比较不错。

一天，上校曾经的好兄弟马尔克斯上校去世了。当乌尔苏拉听闻了马尔克斯上校去世的消息时，她便叫上索菲亚，让她扶着自己来到门口，她想送马尔克斯上校最后一程。送别时，乌尔苏拉已经失明，但她却能够关注到葬礼的任何一个细节，她向马尔克斯上校喊道："永别了……我的孩子，替我向我的家人们问好，告诉他们雨停了我们就能见面。"

马尔克斯上校的葬礼结束后，街上情形让奥雷第二紧张了起来，这雨一直下个不停，佩特拉那儿的那些牲畜该怎么办呢？他立马往佩特拉那儿跑去，等他到了之后，他看到佩特拉正在清理着牲畜的尸体。几乎所有的动物都死了，只剩下一头瘦得皮包骨似的母驴，就像奥雷第二和佩特拉的关系一样，只剩下躯壳。佩特拉看到奥雷第二时，仅仅是露出一丝嘲弄的笑容说了一句，他来得真是时候。殊不知这句话下面藏了多少委屈以及无奈，奥雷第二见此便陪了佩特拉一段时间。

马孔多的这场大雨，一直下到次年六月才减弱，终于在一个周五的下午两点，一轮太阳再一次照亮马孔多，此时的马孔多已是满目疮痍。大雨停后，佩特拉看着不成样子的牧场，她不甘心家业被一场暴雨席卷而空，她怀着怒气，发誓要再一次回到财富的巅峰，而奥雷第二感受到佩特拉的决心后便赶了回去，他看到佩特拉正准备重新做彩票生意，家里能作为奖品的只剩下那头瘦得皮包骨的母驴。虽然知道东山难再起，但奥雷第二还是选择陪着佩特拉。

乌尔苏拉在这场大雨之后清醒了过来，不仅能下床走路，还能帮索菲亚给家里大扫除，但很快她又开始神志不清，她的身体还日渐缩小。乌尔苏拉时而糊涂，时而清醒，清醒的时候嘴里念念有词，比如不要斗鸡，不要近亲结婚，不要让蕾梅黛丝的长明灯熄灭，等等。彻底交代完毕后，作为第一代人的乌尔苏拉死在了一个周四的早上。人们帮她计算年龄的时候，得出的结果是一百一十五岁到一百二十二岁之间。她被放进一口篮子般大小的棺材里，葬礼举行的时候只有很少人出席，因为记得她的人不多了。就在同一年的年底，作为第二代人的丽贝卡也去世了，她孤独地躺在床上，身体像虾米一样缩成一团，她的头发早已经脱落，大拇指还含在嘴里。

就在此刻，最后一批继承老梅学识的吉卜赛人再次踏进了马孔多，他们发现马孔多竟然这么落后，居民们竟然与世隔绝。他们又拿着磁铁走街串巷，开始拿起放大镜表演聚集阳光的生火之术，结果还真有人看得目瞪口呆，不仅愿意花钱购买，还在一边直呼过瘾。一切仿佛又回到了原点。

> 历史果然是一个大圈啊。

此时的奥雷第二每天都和佩德拉经营着彩票生意，他必须想办法多搞一点钱，因为他想送小女儿苏拉外出读书，他决定赌一把，拿出了一处土地作为豪礼，这个奖品让他们家的彩票很快就被一抢而空。两个月后，奥雷第二终于凑够了苏拉的学费，收拾差不多后，奥雷第二和费尔南达将女儿送到了火车站，他们一起目送着女儿离开。自婚礼后，奥雷第二和费尔南达第一次挽臂并肩，却也是最后一次。家中最后一个孩子小奥逐渐长大，他并没有被送去上学，他甚至连上学这个权利都没有，费尔南达隐藏了他的身世，很多时候连家门都不让他出，小奥早就习惯了与世隔绝的生活。

烦闷的时候，小奥就会去找何塞第二聊天，两个人还是挺聊得来的，何塞第二不仅教小奥读写，还给他讲解羊皮卷上的内容，还有马孔多之前的故事。一天，何塞第二突然对小奥说："你要永远记住，那三千多人死之后，他们的尸体全部被扔进了海里。"说完之后，何塞第二一头撞在羊皮卷上，当场"杀青"，他死的时候还睁着眼睛。与此同时，奥雷第二身体抱恙，死在了费尔南达的床上，他死的时候瘦得只剩下一把骨头。兄弟两人就跟说好了一样，一起

名著好看在哪里

离开了这个世界。

得知这个消息的索菲亚立马赶了过来,她履行了对何塞第二的承诺。她用一把菜刀砍下了何塞第二的头颅,以确保下葬时,他没有被活埋。家里为他们举办葬礼,只是最后在慌乱之中,悲伤的醉汉们抬棺材出家门的时候,将他俩给搞混了,把两个人分别下葬在对方的坟墓之中。可殊不知,他们真正的身

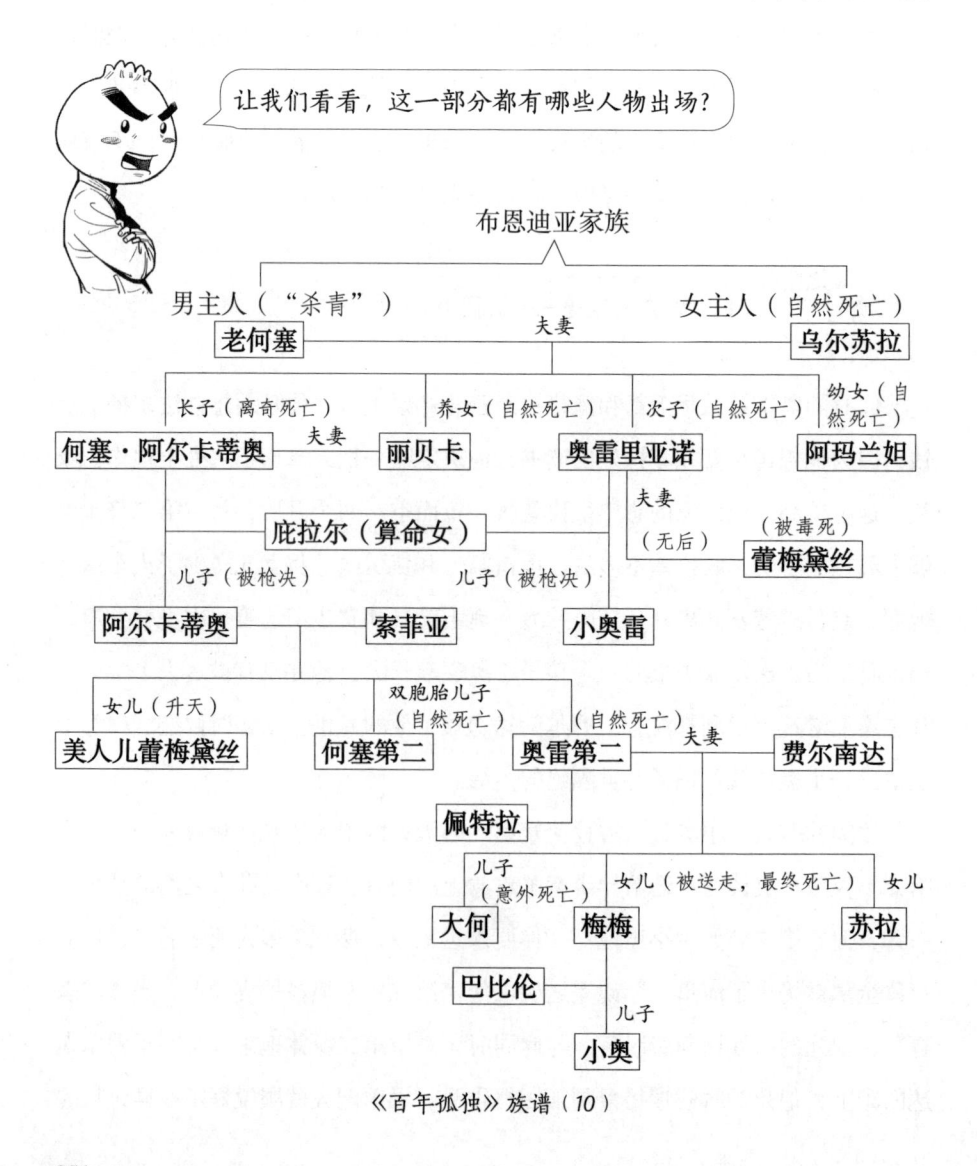

让我们看看,这一部分都有哪些人物出场?

```
                        布恩迪亚家族
                     ┌──────┴──────┐
          男主人("杀青")           女主人(自然死亡)
              老何塞 ──── 夫妻 ──── 乌尔苏拉
    ┌─────────────┬─────────────┬─────────────┐
 长子(离奇死亡)  养女(自然死亡) 次子(自然死亡) 幼女(自然死亡)
 何塞·阿尔卡蒂奥─夫妻─丽贝卡    奥雷里亚诺        阿玛兰姐
                                 夫妻
                              (无后)(被毒死)
         庇拉尔(算命女)                  蕾梅黛丝
    儿子(被枪决)    儿子(被枪决)
     阿尔卡蒂奥 ──── 索菲亚       小奥雷
    ┌──────┬──────────┐
 女儿(升天) 双胞胎儿子(自然死亡) (自然死亡)
 美人儿蕾梅黛丝  何塞第二    奥雷第二 ──夫妻── 费尔南达
                           │
                         佩特拉
                ┌───────────┬──────────┐
            儿子(意外死亡) 女儿(被送走,最终死亡) 女儿
               大何        梅梅           苏拉
                          │
                         巴比伦
                          │儿子
                         小奥
```

《百年孤独》族谱(10)

份，却在此刻对应上了，而他们被互换的宿命终于在死后重新回归。

> 我不再是你，你不再是我。

（十二）百年家族的陨落

何塞第二走后，小奥每天待在老梅的房间，一心钻研着各种书籍和那张神秘的羊皮卷。小奥虽然从出生就未踏出过家门一步，但经过长年累月的学习，他的知识储备相当不得了，甚至可以说他不出门就知天下事。在家的索菲亚担任起了照顾他的职责，索菲亚发现小奥跟家族的某些人一样会自言自语，实际上小奥是继承了家族的传统超能力，他也能够看到死去的鬼魂并且对话。跟他对话的便是第一代的吉卜赛人老梅。老梅向这个好学年轻人透露，他能够在这个房间里出现的次数不多，这次来就是想帮助小奥学习更多的知识，以便更快地破译羊皮卷。他还说目前要破译羊皮卷，还需要一本辅助图书。这本书就在一家破旧的书店中。小奥听完非常激动，于是拜托索菲亚帮忙带回这本书，索菲亚很快就把书带了回来。

> 这么多年了，索菲亚人还是那么好，就跟咱们的读者一样，挑不出毛病。

索菲亚自打进门以来，勤勤恳恳，做了几十年家务，毫无怨言。她虽然在家里并没有什么存在感，但多亏了她，布恩迪亚家族才能正常运转。但好人也有退场的时候，索菲亚感觉到她渐渐有心无力了，她告诉小奥她这把老骨头，已经管不了这么大一个家了，她想要离开了。索菲亚为了不让小奥担心，试图告诉小奥她要去投靠远方的表妹。小奥是个明白人，自打他有记忆以来，索菲亚这么多年几乎就没有出过远门，更没有和其他人有过联络，哪来的远方的表妹呢？明显只是不想让他担心，随便找个借口罢了。事到如今，小奥已不再试图挽留。在索菲亚临走的时候，小奥给了她一些盘缠，随后目送这个老人离开了布恩迪亚家。对于索菲亚的离开，费尔南达十分恼火，因为她这么一走，以后家里的饭菜谁来做呢？她喋喋不休地骂了一天，甚至还一度怀疑索菲亚是不是顺走了家里什么值钱的东西。平息情绪后，费尔南达只能默默地接受这个现实。

三年后的一天，小奥破译羊皮卷终于有了进展，他发现上面的语言竟是梵文。小奥虽然博学，但语言不通属实有点超纲，所以他需要更多的辅助书籍来帮助自己，那么要买书，得外出，要外出，就得向费尔南达申请。其实，小奥这一举动是没必要的，因为他现在已经长大了，他是家里唯一一个男人，如果他真的想出门，没有人能拦得住。只不过小奥长期被费尔南达软禁，早已不会反抗，所以他还是坚持要得到费尔南达的准许才能安心出门。小奥就在厨房死等，换作平日，费尔南达早就来取她的早餐，两个人之前总是在这儿碰面，奇怪的是，今天居然不见人影，他只好原路返回他的房间，打算靠着他有限的学识，继续研究那张羊皮卷。到了第二天早上，小奥和往常一样去生火做饭，他惊奇地发现昨天的饭菜还在厨房里，原封不动。于是他走到费尔南达的卧室张望，只看见费尔南达身穿女王的服装躺在床上一动不动，小奥上前确认后才知道，费尔南达死在了床上，一代女王就此陨落。

> 离开应该体面，谁都不要说再见……

得知费尔南达死讯的小奥，第一时间就在炼金房里烧起了水银，确保尸体在下葬前不会过度腐烂。四个月后，费尔南达外出求学的儿子大何终于回来了，他回来的第一件事就是想见见母亲费尔南达，没想到母亲已经去世，只见到一具尸体。好在有小奥帮忙，大何才能见到母亲最后一面，大何轻轻地吻了一下母亲的额头，随后安排母亲下葬。

在移动尸体的时候，大何在费尔南达的衣裙下找到了衣柜的钥匙，以及一封没有寄出去的信,他当着小奥的面读起了那封信,信里隐藏着这个家族的真相,等大何读到第三行的时候,他看了一眼小奥,说小奥就是那个"野种"。小奥并没有理会他,比起这种辱骂,小奥现在更想知道羊皮卷里到底写了什么。见大何已经回来,小奥踏出了家门,顾不上街上新奇的风景,直奔书店,他很快就找到所需的五本书,买单的时候书店老板看他很有慧根,把书直接送给了小奥。两个人因此成了朋友。

回到家,大何没有和小奥交谈,他先是将母亲费尔南达下葬,随后重新收拾这个卧室和梅梅的房间,他将这两处地方变成了他的杂货间。多余的东西,只要是他觉得碍眼的,就一把火把它们烧了个精光(咱就是说这孩子真不会过日子)。收拾完,大何去浴室泡了个澡,在泡澡的过程中,他总会想起阿玛兰妲,想起小时候她为自己擦拭身体,想到了母亲费尔南达的那封信,母亲在信中告诉他,家中的宅院中藏着一笔不属于这个家的财产,让大何去把它找出来。看到母亲临死还惦记着自己,大何是有所愧疚的。因为这么些年在外,求学只是个幌子。实际上他早早就辍了学,放弃了学业,流浪在罗马街头,过着穷困潦倒的生活,费尔南达到死都被蒙在鼓里。散漫的大何同往常一样,回到家一年没有任何收入,也从不打算工作,为了糊口只能卖掉家中一些值钱的东西来维持生计,如今他唯一的消遣就是招募孩子来家里玩耍,当起了孩子王。他每天就带四个熊孩子在院子里载歌载舞。

一天晚上,这几个熊孩子就在乌尔苏拉的房间里,看到一片金光从水泥地下映出,大何立马意识到这就是他母亲所说的财产,于是他立马掀开断裂的石板,果真发现了一笔巨大的财产。大何明白接下来的日子会有趣很多。发现财产后,大何的生活是变好了,但习惯了这样的日子后,大何更加难以掩盖他心中那股深邃的孤独和空虚,慢慢地,他就像发疯一样,把所有熊孩子都赶出了家门,下手比面对一群野狼还要狠毒,甚至因为情绪太过激动而导致哮喘病发,瘫倒在地,不省人事。好在小奥发现了他,大何才捡回一条小命。这事之后他们的关系有所改善,大何变得不那么抗拒他这个大外甥,时不时地带着食物来到小奥的房间，和他一起分享，开始了解他。这么一接触，小奥的博学和智慧彻底把大何给镇住了，他无法想象一个连家门都没怎么出过的人，居然能够掌握各种不同的语言，还能拥有许多百科全书上都未有的知识。

> 可以说这在某种程度上能吊打今天的人工智能。

在往后的日子里，大何只要遇到什么不懂的难题，他都会第一时间求助于大外甥，小奥也在大何的批准下可以离开房间，获得了在走廊里看书的特权。他们的关系慢慢亲近，大何打算给小奥张罗一桩足以糊口的生意，具体是什么生意他没有说。因为这个时间他必须得去泡个澡，就在大何独自享受沐浴时光时，被他赶走的四个熊孩子，突然从房顶的豁口钻了进来，没等大何反应，他们四人跳进了水池，合力将大何的头按入水中。直到垂死挣扎的气泡不再涌出水面，四个熊孩子才肯松手，这次的谋杀迅捷、有序、残忍，完全不亚于一次军事奇袭。

大何去世后，家中的三袋金币被熊孩子席卷而空。当小奥发现大何的时候，他已经漂在那平滑如冰的池水中，家族里又少了一个人。过了一段时间，在外读书的苏拉带着她的丈夫一起回到了马孔多，苏拉就是费尔南达的第三个孩子，苏拉丈夫名叫**加斯通**。回到家的苏拉面对这破败不堪的院子，马上意识到她离开家的时间远比想象中的还要长久。她开始马不停蹄地重整家宅，将堆积在角落的破烂和迷信物品通通扫地出门。

在她回来的三个月后，家里又充满了第一代人的那种欢快的气息，她开始在这片欢乐的土地上回忆以前，她发现自己还是适合待在马孔多的，苏拉很快做出了在马孔多安度晚年的决定。当加斯通收到苏拉这个通知后他蒙了，一开始他以为妻子只是想家，陪她回来住几天，没想到这一回来居然是定居。既来之则安之，选择留在马孔多的加斯通，为了打发无聊的时间萌生了创业的想法，他想在马孔多建立航空邮政服务，也就是快递。这个计划得到了很多人的支持，加斯通顺利地找到了生意的合伙人，合伙人告诉他马上就有飞机来到马孔多了，加斯通听完兴奋不已，时不时地就把头往上抬，期待这一刻会有他们的飞机从头上飞过。

两年后的一天下午，小奥和往常一样去书店找老板聊天，他在书店中偶遇了四个在胡言乱语的年轻人，他们正在激烈地争论着如何灭杀蟑螂，这个话题成功引起了小奥的注意，一来二去，大家聊得也挺好。渐渐地，小奥和这四个年轻人玩在了一起。晚上，小奥向大家聊起作为布恩迪亚家族第二代人的上校，聊起他的传奇经历，可奇怪的是他的四个好朋友居然不相信上校是曾经存在过的人，还说他只是政府编造出来的人物。没想到遗忘来得如此之猛烈，大家不仅不记得布恩迪亚家族，也不记得有过什么香蕉公司，更加不记得有过什么大屠杀，这些通通都被说成了谣言。他们忘记了历史。

他们忘记了本该铭记的。

加斯通的心思一直都在那架没有到来的飞机上，他渐渐冷落了妻子苏拉。孤单寂寞的苏拉在一天上午，出现在了小奥的房间里，他们两个聊起了天，正当他们聊得起劲时，苏拉额头上突然出现了一只蚂蚁，使得这样的谈话被打断。缓过神来的苏拉，以要去消灭家里的蚂蚁为由，离开了小奥的房间，离开之前还送上了一个飞吻。自从那场聊天后，小奥的日子越过越有味，反之，加斯通认为他的期待早就成了泡影，飞机等不到了，苏拉也不会走了，他开始计划独自返回欧洲。在一次偶然的机会中，小奥忍不住对苏拉透露出自己的爱意，面对小奥深情的告白，苏拉当场吓一跳，并非常气愤地说要离开马孔多。小奥表白失败，他心情惆怅，打算去找朋友聊天倾诉，转移注意力。朋友带着小奥来到一个地方，这儿门口的一位老人家认出了他，并喊出了他的全名奥雷里亚诺，这位老人家就是庇拉尔，身为第一代人的她已经活了一百四十五年。由于小奥和上校长得太像，庇拉尔下意识地把小奥认成了当年的上校。

| 庇拉尔 |

经过介绍后，两个人熟络了起来，小奥常来找这位高祖母倾诉生活中的一些烦恼，活了一个世纪多的庇拉尔，表示什么事情没有见过，眼睛一看就知道小奥是为情所困，知道小奥来自布恩迪亚家族后，庇拉尔好像明白了什么。她发出了一阵深沉的笑声，并对小奥说："无论她现在在哪儿，她都在等你。"

当天的下午四点，苏拉刚刚走出浴室，小奥就出现在了苏拉的眼前。面对着小奥的出现，两个人最终还是在一起了。随着加斯通返回欧洲，小奥和苏拉完全放飞了自我，他们在家里甚至连衣服都不穿了，因为他们觉得这样能节省脱衣服的时间，全然不顾家中肆虐的蚂蚁。这期间，第一代人庇拉尔去世了，旧世界的零星碎片，终于在这个世界上销声匿迹了。书店老板因为怀念起了他的家乡，打算将书店清仓之后离开马孔多，小奥的四个老友也一一离开。

没过多久，苏拉就怀孕了，他们发现加斯通留下的钱被他们花得差不多了，最后只能靠着贩卖苏拉的珠宝勉强过日子。他们在家里，有事没事地就回忆童年时光，讨论起小奥的身世，但没得出一个结果，所以小奥和苏拉都暂时相信小奥是弃婴。在一个周六的下午六点，他们的爱情结晶来到了这个世上，他们给孩子取名为**罗德里戈**。给孩子剪完脐带后，产婆用布擦去孩子身上淡蓝色的黏液。小奥举着灯打算看看他的孩子，直到把他翻过身来，他发现孩子的身上好像多了些什么，仔细一看，那是条猪尾巴！

| 长着猪尾巴的婴儿 |

> 天道好轮回，猪尾巴虽迟但到。

小奥和苏拉两个人并没有慌乱，他们从未听说过家族的传说，觉得没什么大不了的。现场的产婆给出热心的建议，说等到孩子换牙的时候就可以找人把尾巴切掉。说完，他们便无法顾及这个问题，因为此时苏拉的下身血如泉涌，无法止住，最终，苏拉因失血过多离开了这个世界。失去爱妻的小奥接受不了这个事实，跑出家门，最终晕倒在地。当小奥恢复了神志之后，他第一时间便想起了自己的孩子，他火速赶往自己的家中。到家后，他发现孩子已经不在篮子中，他神情恍惚，找了半天，终于发现了孩子，但此时的孩子只剩下一张干瘪的皮！他发现家里的蚂蚁正沿着花园的路把孩子拖回巢穴之中，看到这个情景的小奥呆住了，不单单是因为恐惧，更是在那一瞬间，老梅羊皮卷的终极密码显现出了意义，那张神秘的羊皮卷好像浮在空中，正完美显现出了译文：

| 拿着羊皮卷，站在窗前的小奥 |

"家族的第一个人被捆在树上，最后一个人正被蚂蚁吃掉。"

破译羊皮卷后的小奥此生从未像此刻般清醒，他用木条钉死了门窗，决定远离世间的一切干扰，他往下读发现，原来这张羊皮卷是百年前，吉卜赛人老梅预先写出来的，预告着他们这个家族的历史走向。

小奥从羊皮卷里认识了老何塞、上校、阿玛兰妲和"1900"，他知道这个家曾经出过一位绝世美人而且离奇地升天了，他跳过前面的内容，迫切想知道他自己的身世，等他翻到那页的时候，他终于知道他原来是梅梅的孩子，费尔南达是他的外婆，爱妻苏拉则是他的姨妈。他还没来得及接受这些真相，就读到了当年海盗猖獗的里奥阿查，也就是老何塞和乌尔苏拉的祖先相遇的地方，祖先们的遭遇就是为了促进老何塞和乌尔苏拉后面的相识和结合，直到孕育出这个七代人的家族罢了。

原来一切早已注定，最后他知道了自己接下来的命运。他不可能再走出这间房间，因为在羊皮卷的描述中，这座"镜子之城"将在小奥全部翻译完羊皮卷时被飓风抹去，从世人的记忆中根除，羊皮卷上所记载的一切永远永远不会再重复。因为注定经受百年孤独的家族，不会有第二次机会出现在大地之上。

《百年孤独》

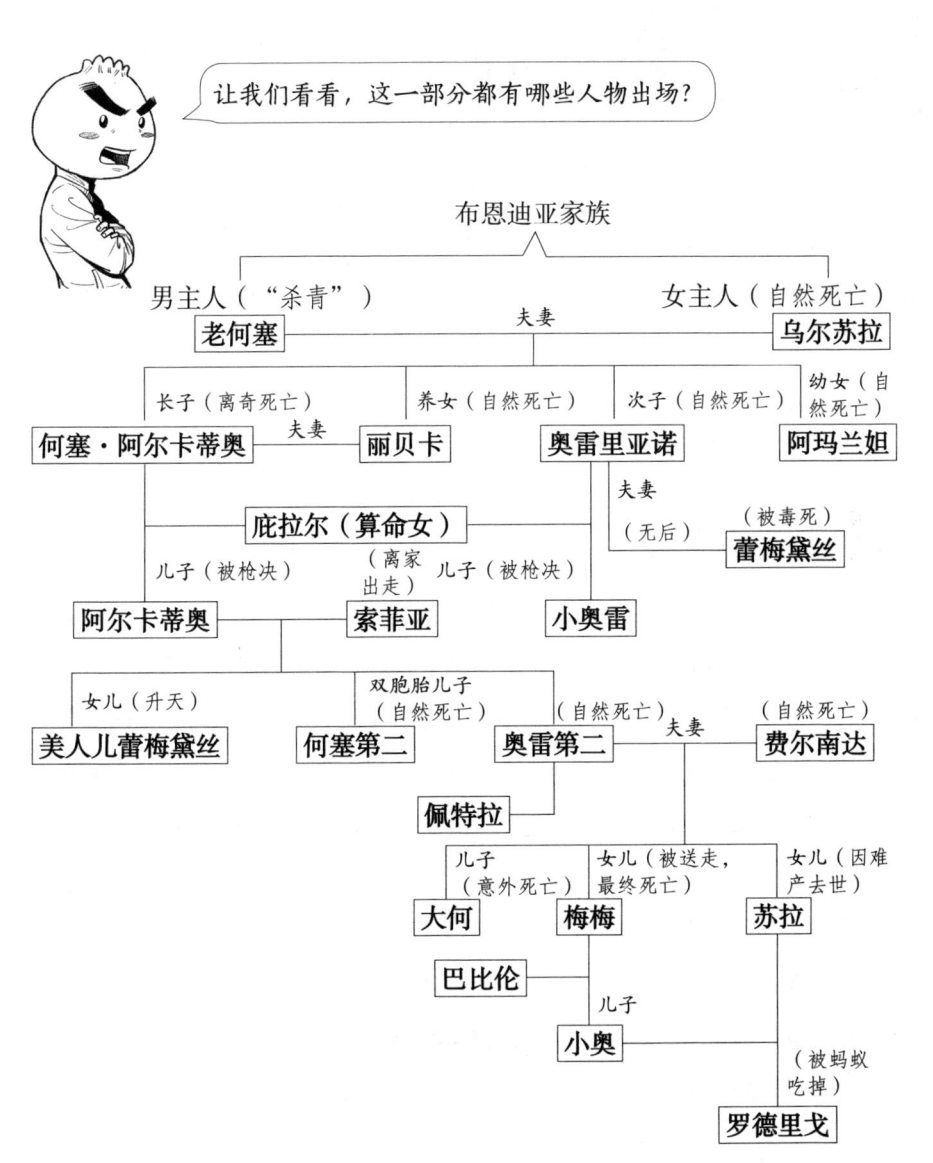

> 让我们看看，这一部分都有哪些人物出场？

```
                          布恩迪亚家族
          ┌──────────────────┴──────────────────┐
    男主人（"杀青"）                         女主人（自然死亡）
      老何塞 ────────── 夫妻 ────────── 乌尔苏拉
         │
   ┌─────┼──────────┬──────────┬──────────┐
  长子（离奇死亡） 养女（自然死亡） 次子（自然死亡） 幼女（自然死亡）
  何塞·阿尔卡蒂奥 ─夫妻─ 丽贝卡   奥雷里亚诺           阿玛兰妲
         │                        │ 夫妻
    庇拉尔（算命女）              （无后）─── 蕾梅黛丝（被毒死）
    ┌────┴────┐
  儿子（被枪决） 儿子（被枪决）
  （离家出走）
  阿尔卡蒂奥 ── 索菲亚    小奥雷
         │
   ┌─────┼──────────┐
 女儿（升天） 双胞胎儿子（自然死亡） （自然死亡）        （自然死亡）
 美人儿蕾梅黛丝  何塞第二  奥雷第二 ─夫妻─ 费尔南达
                            │
                          佩特拉
         ┌──────────┬──────────┐
      儿子       女儿（被送走，   女儿（因难产去世）
     （意外死亡）  最终死亡）
       大何         梅梅           苏拉
                    │
                  巴比伦
                    │ 儿子
                   小奥
                                  （被蚂蚁吃掉）
                                  罗德里戈
```

《百年孤独》族谱（11）

掩卷遐思

情节思考

读完《百年孤独》的你，是不是觉得这些情节过于魔幻了？作者究竟是怎么写出这些的？没错，一切都是因为魔幻现实主义，这个词充斥着整本《百年孤独》。我们先来聊聊什么是魔幻现实主义。简而言之，魔幻现实主义是对现实的诗化或者否定。举个例子，比如美人儿蕾梅黛丝和床单一起升天这个名场面，其家人看到美人儿蕾梅黛丝升天的时候，他们的第一反应并不是震惊她为什么会飞，而是感叹她要去哪儿，为什么离开。对于升天这件事，反而觉得没什么稀奇的，在生活中习以为常一样，人们更多注意到的是事件本身，而不是现象。那什么是好的魔幻现实主义呢？这并不是看你写的情节有多么夸张，你的脑洞有多么大，而是看你这些夸张的描述背后，到底隐含了什么样的社会现实，或者有什么隐喻，即用这些魔幻的现象来反映当下的现实生活。

我们再来说说小说中的名字。整部小说原文读下来，大家对名字的印象会非常深刻，怎么祖祖辈辈都在用一个名字，特别是第一次读的时候，会时常有一种感叹，这到底是谁跟谁啊？我第一次看的时候也是这样的，根本记不住。但如果你硬着头皮把这部小说读完，即使书中名字众多，读完之后你肯定会记住这两个名字，一个就是阿尔卡蒂奥，另一个就是奥雷里亚诺。那到底要怎样区分他们呢，大家可以从性格上入手，凡是名叫阿尔卡蒂奥的都属于外向型人格，身材也比较魁梧，好斗好战，很容易冲动，做事从不考虑后果，都有纵欲的倾向，家族的香火在这些人身上得到延续。名叫奥雷里亚诺的都属于内向型人格，比较擅长独立思考，享受独处，但更容易感受到孤独，一般都无后。所以知道了这两点之后，大家是不是就意识到那对双胞胎虽然用着对方的名字，但却在过着自己原本的人生呢？这是很妙的一点。

还有名字中隐藏着的人物命运，祖祖辈辈重复使用同一个名字，则代表整个家族是在一种循环之中，看似是在向前发展，实则是原地踏步甚至后退了。

《百年孤独》

其不仅仅是《百年孤独》的一个大主题，更是那时整个拉美的黑暗命运。当我们理解了这一点，我们就找到了打开《百年孤独》的钥匙，人名的重复是因为这个家族的历史、国家的历史、大地的历史，都是在进行一个不断的循环。回到书中，只要我们摸清楚规律之后，循环其实也是一种方便，大家知道了各自的名字代表什么样的性格，那么在接下来的情节中，你就能和作者或者情节去做一个互动，看看这个名字的人，是不是会做出符合名字特点的那些事。

提到名字，我们再来说说《百年孤独》中的人物。细心的读者会发现，《百年孤独》是没有主角的，每个人都有上镜的机会，而且整部小说看下来，并没有看到什么家族开例会、姨妈跟侄子谈心、父母给孩子开导教育这些内容。虽然同为一家人，但彼此都是被隔开的，他们也不团结。直到最后孤独地死去，一切都在羊皮卷的预言之中，有一种深深的宿命感。书中有部分人物是可以意识到这种宿命感的，而且也用了他们自己的方式去加以反抗，比如第四代人的双胞胎，小时候就经常玩互换身份的游戏，何塞变成了奥雷，奥雷变成了何塞，似乎想用这种方式来挣脱家族的枷锁。苏拉也意识到了家族这种无意义的循环，似乎就是在名字上开启的，所以她当时就和丈夫加斯通说，以后生孩子无论男孩女孩都不能再叫阿尔卡蒂奥、奥雷里亚诺和蕾梅黛丝了。她也是想摆脱这种家族的枷锁，不过最后都是徒劳罢了。

我接下来就在小说中选取两个我最想谈的人物来和大家一起聊聊。他们分别是乌尔苏拉和奥雷里亚诺上校。

先从乌尔苏拉开始吧。读完整部小说，大家或多或少地都能感觉到乌尔苏拉才是整个家族的顶梁柱，无论家族发生多大的事情，她都不会让家族分崩离析，也活了很久。作者马尔克斯说过，他认为妇女们就是在支撑着这个世界，而男人们只会一味地推倒历史。乌尔苏拉这个角色的原型，来自马尔克斯生命中三个不同女人，一个是他外婆，一个是他母亲，还有一个是他妻子。乌尔苏拉分别集合了三代十分坚强且坚韧的女性形象，这也是马尔克斯必须让乌尔苏拉活到小说后面的原因，因为她一死，整个家族就会散了，所以只能等到后面的情节无足轻重时，她才可以彻底离开。在现实生活中也是这样的，老人或者长辈始终是维系家族的一根纽带，甚至可以说是最后一根纽带，有多少家族因为老人去世后便再聚不齐了。

我们再来看看奥雷里亚诺上校。如果说《百年孤独》一定要选出一个主角的话，那有很大概率会是上校这个角色，毕竟他的一生太过传奇。例如他发起三十二次起义，逃过各种暗杀等，即使离世后，他的事迹也会在后面的篇章中反复被提起。那么问题就来了：前半生过得如此丰富的上校，为什么最后也逃不过孤独呢？我们要回答这个问题，就要先知道上校的孤独源自何处。我认为上校的孤独是源自内心的迷茫——关乎权力和爱情，以及掌握权力的孤独感。当人爬升到一定地位的时候，他注定是孤独的，无论是古代的帝王，还是现在的"高层"，他们就是有很多东西没办法与人倾诉，不被理解。乌尔苏拉曾评价上校，认为他是一个不知道怎么去爱的男人，他明明有过这么多女人，还有十七个私生子，但他最后还是选择重复制作小金鱼来孤独地度过余生。可以说他的选择太多，也可以说他不清楚他真正要的是什么，又或者是他要的已经不在世上，上校的身上一直都有一股独特的悲观气息。

其实，这种心态蛮像如今社会中的年轻人，随着社交网络的发达，本来人与人之间的距离应该是被拉得更近的，通过这些去发现爱，但讽刺的是，反而是人们离得太近才导致与大家变得更远，因为选择太多而变得无法选择。或者我们和上校一样，不知道如何去表达自己，总感觉自己是不被理解的，而把自己困在内心的围墙之中。打游戏、宅在家里、独自刷着短视频，这些就是大家手中的"小金鱼"。

人物说完了，我们再来说说即使没有看过《百年孤独》的朋友，也会津津乐道的一句金句，就是本书开篇的那句话："多年以后，面对行刑队，奥雷里亚诺·布恩迪亚上校将会回想起父亲带他去见识冰块的那个遥远的下午。"这个句式为什么成为经典，为什么能让很多作家争相模仿呢？很大原因是来自它独特的结构，短短一句话，隐藏了三个不同的时空，分别是未来、现在、过去。当我们第一次打开这本书，看到这句话的时候，我们立马就会开始陷入一个混乱的时空当中，我们会开始想上校是谁，在那个看见冰块的下午是怎样的下午，被它深深地吸引，不自觉地读下去，这也是很多人说这本书"有毒"的原因。这像不像我们当下看的短视频，开头几秒必须把你吸引住，你才能停留下来，把短视频看完。你看，这些都是大师们"玩剩下"的了。

马尔克斯曾经说过，孤独就是拉美的代名词。拉美文明的现状，跟它的迷信、僵化、落后、愚昧有着很大的关系。不仅如此，这些特质已经深深渗入了人们精神之中，它成了阻止国家、民族进步的绊脚石。所以说拉美文明是一种不被外人理解的文明，因为不被理解而孤独。

但是，拉美并不是没有机会接触新文明的，小说中是有预示的。文中通过加斯通这个角色的到来预示着外来文明尝试与拉美文明相互融合，但随着加斯通在马孔多的无聊以及格格不入，到最后创业的梦想破灭，返回欧洲，说明马孔多这个地方摆脱孤独的失败，更深层次来说是外来文明与拉美文明的交互失败，先进的文明并不能拯救落后的文明，而拉美人民不但不自知，更在某些时刻忘记了他们的历史。

小说最后的结尾说这个家族不会有第二次机会出现在大地之上，这个家族就像拉美文明一样，最后随风而去，这些经历有一次就够了，这个就像鲁迅先生在《狂人日记》的结尾一样："没有吃过人的孩子，或者还有？救救孩子……"他们都在用文字唤醒着一片又一片的国人，使其摆脱苦难。所以《百年孤独》不只是关乎某个国家或者个人的故事，可能还是关乎全人类的故事。我们为什么要回看历史，因为历史就是先知，它会通过赞成或反对的往事来预告未来。

——————置身事内——————

如果你是上校，你会支持自由派继而参加战争吗？

如果你是阿玛兰妲，你会一直拒绝"1900"和马尔克斯上校吗？

作者其人

马尔克斯在一九二七年出生于哥伦比亚阿拉卡塔卡,这儿是他生命的起点,他的所有作品都与之息息相关。

童年是在外祖父家度过,生活很幸福快乐。马尔克斯在快满十六岁时,遇到了人生的"岔路口",要么接过父亲的事业,成为一名医生;要么另寻出路。几经斟酌,马尔克斯最后决定外出求学。

一九四七年,马尔克斯读到了卡夫卡的《变形记》,马尔克斯一边合上书本,一边惊呼"真是服了!竟然还可以这样写"。第二天,他开始动笔写《第三次无奈》。九月,马尔克斯看到《观察家报》的周末专栏中,《第三次无奈》占据了整个版面,他激动得几乎跳起来。

一九五五年,马尔克斯的第一部长篇小说《枯枝败叶》正式出版。

一九六四年,他转让了短篇小说《咱们镇上没有小偷》的影视改编权。他还参与了电影拍摄,不过,电影圈的工作对马尔克斯的构思方式造成了极大的影响,还占用了他的精力和时间。于是,马尔克斯决定不干了。他开始闭关写作,用十八个月的时间完成了《百年孤独》。

一九六七年五月,《百年孤独》出版。出版社首印八千册,两周时间八千本书就售罄了,《百年孤独》爆火!

一九八二年,马尔克斯获得了诺贝尔文学奖,彻底变成名人。

二〇〇二年十月,马尔克斯的回忆

| 加夫列尔·加西亚·马尔克斯 |

录《活着为了讲述生活》出版，这是他唯一的自传。出版之后也创下了惊人的销量——不到一个月，仅在拉丁美洲就售出一百多万册。

二〇一四年，八十七岁的马尔克斯在墨西哥城病逝，一代文豪陨落。

结束语

最大的孤独是什么样子的呢？我想，对我们普通人来说，我们完成了很多的事情，但最后这些事情似乎注定都会被忘记，或者无人提及。我们一无所有地来，也终将一无所有地离去。

在现实生活中，孤独是不可避免的，无论在人生的哪个阶段，总会有那个阶段的孤独，所以我们才需要不断地去折腾，去经历。无论成功与否，最后都会变成我们的记忆，而记忆无疑就是抵抗孤独最大的武器，因为回忆会比经历要长得多。马孔多最可怕的孤独莫过于村里的人都得了失眠症，长久地失眠使得他们丧失了记忆，人们想不起来他们来自哪儿，将要去往何处。读完这部小说，结合历史资料，从宏观上来讲，我们是幸运的！好在我们今日的孤独并没有建立在被列强侵略之上，好在我们的孤独没有被一阵飓风抹去，好在我们的孤独是建立在今日强大的中国之上。

从我个人的角度来讲，我认为孤独并不可怕，可怕的是我们穷极一生也没有按照我们自己的想法做过什么，可怕的是我们从来不敢独自去面对孤独，可怕的是我们以为我们自己从不孤独。虽然孤独不可避免，但生活也会因为大家的负重前行而变得更好。我很喜欢我自己的这个比喻，孤独就像茫茫大海，而我们每个人就像是大海上的一叶扁舟，祝愿大家在随风而去的同时，能够与他人相伴而行。

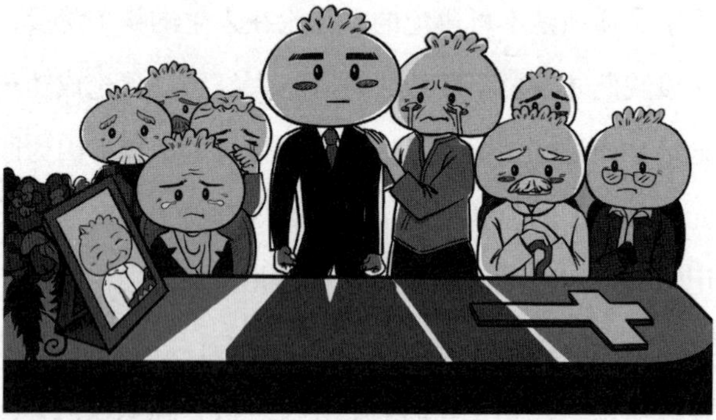

《局外人》
——关于存在主义与人性疏离的辩题

在这一篇章，我们一起来聊聊加缪的《局外人》。这部小说是加缪一系列传世之作中的名副其实的"领头羊"。小说的情节可以说是比较简单的，简单到让你在一开始阅读时会感觉有那么一点"闷"。但是细读下去，你会被小说扑面而来的荒诞感吸引。大概还会因为开始思考自己，思考我们和这个世界的关系而被这部小说吸引。

名著好看在哪里

> 听包子我娓娓道来，让你爱上读名著。

故事脉络

男主角**默尔索**在某一天上班的过程中，收到了一条他母亲在养老院去世的消息。原文是这么说的："今天，妈妈死了。也许是在昨天，我搞不清。"这是小说的开头。于是，男主角就不得不和上司请了两天假，去参加母亲的葬礼。葬礼上所有人都很颓丧，神情黯然，有一位和母亲关系好的老妇人哭得十分伤心。只有男主角在现场表现出了那种异于常人的冷静，这让养老院的众人觉得有点不可思议，因为他看上去并不难过，也没有哭，就连养老院的院长问

| 默尔索参加葬礼 |

他想不想见母亲最后一面时,他也是拒绝的。

其实,他拒绝的原因是打开棺材太麻烦了,他现在一心想赶紧结束葬礼,这样他就可以回到家睡十二个小时的觉。

很快葬礼就结束了,默尔索隔天就和刚认识的女友**玛丽·卡尔多娜**(为了好记,我们就叫她**玛丽**)去了沙滩,看了电影。在电影结束后,他们回到了默尔索的住所。等到默尔索第二天醒来的时候,玛丽已经走了。默尔索感觉他母亲在的时候,这套房子的大小正合适,但是现在他一个人住,房子就显得太空了。

这些天默尔索正常去工作,仿佛母亲的去世对他没什么影响,默尔索还认识了我们的男二**雷蒙**,可惜这个人不是什么好人……

某一天,雷蒙组织周末一起去户外游玩,他邀请默尔索和玛丽一同前去,默尔索没有多想就接受了邀请。

这天晚上,玛丽找到默尔索问他是否愿意同自己结婚,他表示结不结婚都行。玛丽又问他是否爱自己,他像上次那样回答了玛丽:"这个问题毫无意义,但可以肯定我并不爱你。"玛丽反问默尔索:"那你为什么要娶我?"默尔索向她解释说这无关紧要,如果她希望结婚,那他们就结,默尔索并不认为结婚是什么大事。玛丽觉得默尔索是个怪人,不过她也正因为这点而爱他。

> 要不怎么说爱情有些时候才是世界上最大的未解之谜呢。

到了周末,玛丽、默尔索和雷蒙等一行人来到了目的地,不过节目还没开始,"事故"就先来了。雷蒙、默尔索与两个阿拉伯人打起架来了,他们打得不可开交,"战斗"结束后,默尔索扶着受伤的雷蒙回到住处去休息,雷蒙也去找了一位医生看伤。

冤家路窄,没过多久,雷蒙和默尔索在海滩上又碰到了那两个阿拉伯人,雷蒙想开枪,默尔索拦住了雷蒙,让雷蒙把枪先给他,如果阿拉伯人动雷蒙一下或者掏刀，他就开枪。好在两个阿拉伯人是往后退的，很快就溜到大岩石后面去了。于是，雷蒙和默尔索也掉头往回撤。

默尔索把雷蒙送到木屋，然后独自向海滩走去，再次碰见了一个前面见过的阿拉伯人，阿拉伯人并未起身，却抽出了刀子，在阳光下对准了默尔索。而默尔索手里紧握着枪，在太阳的辅助下，"脑子一抽"，扣动了扳机，还对着尸体又补了四枪。

默尔索被捕后，被审讯了好几次——都是关于他身份的，司法部门还指派了一名律师前去。这名律师问默尔索他在他母亲下葬那天为什么看起来无动于衷，默尔索实话实说——他很爱他母亲，但是那天真的很累。他还提醒律师这件事情和他的案件并没有什么关系。但律师只是觉得默尔索不想配合，生气地走了，连出庭时都没出现。

在法庭上，预审法官问起默尔索爱不爱他的母亲，默尔索回答说他当然爱他的母亲，只是看起来并不像。预审法官又问起默尔索为什么对着尸体补枪，默尔索没有回答，但是预审法官纠结于这个问题的答案，他甚至拿起了十字架想要净化默尔索。最后，直到预审法官疲劳了，事情才到此为止。

默尔索在牢房里待了五个月，每天过着一样的生活，做着一样的事情，他感觉时间对他已经没有什么意义了。

很快就到了六月底，他的案件

| 法庭上的默尔索、律师和法官 |

要进行最后一轮审理了。因为是公开辩论，所以现场来了很多人。庭长先是问了一些他的基本信息，然后问了和案子相关的信息，传唤了证人。紧接着，庭长就问起了关于默尔索母亲的问题，似乎这两件事情是相关的。最终法官因为默尔索在母亲的葬礼上没有哭，看起来是不悲痛的，还在葬礼第二天就出去玩，而判定他没有灵魂、没有人性，继而判处他死刑。

故事说到这儿也就差不多结束了。

掩卷遐思

―――――情节思考―――――

如果单用情节来评判这部小说的话，那真的可以说是平平无奇。第一，它没有现在流行的大反转；第二，在观看默尔索的时候也并没有出现很刺激的情节，这部小说带给我一种"局外人"般的冷漠感觉。

那么问题来了，这么一部看似平平无奇的小说是怎么成为一部名著的呢？

其实，《局外人》的精彩并不在于情节本身，其注重的是通过剧情来引发关于主角、关于我们和这个世界的关系的一种思考。默尔索的那种看似无所谓的处世态度，让他在最后接受众人审判时被误解，他在这时才意识到原来连自己的生命这么个人的东西，在有些时候也是无法掌握在自己手中的。"局外人"这三个字贯串始终。

当时看完这部小说后，我个人也有了一个疑问和两个思考。

先来说说我的一个疑问好了。我们是通过自己建立起来的自己呢，还是通过他人的注视建立起来的自己呢？我认为两者皆有。它们是相辅相成的，但是通过自己建立起来的自己显然是更加稳固的。让我们来举一个小说中的例子：默尔索在母亲去世后，在众人面前表现出的那种冷静以及无所谓的样子，应该就是他真实的自己，但是作为读者，看到这儿的时候，我们会下意识地给出一个我们的判断，那就是默尔索一定是不爱他母亲的，这样他才会在他母亲去世后如此毫无波澜。但是，事实不是这样的，默尔索在后面情节里反复提到他是很爱他母亲的，甚至他把他母亲送进养老院也只是为了能有人陪伴他母亲而已，这是属于他爱他母亲的方式。看到这儿，我就立马明白了，有些读者并不了解默尔索，大家只是在用世俗的眼光来看待这个角色。

也许，有些人骨子里就是比较冷漠的，但你不能因为他表现出来的冷漠就说他是没有感情、没有爱的，这或许太过绝对了。所以，回到上面那个问题，如果是前者，即我们是通过自己建立起来的自己的话，那我们多多少少可能会像默尔索一样，这个自己可能是旁人无法理解的那么一个人。有些时候，我们会发问："应该怎么去融入这个社会呢？"

不过，如果你想融入团体，或许我们就得思考一下后者，即我们是通过他人的注视建立起来的自己。那是不是就意味着，我们将会成为一种符合他人期待但不够诚实的自己呢？那这个时候的我们还是原来的我们吗？所以说这其实是非常矛盾的，但矛盾恰恰是人生的基本底色。

说完疑问，我们再来说说思考。我读完这本书，第一个比较大的思考便是大众能看见的，只是他们想看见的样子而已。有些人评价他人的时候，会说"他这个人三观好正""他这个人三观不正"。所谓三观"好正"，只是因为对方迎合了我们的三观而已，在不违背法律的情况下，三观在本质上并无对错，因为三观的塑造是源自每个人的成长生活的，你没有在对方的生活环境中成长过，你自然理解不了他的三观。比如我们的亲人去世，在大家的常规预期中会认为我们一定是难过的，我们要号啕大哭。如果你不难过，你就是"大不孝"的，你就是没有感情的，你就是冷血的。

我后来仔细思考过这个事情，最后我还是认为其实每个人对于难过的表现都不太一样，不一定只有大哭大叫、情绪崩溃才叫难过。因为有些人在面临真正的"大悲"的时候，就是毫无情绪的，更多的是一种"空"。因为他们不知道该用什么样的情绪来面对这种"大悲"。但是即使这样，我还是认为他们是会感受到难过的。

《局外人》

在这个浮躁的社会中，大家没有合适的途径也没有时间与机会去真正地理解一个人，最后只能用呈现在社会大众面前的表象来理解一个人，用大众的眼光来看待一个人。他们还为这个说法想出了一句非常漂亮的话——群众的眼睛是雪亮的。但群众的眼睛真的时时刻刻都是雪亮的吗？

我的第二个思考是人与他人的关系或与社会的关系应该是怎么样的。

其实，这是一个老生常谈的话题。我们如果想在这个社会中生存，甚至想"混"得好一些，就很难跟默尔索一样无所谓，我们有时候不得不学会表演，因为某些时刻看似违心的行为，实际上更多的是为了保护我们自己。比如在职场中，现在网络上有很多段子说"〇〇后"开始整顿职场了，但这种情况在现实中是很少发生的，身在职场，有些时候我们就是得演一下——我们需要"演"一下老板，需要"演"一下甲方，甚至有些狠人还需要"演"一下自己。团建就是一个很好的例子，我看到很多公司都选在周末团建，大家虽然在背地里骂得很欢，但身体却很诚实地去融入集体，这就是因为你在某种程度上要保护自己。《乌合之众》里也提到过这样的一个观点：当一个人开始融入群体之时，他便失去了自我。

说回《局外人》这部小说，就不得不提到作者加缪，他在这本书里描写出一种现实的无力的荒诞感，并贯串全书。你可能会问，这种荒诞感具体表现在哪儿呢？

比如说，小说中关于现代法律的荒诞的描写。默尔索还在候审的时候，小说中有这么一段描述："这时，我注意到大家都在见面问好，打招呼，进行交谈，就像在俱乐部有幸碰见同一个圈子里的熟人那样兴高采烈。我也就明白了自己为什么产生了一种奇特的感受，觉得我这个人纯系多余，有点像个冒失闯入的家伙。"我们通过这段话不难发现，虽然默尔索才是开庭后应该被审讯的主角，但在审讯的过程中，他却成了一个没有任何发言权的、象征性的存在，他变得"可有可无"。这就是书中关于现代法律最虚伪、最荒诞的地方。

从小说中，我们还能看出关于世俗观念的荒诞感。从默尔索的叙述中，我们可以发现无论是法官还是律师，对他的案件细节都不太关心，更没有做任何的深度分析，但对他的日常生活却充满兴趣，比如关注默尔索在他母亲葬礼上的洒脱、在母亲下葬的第二个夜晚之后就去约会等等。就是这么一些跟这个案件毫不相干的行为，居然成了法庭重点调查的对象。这仿佛在说因为你做了那些事情，所以你就是那种人。比如，你有文身就一定是古惑仔——这是世人常有的一种刻板印象。在刻板印象中，这样的你就顺理成章地成为大众心里的一个罪无可恕的罪犯。他们仅仅靠几个行为就来定义一个人，但实际上，默尔索只不过是一个"对社会、对人群没有任何进攻性、危害性的过失犯者"而已。并没有大家说的那么可怕。

读完这部小说，我的一个最主观的感受就是：真相就是无论你选择哪一条路，这条路上都不会只有你一个人。关于这点，我很赞成的一个说法是我们并没有我们想象中那么孤独，无论是在局内，还是在局外，你我都是注定被他人注视着的人，这一点是目前改变不了的。

——————置身事内——————

如果你是默尔索，在参加葬礼的时候，你会迎合大众对"孝顺"的要求，还是坚持自我呢？

如果你是默尔索，在面对阿拉伯人时，你会选择开枪吗？

作者其人

一九一三年十一月，加缪出生在阿尔及利亚的蒙多维。他的父亲是一名农业工人，在第一次世界大战中牺牲。

一九三〇年，加缪十七岁，在恩师让·格勒尼埃的引导下，加缪走进了文学创作的世界。一九三二年，他在《南方》杂志发表了第一篇随笔。

一九三三年，加缪进入阿尔及尔大学，攻读哲学和古典文学。

《局外人》

一九三七年五月，加缪的第一部散文集《反与正》出版，反映了加缪对阿尔及利亚市民苦难生活的观照和思考，他的人本主义立场在书中也已初步成形。

一九四〇年五月，承载着加缪对荒诞的人和人的荒诞处境思考的小说《局外人》完稿。同年九月，他开始撰写他荒诞哲学的奠基之作《西西弗斯的神话》（按照这个作品更新速度，都用不着读者催更啦）。

一九四二年，加缪因肺病复发赴法国疗养。他在这期间出版了第一部小说《局外人》，受到了广泛好评。同年，他的《西西弗斯的神话》也出版了。

一九四四年，加缪的剧本《卡利古拉》和《误会》出版，这两部作品都被视作加缪的戏剧代表作，反映的是在人生最大的"统一性追求"受挫后，人们的绝望和荒诞感。

一九四七年，《鼠疫》出版，加缪的哲学思考由"荒诞"向"反抗"

推进。

一九五七年,加缪获得了诺贝尔文学奖。在获奖演说中,他表露了自己在创作生涯中痛苦、艰难的同时,又带着使命感和昂然斗志的心路历程,同时宣称在现今这个从现实到思想都存在着诸多乱象的时代,人应该活得有尊严。

一九六〇年,加缪意外遭遇车祸,去世。

尽管加缪的文学生涯短暂,但他的文学成就是耀眼夺目的,留下了诸多文学经典。

结束语

回看加缪的一生,他似乎既主流,又边缘。主流的是他总是在思考人类和社会的一些大的问题,边缘的是他似乎从不属于哪个组织,甚至不属于社会。

在《局外人》这本书中,他对生活的漠不关心让我不禁思考,我们对于生命的态度究竟是被社会塑造的,还是内在的本能创造的?加缪通过这个"局外人"的故事,好像在呼唤我们去审视那些被视为理所当然的常规。还真的有点像鲁迅先生所说的那样:"从来如此,便对么?"正是加缪的这种独特的观察世界的视角,才能让我们发现生命的多样性和复杂性。加缪对于荒谬、存在和自由的思考,如同一盏灯塔,为我们指引着思考的方向。

或许,我们都是局外人。或许正因为如此,我们才能发现自己真实的存在,活出真实的人生。这样的领悟,让我在阅读后沉浸在对人生深层次的思考中,也让我对文学的力量有了更深刻的认识。谢谢加缪。

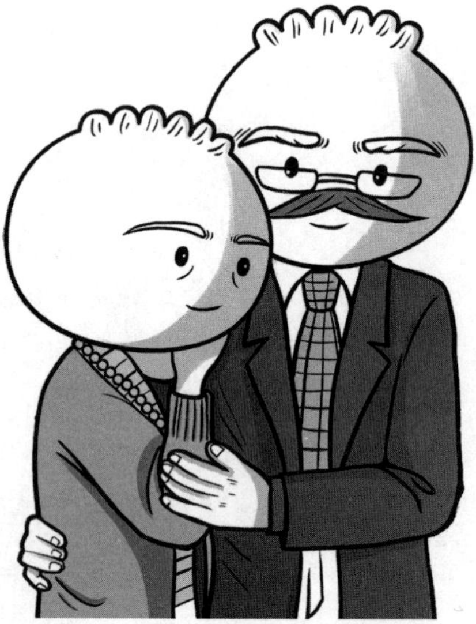

《霍乱时期的爱情》

——一场跨越半个世纪的暗恋

通过书名，大家也不难猜到这是一部阐述爱情的小说。不仅如此，这部小说在出版之后更是有了"爱情百科全书"的美誉，因为里面几乎涵盖了人世间所有爱情的表现形式。作者马尔克斯为什么会在写完《百年孤独》并且拿到诺贝尔文学奖之后，重新提笔写上一部关于爱情的小说呢？因为马尔克斯认为，爱是人类的必修课，很少有人能在这里面"翘课"。说完孤独，应该抛出一个相关的解法——什么情感能拯救人类的孤独呢？唯有爱。

> 听包子我娓娓道来，让你爱上读名著。

故事脉络

（一）医生的意外逝世

　　故事发生在二十世纪加勒比海一个不知名的港口城市，小说主要人物之一的**胡维纳尔·乌尔比诺**（为了好记，我们就叫他**乌尔比诺医生**），是一位有名望的医生。他在年轻时因治好了霍乱而闻名。现在，他已年过七旬，虽没有了年轻时的光彩，但依然是一个精致的老男孩。

　　一天，乌尔比诺医生来到老友**赫雷米亚·德圣阿莫尔**家中，看到老友已经死在床上，旁边放着蒸发毒药的小桶。眼前的这个情形，让乌尔比诺医生怀疑这是一场谋杀，他发现酷爱下棋且战无不胜的老友，在临终前，居然有一盘棋没下完，这不像老友的作风。就在调查陷入僵局时，在场警官发现了死者写给乌尔比诺医生的一封信，死者在信中写着让乌尔比诺医生去郊区找一个女人，在那儿会得到一切答案。乌尔比诺医生随后赶往信中的地址，来到一处偏僻的小屋，给他开门的是老友一生中最爱的女人。这个女人告诉乌尔比诺医生，他的老友是自杀的，那盘棋是他们下的，因想到明天就要死亡，所以老友无心对峙。乌尔比诺医生追问老友为什么活得好好的要自杀呢，女人告诉乌尔比诺医生，他的老友曾说过要在六十岁结束其生命，这样将永远不会变老。随后乌尔比诺医生离开了女人家，等待参加老友的葬礼。

　　说到衰老，乌尔比诺医生最近也感同身受，他清晰地感觉到他的身体器官每况愈下，这导致他每天醒得特别早，以至于每次起床都会吵醒他的妻子**费尔明娜·达萨**（为了好记，我们就叫她**费尔明娜**）。费尔明娜今年七十二岁，她和乌尔比诺医生的相识是因为年轻时的一次误诊，在那次误诊后，乌尔比诺医

《霍乱时期的爱情》

生对她展开了疯狂的追求,最终她嫁给了乌尔比诺医生。这段故事,我们会在后面仔细地聊一聊。

一天,乌尔比诺医生和往常一样早起洗澡,发出的声音吵醒了费尔明娜,她骂骂咧咧地说道:"这个家里最倒霉的事情,就是从来不让人好好睡觉。"乌尔比诺医生一边洗一边小声地说:"差不多有一周了,我洗澡的时候都没有香皂。"这句话瞬间惹怒了费尔明娜,她的确忘记放香皂了,但到今天只有三天,乌尔比诺医生的这句话,夸大了她的错误。她向乌尔比诺医生喊道:"这几天我每天都洗澡,一直都有香皂。"乌尔比诺医生忍无可忍,洗完澡,编了一个冠冕堂皇的理由就搬了出去。但是搬出去的乌尔比诺医生还是会每天在出诊前回家换衣服。但费尔明娜听到他回来,就会故意躲起来。

费尔明娜:"老娘见到你就烦。"

在接下来三个月里,两位老人试图解决他们之间的矛盾,结果都是火上浇油。眼看僵局已经无法打破,乌尔比诺医生放出大招,他说:"如果有必要,我们可以一起去大主教那儿,做一次公开忏悔,让上帝看看,香皂盒里到底有没有香皂。"听到要请上帝出面,费尔明娜立马就"炸"了,她喊出了一句:"让大主教先生见鬼去吧!"随后就想搬东西回娘家去。乌尔比诺医生有点慌了,日子还得继续过下去,最后乌尔比诺医生让步,请求费尔明娜留下来,费尔明娜借着这个台阶提出了条件——以后彼此分房睡,互不交流。

两个人就这样保持了四个多月。有一天,费尔明娜从浴室里走出来,她发现乌尔比诺医生躺在她的床上看书,而且还睡着了。费尔明娜晃了晃他的肩膀,提醒他该去书房睡,但乌尔比诺医生不为所动,随后就说了一句:"让我留在这儿吧,的确有香皂。"两个人和好如初。

从这个细节上,马尔克斯仿佛在告诉读者:不要跟妻子理论,毫无疑问,男人就是会败北的,吵赢出去睡,吵输也会出去睡。

名著好看在哪里

一天下午,乌尔比诺医生在院子里看书,听见了鹦鹉说话,随后他在一棵杧果树最低的树枝上看到了它。"不知羞耻的家伙!"他对鹦鹉喊道。随后鹦鹉回道:"你更不知羞耻,医生。"被回怼的他来了劲,评估了树的高度后,他觉得他可以抓住鹦鹉。于是他登上树旁的梯子,一边登一边哼歌,打算用歌声分散这只鹦鹉的注意力。在一旁的老仆人看见站在高处的乌尔比诺医生,吓得惊魂失魄,连忙喊道:"您会摔死的!"一语成谶,原本已经抓住鹦鹉的医生,因为梯子在他脚下滑了下去,整个人摔倒在地。

听到院中声响的费尔明娜从厨房赶过来,发现乌尔比诺医生此时已经奄奄一息。他用尽全身所有力气对费尔明娜说:"只有上帝知道我有多爱你。"然后断了气。

乌尔比诺医生去世的消息传遍了全城,当地政府还为他敲响了教堂的钟,并宣布全城哀悼三天。因为医生的名望,几乎全城的名门望族都来送他最后

| 医生摔倒在地 |

一程。

伤心的费尔明娜保持着以往的得体和优雅，一一接待来宾。在葬礼过程中，一个男人隐身在众多社会名流之中，这个男人就是**弗洛伦蒂诺·阿里萨**（为了好记，我们就叫他**阿里萨**）。阿里萨是加勒比河运公司的董事长，七十六岁，至今单身，他单身的缘由则是他一直都深爱着费尔明娜。如今费尔明娜的丈夫死了，他意识到他的机会终于来了。

葬礼结束后，费尔明娜送走来宾。她准备关上家里大门时，发现还有一名客人没走。这名客人就是阿里萨，只见阿里萨庄重地说道："费尔明娜，这个机会我已经等了半个多世纪，就是为了能再一次向您重申我对您永恒的忠贞和不渝的爱情。"费尔明娜大惊失色，阿里萨居然敢在她丈夫尸骨未寒之时，就来亵渎她的家庭。费尔明娜大声喊了出来："你滚开！在你的有生之年，都别再让我看见你。"听着阿里萨的脚步声渐渐消失，费尔明娜回到了房间中，她看到房间里和她丈夫有关的一切，这些东西都令她触景伤怀。她明白，虽然她丈夫走了，但是日子依然要过下去，她一边睡一边哭，最后就这样睡着了。隔天，费尔明娜带着泪水醒来，她惊讶地发现在丈夫死后的第二个晚上，她想得更多的居然是阿里萨。

> 这说的是人话吗？

（二）青春期的恋爱

阿里萨和费尔明娜的故事要从五十一年前说起。

年轻时的阿里萨和母亲住在一个租来的普通房子里，他的母亲开了一家杂货铺，生活勉强过得去，而阿里萨的父亲在他十岁时就去世了，他是独生子，也是私生子。成年后的阿里萨被他的叔叔安排到电报局里工作。

有一天，电报员**洛达里奥·图古特**让他去给一个叫**洛伦索·达萨**（为了好

| 阿里萨与费尔明娜 |

记,我们就叫他**洛伦索**)的人送信,洛伦索就是费尔明娜的父亲。阿里萨把信件给了洛伦索,接过信件的洛伦索让仆人送别阿里萨。途经走廊时,阿里萨透过窗见到一位妇人和一位少女,少女正在教旁边的妇人读书。阿里萨看得入神,而费尔明娜只是抬头看了看他,这偶然一瞥,成了半世纪后一场惊天动地的爱情的源头。

阿里萨开始打听这一家人,因为他爱上了费尔明娜,所以迫切地想知道他们的信息。打听得知洛伦索是在霍乱后不久,才带着他的妹妹和独生女儿来到这个城市并打算定居的,他女儿名叫费尔明娜。得知了这些信息后的阿里萨,每天早上七点就起床,去镇上花园等着看费尔明娜,他还特意带一本诗集,假装在树下阅读。只要费尔明娜从他眼前走过,他就心满意足。

慢慢地,阿里萨脑海里都是费尔明娜,他决定干出一番壮举来引起费尔明娜的注意——先写一张小字条。写完后,在很长一段时间里,阿里萨都没送出这张小字条,导致这张小字条最后变成一封七十页的信,但即使这样,他仍然

《霍乱时期的爱情》

近不了费尔明娜的身。他向母亲倾诉,母亲给阿里萨指出了一条明路,她说:"近水楼台先得月,你要先搞定费尔明娜的姑妈。"

要不说姜还是老的辣呢,真有道理。

阿里萨的进度缓慢,但因为长时间在费尔明娜身边晃悠,刷存在感,费尔明娜早就注意到了这个小伙子,平时也有意无意地打听他的情况。费尔明娜的姑妈反应过来,才发现多次与阿里萨相遇绝非偶然,这个男子对自己的侄女有意思。但此时的费尔明娜并不懂得什么是爱情,只是好奇。费尔明娜的姑妈猜到阿里萨之所以不敢接近费尔明娜,是因为她常待在费尔明娜身边。一天下午,费尔明娜的姑妈和费尔明娜像往常一样待在自家的院子中,费尔明娜的姑妈将手中的东西放在椅子上后离开了,院子中只剩下费尔明娜。阿里萨马上察觉出,这是一次被安排好的机会,他立即来到了费尔明娜跟前,请费尔明娜收下他的一封信。费尔明娜收下了他的信,看到信被收下的阿里萨还掏出一枝花作为定情信物送给费尔明娜,费尔明娜一口拒绝了阿里萨,她说:"没有我的通知,请您不要再来了。"

距离阿里萨把信交给费尔明娜的时间,已经过去一个多月,阿里萨并没有遵守与费尔明娜的约定,他还是会时不时地来到小花园偷看费尔明娜,不过每次都会很小心,尽量避免被发现。在他的观察下,他发现费尔明娜的生活和以往并没有什么不同,这次阿里萨并没有等到费尔明娜的姑妈离开,就大步向她们走了过去,并对费尔明娜的姑妈说了一句:"请单独让我和小姐待一会儿,我有重要的事情和她说。"费尔明娜的姑妈给了他这个机会,阿里萨质问费尔明娜,她既然收了信,为什么不回信,不回信是不礼貌的。费尔明娜意识到这样确实不好,便和阿里萨道了歉,并承诺在假期结束前一定会让他收到回信。

时间来到二月的最后一个周五,阿里萨和往常一样在电报局工作,这时费尔明娜的姑妈来到这儿,故意把一封信留在阿里萨的柜台上。阿里萨收到信后，读了信上的内容，这些文字让阿里萨充满了对未来的遐想和希望。回信这个举动填满了两个人所有业余时间，甚至有些时候，写信已经无法满足阿里萨的表达欲望，阿里萨便会趁着夜色跑到费尔明娜家的楼下拉小提琴，琴声贯穿整个城市，费尔明娜在睡梦中会被惊醒，不过她并没有责怪阿里萨，因为她能够在这些音符中听到阿里萨的感激之情。

阿里萨和费尔明娜彼此狂热地通信保持了整整两年。在一封信中，阿里萨正式向费尔明娜求婚，收到这个信息后的费尔明娜大惊失色，不过她并没有立马答应。四个月过去了，好在这么长时间的等待换来一个好消息，费尔明娜在信中答应了，她愿意嫁给阿里萨，前提是阿里萨不能逼她吃茄子。这个回答让阿里萨猝不及防，他开心极了，他母亲得知消息，已经开始张罗装修婚房的事情。一天早晨，费尔明娜的父亲洛伦索突然出现在电报室，点名要跟阿里萨谈谈。这是怎么回事呢？

原来，是谈谈阿里萨和费尔明娜订婚一事。费尔明娜的父亲知道了——事情败露由于学校的校长，费尔明娜利用课堂时间给阿里萨写回信，被校长逮个正着，根据学校规定，谈恋爱必须开除，所以洛伦索就被叫到了学校。回家后，洛伦索找到了那一摞摞署名为阿里萨的信件，因此知道了他们订婚的事情。洛伦索发现自己被蒙在鼓里，怒不可遏，当即把所有的事情怪罪给他妹妹，一气之下把费尔明娜的姑妈送回了乡下老家。送走费尔明娜的姑妈之后，洛伦索好声好气地开导费尔明娜，试图让她明白这个年纪爱情不过就是海市蜃楼，他以后会帮费尔明娜安排一个好人家。但是费尔明娜性格固执，只有她能主宰她自己，别人说的都不算数，洛伦索没了办法，只好去找阿里萨。

两个人一见面，从开始的松弛到剑拔弩张，阿里萨死不答应，甚至当洛伦索掏出手枪威胁他时，阿里萨仍无动于衷，并说出："您朝我开枪吧。没有什么比为爱而死更光荣的了。"洛伦索知道没法谈下去了，随即赶回家中，命令家里所有仆人收拾行李。惹不起还躲不起吗？洛伦索准备出行，而当费尔明娜问他去哪儿时，洛伦索毫不犹豫地回答："去死。"意识到即将要和爱人分离的费尔明娜,写了一封简短的告别信,还剪下了自己的发辫,连同那封信一起托人寄给了阿里萨。

洛伦索:"这小子连死都不怕,我还能咋整。"

(三)爱情死于见面

旅行开始,费尔明娜再也没和父亲说过一句话,他们一起来到费尔明娜母亲的老家。一下马车,一群亲戚便上来迎接他们,为他们接风洗尘,其中包括费尔明娜的表姐。费尔明娜的表姐看见费尔明娜的第一眼,便察觉到表妹有心事。到了后半夜,房间里只剩下姐妹两个人。费尔明娜的表姐从床席下取出一封信递给费尔明娜,费尔明娜很快就明白了这是阿里萨的来信。虽然费尔明娜已经离开了阿里萨的城市,但她的行踪,阿里萨是一清二楚的!这是因为洛伦索把这次行程通过电报告诉了和他有关的许多人,阿里萨本身就是做电报工作的,所以他想要知道这些信息并非难事。知道路线后的阿里萨,叫上同行兄弟,建起了一条长长的专属电报员专线。费尔明娜走到哪儿,他就把专线拉到哪儿,这条专线似乎就跟他们未曾盛开的爱情一样神秘。自从费尔明娜的住处稳定下来后,她和阿里萨又开始频繁地通信。

一年半后,洛伦索见着女儿已经没有了之前的脾气,认定费尔明娜已经忘掉过去,于是决定回家。在返程中,无论费尔明娜走到了哪个城市,阿里萨的电报总会准时送达。费尔明娜和阿里萨的交流渐渐深入,在信里也计划起两个人的未来。最终他们彼此定下诺言,只要两个人再见面,就直接原地结婚。在信中与阿里萨私订终身的费尔明娜,平日里也逐渐变得成熟、端庄起来。洛伦索看到女儿逐渐成熟,以为她终于摆脱了青春妄想,忘掉了那个男人,这让洛伦索感到很欣慰。

随后,费尔明娜一行人搭上一艘便船,往阿里萨所在的方向前进。回到家的第二天早上，费尔明娜打开了阳台的窗户，她看见了那个熟悉的小花园，她想到了阿里萨，费尔明娜反应过来，阿里萨不再像以前一样无论是刮风还是下雨，都会在这儿等她了。这个瞬间费尔明娜慌张了起来，似乎已经有一阵子没收到过阿里萨的消息了。一个念头从她脑海中闪过——阿里萨该不会是死了吧。

> 咱就是说，能不能念点好的，怎么一出口就是"吉祥话"呢？

事实上是，阿里萨不知道费尔明娜已经回来了。过了一段时间，一位电报员告诉阿里萨这个消息，他才反应过来。得知此消息后的阿里萨立马赶到费尔明娜家门口，他透过窗看见一盏灯火在他熟悉的阳台来回移动，阿里萨从生活习惯上判定费尔明娜是真的回来了。

隔天早上八点，阿里萨坐在教区咖啡馆拱廊下，正在想着该以一种什么样的方式来欢迎他的未婚妻费尔明娜。此时，只见费尔明娜和她的表姐来到广场，阿里萨发现，她比离开时更高了，身材也更加丰盈。阿里萨一边紧跟着她，一边不让她发现。费尔明娜逛完了大市场，正在往当地一处鱼龙混杂的地方——代笔人门廊走去。阿里萨很早就知道这个地方，为了确保费尔明娜的安全，他跟了上去。进入代笔人门廊后的费尔明娜，瞬间就被淹没在一片叽里呱啦的叫卖声中。突然，熟悉的声音将费尔明娜定在了那儿——"这可不是花冠女神该来的地方"。费尔明娜随即回过头，她终于看见了那个朝思暮想的阿里萨，但此时费尔明娜没有感受到爱情的震撼，而是瞬间坠入了失望的深渊。

这一瞬间，她恍然明白，现实中的阿里萨和她想象中的完全不一样，只见眼前的阿里萨冲着费尔明娜笑了笑，正要开口，费尔明娜挥了挥手打断了他并说："不，请别这样。忘了吧。"听到这句话的阿里萨彻底愣在原地，费尔明娜没有给出解释就转身离开了。回到家中的费尔明娜写了一封信，托仆人交

| 失望的费尔明娜 |

给阿里萨,信中只有两行字:"今天,见到您时,我发现我们之间不过是一场幻觉。"

　　仆人带着费尔明娜的信以及阿里萨送的东西前往阿里萨家中,将这些东西还给了阿里萨,还要求阿里萨把之前费尔明娜送他的东西一一归还,从此两清。阿里萨无奈地归还了所有东西,唯独留下那条发辫。阿里萨向仆人表示,他是不会归还这条发辫的,除非费尔明娜亲自来取,并和他谈上哪怕片刻的时间。仆人便没有理会阿里萨。阿里萨的母亲不愿让自己的儿子再想到那个女人,于是就把那条发辫偷偷地还了回去。

　　乌尔比诺医生二十八岁时,曾在巴黎留学学医,可谓是最受人青睐的单身汉。那一年,乌尔比诺医生从巴黎学成归来,继承他父亲开的一家诊所,用他在外面学来的医术造福当地百姓,大大减少了当地霍乱发生。

　　一天,一位朋友告诉乌尔比诺医生,他在一位十八岁的女病人身上看到了霍乱的先兆症状,请求乌尔比诺医生赶紧过去看看。乌尔比诺医生火速赶往这位病人的家中，这位病人正是费尔明娜。乌尔比诺医生在一顿专业的检查下，发现费尔明娜只是普通的肠道感染，在家里治疗三天就好。乌尔比诺医生说完后，众人大喜过望，还好是虚惊一场，乌尔比诺医生在众人喜悦之时，转身离去。

第二周周二，没有收到任何邀请的乌尔比诺医生，再次来到了费尔明娜家中，想为她复诊。其实，乌尔比诺医生第一眼就看上了费尔明娜，复诊只是借口。乌尔比诺医生在检查完之后，露出了放心的表情，说费尔明娜很健康。任务看似完成，但他并没有像上次一样立马离开，而是展开了一场尬聊。费尔明娜实在是受不了这场尬聊，乌尔比诺医生知道他聊砸了，有点窘迫，本想转身离开，在一旁的洛伦索目睹了这一切，他知道了乌尔比诺医生的心思，也知道乌尔比诺医生在镇上的名望，他赶紧上前让乌尔比诺医生留步，让费尔明娜向乌尔比诺医生道歉。面对洛伦索强硬的态度，费尔明娜不情愿地道了歉。乌尔比诺医生欣然接受，随后同费尔明娜告别，和洛伦索到他的办公室喝咖啡去了。

> 费尔明娜尴尬得要命。

复诊这件事过了没多久，费尔明娜就发现洛伦索时不时地就在她面前说起乌尔比诺医生的好话，甚至还说："想想看，要是你母亲知道你被一个乌尔比诺·德拉卡列家族的人看上了，她会是什么感觉啊。"费尔明娜这时白眼都快翻上天了，她冷冷地回道："她会在棺材里再死一次。"医生的追求一天比一天猛烈，在洛伦索的帮助下，费尔明娜经常在房间里发现乌尔比诺医生的来信。费尔明娜没有理会，她能想到最体面的做法，就是当她从来没有收过这封信，于是她把信放在火上烧了。

过了一阵，镇上开了一家照相馆，费尔明娜的表姐感到十分新奇，拉着费尔明娜去试一试，姐妹俩都留下了不错的瞬间。当费尔明娜和她的表姐走出照

《霍乱时期的爱情》

相馆时,这儿正在举行拳赛,来看比赛的观众把现场围得水泄不通,费尔明娜和她的表姐穿着礼服行动极不方便,好在这时一辆马车朝着她们驶过来,乌尔比诺医生将她们从人潮之中解救出来。费尔明娜本想拒绝,可她的表姐二话不说就上了乌尔比诺医生的车,仿佛替她做了决定。她的表姐自然认识这个人,因为费尔明娜很早就向她的表姐吐槽过医生,吐槽归吐槽,表姐今日一见,还是被医生的魅力所吸引,好感度直接拉满。

费尔明娜的表姐表现得异常开心,乌尔比诺医生不论颜值还是行为举止,都在表姐的审美点上,没过多久,表姐就坦白地说,她再也受不了脚下那双靴子的折磨了。乌尔比诺医生回答道:"这再简单不过了。我们来比比,看谁先脱掉。"费尔明娜的表姐见乌尔比诺医生不反感,立马得寸进尺,补充道:"让我不舒服的不是鞋,而是这个钢丝鸟笼①。"这时,乌尔比诺医生重复了

---

① 指紧身胸衣的架子。——编者

| 马车上的乌尔比诺医生、费尔明娜与她表姐 |

一遍他的话——"脱了它",随后从兜里掏出一条手帕,义正词严地说他不会偷看。

费尔明娜担心她的表姐真的会在马车上把自己脱光,还好她的表姐看了眼费尔明娜,用手语寻求她的意见:"我们该怎么办?"费尔明娜用同样的手语回答:"如果现在不直接回家,我就从行驶的马车上跳下去。"而当乌尔比诺医生问费尔明娜的表姐"好了没有"时,她的表姐立马回复:"已经可以看了。"摘下手帕的乌尔比诺医生,看到费尔明娜变了脸色,就知道自己玩砸了,他立马让车夫送这两位小姐回家。

> 表姐是一点都不拿医生当外人啊。

夜里,费尔明娜的表姐和费尔明娜躺在同一张床上,她的表姐丝毫没有掩饰对乌尔比诺医生的好感。那一晚,不知为何,费尔明娜居然梦见了乌尔比诺医生,这使得费尔明娜在天还没亮的时候就醒了。当天,费尔明娜趁着她的表姐洗澡之际,飞快写下了一封回复信,让家里仆人送到了乌尔比诺医生府上。那封信上写着:"可以,医生,去找我父亲谈吧。"这封信送到后没有多久,费尔明娜和乌尔比诺医生就完婚了。阿里萨也收到了费尔明娜结婚的消息。婚礼结束后,乌尔比诺医生带着费尔明娜前往欧洲度蜜月。费尔明娜很快有了身孕,得知即将当父亲的医生十分开心,立马给孩子取了祖父的名字以示纪念。

(四)费尔明娜走进婚姻

这一边乌尔比诺医生过着老婆孩子热炕头的生活,让我们再来看看阿里萨在这期间过着怎样的生活。

得知费尔明娜嫁给了一位门第显赫、家财万贯的医生时,阿里萨的世界在那一刻彻底崩塌了。他是求生不得,求死不能。阿里萨的母亲看在眼里,独自联系了阿里萨的叔叔,拜托他重新给阿里萨安排一份工作,而且要求工作地点

《霍乱时期的爱情》

必须远离这个地方，毕竟眼不见心不烦。阿里萨的叔叔给阿里萨安排了一份远差，阿里萨听闻有了一份新的工作，并没有表示出多么期待和激动，因为他的心都死了，去哪儿都是一样的。阿里萨的母亲为他收拾好了一切，在七月的第一个周日的早晨，他带着对费尔明娜的想念，踏上一艘远行的船，离开了这儿。

晚上，阿里萨漫不经心地朝厕所走去。这时，突然一扇门被打开了，一只鹰爪般的手抓住了阿里萨，把他拉进了一间舱室，然后立马关上了门。在黑暗中，一个女人将阿里萨推到床上，毫无光荣可言地夺取了他的童贞，结束后，女人就把阿里萨推到舱外。等他缓过神时，他仿佛打开了一扇新世界的大门。阿里萨发现他对费尔明娜的虚无缥缈的爱，可以用世俗的激情来代替！于是，在接下来的旅途中，阿里萨想找出那个女人，但最终还是难以锁定究竟是谁。

失去了对激情的期待，阿里萨心中那一股对费尔明娜的思念重燃，他又抑郁了。在一个周六，思念成疾的阿里萨发起了高烧，船长担心是霍乱，于是把他隔离了起来。幸好，阿里萨隔天就恢复了！大病初愈的他决定返航！他要回到有费尔明娜的城市！回到家中的阿里萨虽然精神抖擞，但并没有返回原先的工作岗位，而是躲在家中"啃老"，他一头扎进爱情小说中，总之就是什么事都干，唯独不上班。身为过来人的他母亲知道，要想走出一段旧的恋情，最好的方法就是展开一段新的恋情。

机会往往留给有准备的人，那段时间国内形势不好，这儿时不时地会打仗。一天晚上，一位寡妇惊慌失措地来到了阿里萨家中，她告诉阿里萨的母亲，她的家被大炮轰塌了。她的老公早早地就没了，她请求阿里萨的母亲收留她。阿里萨的母亲顿时意识到这是一个可遇不可求的好机会，她以家里房间不多为由，安排这位寡妇住在阿里萨的房间里。在一阵炮火声中，阿里萨和这位寡妇度过了一个非常愉悦的夜晚。

在战争爆发六十三天后，有一方军队被击退，战争也就停止了。这位寡妇因此在海边重新建起了她的房子，她和阿里萨见面越来越少，他们最后毫无痛苦地忘掉了对方。阿里萨自从和这位寡妇接触后，便更加确定世俗的激情是可

名著好看在哪里

以帮他缓解对费尔明娜的思念的。于是，一位清纯的小伙子开始走上"情种"的道路。

阿里萨展开了一系列历史性的绝密战斗，在一起一个就记下来一个，把这些所谓的战绩记录在一个密码本子上。阿里萨还给这个本子起了一个名字——她们。请大家记住这个本子，到故事最后，这个本子上将会呈现出一个非常惊人的数字。

一个周日，阿里萨在没有任何心理准备的情况下，见到了婚后的费尔明娜。费尔明娜挽着乌尔比诺医生的手臂，他发现费尔明娜好像变了一个人，她比以前更美，也显得更年轻一些。他还看到了费尔明娜身上的真丝长裙在下腹部隆起的曲线。

阿里萨看着费尔明娜和乌尔比诺医生，无论是经济实力还是外在颜值，他们都是天造地设的一对。阿里萨没有妒忌，也没有愤怒，他只是感到特别自

| 怀孕的费尔明娜 |

卑，他觉得他自己可怜、丑陋、低贱，不仅配不上费尔明娜，也配不上世界上任何一个女人。

> 总而言之，阿里萨心态崩了。

对费尔明娜的描述，阿里萨是没错的。那一场欧洲之行的确改变了费尔明娜，但连她自己也说不清是婚姻改变了她，还是爱情改变了她。当费尔明娜带着无数的经历和旅途的疲惫回家时，人们问她的第一个问题便是这趟欧洲之旅的感受如何，费尔明娜则用了四个字就概括了这许多月的生活——"浮华而已"。

（五）诗会

当在大教堂前见到已有六个月身孕的费尔明娜时，阿里萨被激起了上进心，他下定决心一定要赢得世俗的名誉和财富，好让他配得上费尔明娜，他甚至没有考虑费尔明娜已经是个有夫之妇了。因为他认定乌尔比诺医生最终是会死的，虽然不知道在将来什么时候，但只要他能把乌尔比诺医生"熬"死，他就会有机会。阿里萨再一次去找了他那位有钱的叔叔，看看叔叔能不能再给他安排一份有前途的工作。阿里萨的叔叔迫于哥哥只剩下阿里萨这个血脉，还是给他重新安排了一份工作。

我简单介绍一下阿里萨的叔叔。阿里萨的叔叔名为**莱昂十二**，他是家里的老三，阿里萨的父亲是家中老大。他和阿里萨一样，从小就背负着私生子的烙印，生活过得十分艰难。他是真正的白手起家，一步一步走到现在，如今拥有了非常可观的财富。

在叔叔的帮助下，阿里萨被任命为公司的书记员，阿里萨的叔叔认为阿里萨十分适合这个岗位，因为他是一个懂写字的人。但阿里萨的叔叔没想到的是，阿里萨不管写什么内容都像是写情书，以至于严肃的商业公文，读起来就像一封表白信。这让阿里萨的叔叔十分恼火，叔叔决定给阿里萨最后一次改正的机会，他告诉阿里萨："如果你连一封商业信件都写不好，那就去码头扫垃圾吧。"阿里萨开始尽力去学习简单而世俗的商业信函。每当写烦的时候，阿里萨就前往代笔人门廊，帮助一些不识字的男女书写情书，用这个方法来达到两种不同风格写作的平衡。

> 不知道还以为叔叔跟商业伙伴之间有啥故事呢。

阿里萨平日上班"搬砖"、写公文，下班就去代笔人门廊写信。六个月过去了，阿里萨还是写不出令他叔叔满意的公文，最后被安排到码头去清扫垃圾。但他叔叔向阿里萨保证，虽然是清扫垃圾，但只要干得好，还是有机会一步一步升职的。阿里萨想都没想就接了下来，似乎在他那副无助的外表之下，有着一颗势不可当的决心。

多年以后，他叔叔便知道这个安排是对的。阿里萨从基层做起，时间一长，便洞悉了公司运作里的每一项秘密，逐渐成长为一位优秀的接班人，但即使这样，阿里萨到最后还是没能写出一份合格的商业信函。工作方面逐渐稳定下来的阿里萨，想找个新女伴来为自己疗伤，他一直在寻找合适的目标，而且从不失手，每一次欢愉过后，他都说不清他这么做是出自内心的需要，还是单纯的身体需要的恶习。

阿里萨迎来了许多新的女性，其中有一个名叫**奥森西娅·桑坦德尔**（为了好记，我们就叫她**奥森西娅**）。碰巧的是，奥森西娅也是一位没了丈夫的女性，她育有三个孩子，经常自夸是全城最年轻的祖母。她和阿里萨的相识源于她的情人，奥森西娅的情人是一名船长，正是船长把阿里萨带到了奥森西娅家里吃午饭的。阿里萨对奥森西娅家的房子赞赏有加，船长看见阿里萨这么懂行，开心得不行，一边细细地跟阿里萨讲述每件东西的来历，一边喝着酒，介绍到最后，船长醉倒在了客厅里。奥森西娅见状，连忙拜托阿里萨和她一起

《霍乱时期的爱情》

把船长拖到床上去。之后，阿里萨和奥森西娅两个人不知道怎么回事就对上了眼，他们两个人就在一起了。阿里萨通过轮船的行程表就知道什么时候可以去拜访奥森西娅，他也从来不事先通知，想去就去，不管是白天还是黑夜。而奥森西娅也和他保持着同等的默契，会在家中给他开门。

两年后的一个周日，阿里萨像往常一样来到奥森西娅家中，奥森西娅温柔地摘下阿里萨的眼镜。通过这个举动，阿里萨便发现了她似乎爱上了自己。阿里萨以往每次在这儿待的时间都不会超过两小时，也从来没有在这儿睡过觉，更别说过夜了。但这一次，两个人居然还在船长的那张床上睡着了，他们就这样度过了一整个下午的时光。当他们醒来时，奥森西娅朝着卧室外望去，发出了一声惊恐的尖叫。她不敢相信眼前这一幕，家里的家具与装饰基本都不翼而飞，一眼望去只剩下几盏吊灯。奥森西娅猜测，家里的东西是在他们睡着的时候被盗贼搬走的，盗贼丝毫没有惊扰他们的意思。现在整个客厅空空如也，四扇窗子敞开着，墙上还被用粗刷子写下了一行字："这就是淫乱之人的下场。"船长得知了这件事情，他十分不理解奥森西娅为什么经历了这样的事情不去报案，或者不试图跟那些销赃的商人们联系一下，奥森西娅甚至也不让别人提起这件事。

> 他头上多了顶帽子。

眨眼间，几年过去了，如今的阿里萨在公司已经拥有一定的地位，不再是之前的穷小子了。而这时的乌尔比诺医生即将举办一场诗会，将由费尔明娜亲口念出在这场比赛胜出的诗人的名字。费尔明娜的表姐一听，不经意间就想到了阿里萨，阿里萨虽然人长得不怎么样，但是情诗写得一套一套的。乌尔比诺医生似乎也听过阿里萨的名字，但是他想不起来这个人到底是谁了。不过，费尔明娜的表姐把这些事告诉了乌尔比诺医生——"那是费尔明娜·达萨婚前的唯一一位恋人"，费尔明娜的表姐之所以敢告诉乌尔比诺医生，是因为她觉得乌尔比诺医生和费尔明娜的感情十分稳定，阿里萨掀不起什么波澜。乌尔比诺医生听完费尔明娜表姐的话后，随即回复道："我倒不知道那家伙还是个诗人。"

一个闷热的夏日午后，阿里萨正在办公，乌尔比诺医生登门拜访。以前，乌尔比诺医生每一次都是来找阿里萨的叔叔的，但这一次，阿里萨感觉到这位不速之客好像是奔着自己来的。乌尔比诺医生之所以来找阿里萨的叔叔，是因为阿里萨的叔叔是乌尔比诺医生拓展文艺事业的"金主"，乌尔比诺医生平时除了帮人看病，时不时地也会举办一些文艺活动，比如诗会。乌尔比诺医生这一趟来得不凑巧，阿里萨的叔叔正在午休，他只能在前厅稍候片刻，阿里萨和他从未像今天一样坐得那么近。每当他靠近阿里萨一步，阿里萨的自卑就会明显一分。

他们仅仅坐了十分钟，阿里萨就起了三次身，他必须干点别的事来分散自己的注意力，让自己不要太在意乌尔比诺医生所散发出来的气场。接着两个人便聊了起来，阿里萨在这场聊天中知道，原来乌尔比诺医生要重开诗会，阿里萨咬紧牙关，以免暴露出自己一直都是诗会的参与者。随后乌尔比诺医生便有意地夸起了自己的妻子，还对阿里萨表示如果没有费尔明娜，他将一事无成。这句话来得猝不及防，阿里萨第一次无法承受这种内心的刺痛，他在内心自言自语道："眼前这个令人钦佩的男人必须死掉，只有这样他才能幸福。"阿里萨的叔叔这时睡醒了，正好前来平息了这场硝烟。

诗会如期而至，阿里萨对这场比赛并不陌生，他早就参加过很多次了，可是每一次连末等奖的名单中都没有出现过他的名字，不过他也不在乎，他来参加比赛只是为了见到费尔明娜。那晚，阿里萨准时到场，他看见费尔明娜站在国家剧院的舞台上，打开了三个信封。阿里萨问自己："如果费尔明娜发现冠军是我时，费尔明娜的心里会掀起怎样的波澜。"当然，阿里萨期望的一切并没有发生，那个奖项最后颁给了一个中国人，评委会一致认为那首十四行诗真是精妙绝伦。大家讨论着这个颁奖结果时，坐在阿里萨旁边的女人看出来了阿里萨的失望，她对阿里萨说："请相信我，我真心为您感到遗憾。"阿里萨听完很是感动，他回复道："咱们找个地方去一起哭一场。"阿里萨送那个女人回家，到了她家门口，阿里萨表示想去她家里喝上一杯，那个女人立刻就答应了阿里萨这个请求，于是他们度过了愉快的一晚。

（六）疯狂偷情

那个女人名叫**萨拉·诺列加**（为了好记，我们就叫她**萨拉**），她今年刚满四十岁，是一名教师。阿里萨和萨拉虽然都是自由身，但阿里萨还是不想把他们的关系公之于众，所以他每一次来找萨拉都是深夜时才来，天亮不久就马上开溜。萨拉和阿里萨很投缘，这段关系成了他维系得最持久和稳定的一段关系，但即使这样，萨拉还是无法取代费尔明娜在他心中的位置，所以这段感情的结局必然是走向决裂的。下定决心与萨拉分手后，阿里萨又陷入对费尔明娜的思念中，而这一次的思念更加浓烈，他再一次迫切地意识到乌尔比诺医生必须死掉。

在费尔明娜嫁给乌尔比诺医生后，乌尔比诺医生并没有和他母亲分居，因为生活习惯的不同，费尔明娜和婆婆之间的关系越来越差，她婆婆也从心底里不认可这个"外来的"儿媳。夹在两个人中间的乌尔比诺医生，时不时也和费尔明娜吵起了架，甚至乌尔比诺医生一度认为这就是婚姻本身的性质。祸不单行，费尔明娜的父亲洛伦索因为生意的缘故，经常在法律的边缘反复横跳，这导致省长看不下去了，便把洛伦索无法无天的行径，一股脑地全告诉了乌尔比诺医生，其中最严重的几件事还是洛伦索依仗着乌尔比诺医生的权势做的。听到岳父犯了事，乌尔比诺医生起初还一脸淡定，但是一听到跟自己有关，便立即动用所有关系，帮岳父平息事情。摆平事情之后，洛伦索坐着最早的一班船离开了这个国家，并承诺永远不会回来。

> 他们谁也不听谁的。

时间来到十月，刚把叔叔送回家的阿里萨，从车里看到外面有一个娇小灵巧的姑娘，她的雨伞被狂风掀翻了，她在追伞。等她捡回雨伞，阿里萨便向她搭讪，表示可以顺路送她回家。在路上，阿里萨和这个姑娘聊起了天，他问了刚刚那把雨伞，这个姑娘回答说那是丈夫送给她的，因为丈夫特别小心眼，所以千万不能把雨伞弄丢。阿里萨听完，心里便想："噢，原来是个结过婚的女人。"随后，他问起了这个姑娘的名字，这个姑娘名叫**奥林皮娅·苏莱塔**（为了好记，我们就叫她**奥林皮娅**）。阿里萨把奥林皮娅送回了家，她的家是由一座小教堂改建的，依海而立。这个姑娘靠养鸽子为生，她送了一只鸽子给阿里萨，作为答谢。第二天下午，奥林皮娅和往常一样给鸽子喂食，突然一只鸽子飞回来，她仔细检查一番后发现这只鸽子脚上缠着一张纸条，她打开一看，这是一封求爱信——这是阿里萨第一次留下他的字迹，但出于谨慎，他没有在信件上签上自己的名字。奥林皮娅并没有接受这样的表白，差人把鸽子带回到阿里萨的身边。周六早晨，阿里萨不死心地又派鸽子送去了两封没有签名的信，这一次阿里萨收到了回信，上面只有一行字："我不接受匿名信。"这封回信让阿里萨非常兴奋，满脑都是奥林皮娅的样子。隔天一早，他火速赶往办公室，再一次放飞了鸽子，而这一次鸽子身上不仅带着一封签着他名字的情书，还带上了他花园中最新鲜、最火红、最芬芳的玫瑰。

六个月后，奥林皮娅答应了阿里萨，两个人发展为情人。有一天，他们在码头一艘正在重新油漆的船上私会，一阵缠绵过后，阿里萨用手指蘸取了红色油漆，在奥林皮娅的小腹上画了一个朝下的箭头，并在她的肚皮上写下一行字——"这小东西是我的"。那天晚上，奥林皮娅回到了家中，忘了自己身上还有那一行字，当着丈夫的面脱下衣服，她的丈夫看到之后，到浴室取出刮脸用的刀子，一刀就割断了她的喉咙，奥林皮娅当场死亡。很多天后，在逃的奥

《霍乱时期的爱情》

林皮娅的丈夫被捕，他也向报界讲述了他犯罪的缘由和方式。阿里萨既紧张又害怕，因为奥林皮娅那儿有着大量署名是他的信件，这些信件足以让他去坐牢或被报复。但比起坐牢与被报复，阿里萨最怕的还是让费尔明娜知道了他的不忠。好在阿里萨所担心的事都没有发生，奥林皮娅的丈并没有供出阿里萨。比起别人，这个男人更看重他自己的名声。

奥林皮娅离世后，阿里萨越发觉得孤单，甚至连他母亲也离开了他。母亲死后，阿里萨悲痛欲绝，他不得不再一次为自己疗伤——在上班的同时疯狂地和不同的情人幽会。

> 他堪称时间管理大师。

另外一边，乌尔比诺医生为了寻找婚前的激情，决定带费尔明娜再来一次欧洲之行。在他们游玩之际，一封半夜到达的加急电报把他们惊醒——乌尔比诺医生的母亲病重，让他们速速归来。乌尔比诺医生立即和费尔明娜赶了回来，但最终无力回天，乌尔比诺医生的母亲去世了，费尔明娜如愿搬进一座新宅。在新生活的全盛时期，费尔明娜在不同的场合都见过阿里萨，而且只要费尔明娜见他越频繁，他的职位就升得越高。但费尔明娜已经学会隐藏尴尬，所以在见到阿里萨时，费尔明娜总是会保持优雅和自然。

阿里萨眼看着他的等待已经来到了一个新的世纪。一天晚上，阿里萨走进了一家高级的餐厅，和往常一样找了个角落坐了下来。突然，他在餐厅尽头的大镜子里见到了费尔明娜，她旁边坐着她的丈夫以及另外两对夫妇，阿里萨的这个角度刚好能看见他们全部人。阿里萨看得聚精会神，直到费尔明娜和那群人走出餐厅。阿里萨从餐厅老板手里买下那面大镜子，并把镜子挂在自己家中，他买这面镜子仅仅是因为费尔明娜曾在镜子里面出现了两个多小时。

阿里萨这边是浪漫了，但乌尔比诺医生那边却过得很是痛苦，因为他接受不了费尔明娜的一个生活习惯——喜欢闻别人的衣服，然后根据气味判断，这件衣服该不该洗,这是费尔明娜从小养成的习惯。嗅觉是她的一大"武器",这个武器让她发现自己的婚姻中隐藏着一颗地雷,这是怎么回事呢?

原来是费尔明娜在赶去教堂之前,出于习惯闻了一下乌尔比诺医生前一天下午穿的衣服,闻过之后,她发现乌尔比诺医生身上的味道有些奇怪,紧接着她又闻了乌尔比诺医生的其他衣物。费尔明娜很快得出一个结论:乌尔比诺医生的每件衣物上面都有一种女人身上的味道,他出轨了。

(七) 老年的再次表白

随着时间的推移,费尔明娜发现乌尔比诺医生越来越离谱,他不仅身上的味道浓厚,而且他连教堂活动都不参加了。身为教徒的费尔明娜意识到她的丈夫不仅犯下了致命罪过,还执迷不悟,她必须找乌尔比诺医生好好聊聊。

一天下午,在乌尔比诺医生即将要结束午睡前的阅读时,费尔明娜对乌尔比诺医生说:"我有权知道她是谁。"眼看事情藏不住了,乌尔比诺医生只好交代。原来,乌尔比诺医生的出轨对象名为**芭芭拉·林奇**,乌尔比诺医生是在四个月前认识她的,乌尔比诺医生在见到她的那一刻,便知道一件无可挽回的事情即将要发生——乌尔比诺医生心动了。芭芭拉·林奇告诉乌尔比诺医生她很注重自己的清誉,首先要安全,然后才是要爱情。在他们为数不多的几次见面中,乌尔比诺医生总是会挑出一个合适的见面时间,尽量避免被别人发现。

乌尔比诺医生从来没有想过,像费尔明娜这样高傲、自尊、倔强的女人,面对丈夫的不忠会做出怎样的反应。费尔明娜听完,什么都没有做,吩咐可以开饭后就回到了卧室。面对着费尔明娜的反应,乌尔比诺医生下定决心,无论如何都要挽回这段婚姻。在出轨的事情暴露后,乌尔比诺医生决定不再去芭芭拉·林奇家,乌尔比诺医生通过车夫送给芭芭拉·林奇一个绿宝石发卡作为告别的礼物。

乌尔比诺医生再也没有见过芭芭拉·林奇,费尔明娜也没有在乌尔比诺医生的衣服上再闻到那股味道,他们又像往常一样,互相倾诉生活的苦楚。乌尔比诺医生对费尔明娜说："我早晨的时候总是会醒得很早，而且就再也睡不着了。最糟糕的是，我在黄昏的时候会莫名地想哭，我控制不住自己，我感觉自己快死了。"

费尔明娜："这最好不过了，我们两个人也就安宁了。"

费尔明娜之所以还在生气，是因为乌尔比诺医生出轨的保密措施做得不严谨，这让费尔明娜成了街头被八卦的话题，成了别人口中的谈资，这让费尔明娜很是羞愧，所以她决定要离开这儿一阵子。费尔明娜收拾了行李，前往她表姐的庄园，乌尔比诺医生知道妻子要走，并没有挽留的意思，他认为女人都是这样的，只要她气消了，就会回来的。但这一次，乌尔比诺医生错了，日子一天天地过，乌尔比诺医生渐渐发现他的妻子迟迟不肯归家，他这才意识到事情的严重性。乌尔比诺医生决定亲自去把妻子接回来，他的结论是他妻子这么久不回家不是因为生气，而是需要一个台阶——这一次还真的被他猜中了。

> 毕竟从年轻被教训到老，是时候有点长进了。

一天上午，在表姐庄园里的费尔明娜，此时正在厨房忙活。一阵响动打破了庄园的宁静，费尔明娜知道这是她的丈夫来了。表面镇定的她，内心却很开心，她庆幸的是这个台阶终于来了。在费尔明娜与乌尔比诺医生斗气的日子里，阿里萨在城中失去了费尔明娜的消息，他既紧张又害怕，生怕死神带走了费尔明娜。如今的阿里萨已经是公司董事长了，在阿里萨这一生中，他在本子上记录了六百二十二个女人，用他自己的话来说，他心中的房间比妓院还多，但主卧只会留给费尔明娜。就是不知道如果费尔明娜知道有这么多"邻居"能不能接受了。

在一个周日的下午四点，阿里萨突然被一声丧钟惊醒，他似乎意识到了什么，便猜测一定是有什么大人物去世了。因为这个钟声是包含在昂贵的葬礼之上的，一般的人物可负担不起。于是阿里萨问起他的司机，他的司机说是那个留着山羊胡的乌尔比诺医生去世了。在那一刻,阿里萨如释重负,经过这么多年的努力,他所赢得的名誉和财富,最终都没有白费,乌尔比诺医生果然比他先走一步。

此时,他全身充满了勇气,他决定在费尔明娜成为寡妇的第二个晚上,再一次向费尔明娜重申他永恒的忠贞和不渝的爱情。故事终于被拉回到小说开头的那一幕。被费尔明娜拒绝后的阿里萨,没有睡过一夜安稳觉,他不断地问自己没有乌尔比诺医生在身边的费尔明娜会怎么样,她会怎么度过余下的岁月。

时间来到周一,阿里萨和往常一样回到家中,突然发现门厅中有一封信,是费尔明娜的信,也是阿里萨等了半个多世纪的一封信。晚上八点,阿里萨坐在床上飞快地把信读了一遍,还没读到第二页,他就知道这是一封辱骂信,费尔明娜的愤怒从字里行间溢了出来。这些侮辱的言语,压根就没让阿里萨感到心痛,他反而很感谢这封辱骂信给了他一个回复的机会。隔天一早,阿里萨就来到了办公室,七十六岁的他,花了六天时间学会使用打字机,他又用了三天时间,打出一封准确无误的回复信。讽刺的是,他写了一辈子像情书一样的商业信函,唯独这一次的回复信最像一封商业信函。随后他把信寄出去,他清楚地知道他不会立马得到回复,但只要信件不被退回,那就说明他还有机会。很快,他就把写信纳入了生活习惯中,每当他睡不着的时候,他就会起来写信,隔天亲自把信寄出去,阿里萨在信中也运用了一些小心思,他会给每封信写上编号,就像连载的小说一样,甚至在每封信的开头,都会总结上一封的内容,生怕费尔明娜没有发现。

费尔明娜在成为寡妇之后,每当她从家里的大床起床时,她都会再一次意识到乌尔比诺医生真的走了,这让她很不好受。于是费尔明娜决定将丈夫的东西全部清出家门,做一次断舍离,只有这样,她才能让自己在没有丈夫的情况下活下去。随着阿里萨一封接一封的信来到了费尔明娜的手上,费尔明娜发现她越生阿里萨的气就越会想起阿里萨,两个人之间的距离,正在通过一封封的信被悄悄拉近。半年过去了,阿里萨寄给费尔明娜的信完全没有一点回音,每

《霍乱时期的爱情》

当夜晚降临时,他在床上辗转反侧,他不敢相信居然会有女人一点都不好奇这些信上的内容,但如果真的有这样的女人,那只可能是费尔明娜了。

乌尔比诺医生去世一周年的时候,他的家人开始送出请柬,邀请大家来大教堂出席纪念仪式。遗憾的是阿里萨既没有收到请柬,也没有收到回信。这关键时刻,阿里萨并没有放弃,毕竟"你没有邀请我没关系,我脸皮厚,我可以自己去"。阿里萨还是当天最早到的一个,为的就是坐在一个费尔明娜能够看清楚他的位置。仪式开始了,阿里萨看到,费尔明娜挽着她儿子的手走了进来。

> 毕竟好位置是先到先得的。

费尔明娜的举止十分优雅端庄,她看见了阿里萨后也不失分寸,甚至主动伸出手,带着极为甜蜜的微笑对阿里萨说:"感谢您的到来。"费尔明娜之所以会这么说,不是因为她造作,而是她确实被阿里萨的信给打动了,并且也在信中找到了令她活下去的理由。其实,在费尔明娜收到第一封信的时候,她就已经好奇地拆开看了,紧接着,阿里萨的信是一封接着一封被送到,费尔明娜依旧是没有回复,但这些信确实让她平静下来,而当她发现这些信有编号后,她就更加找到了一个不毁掉它们的理由。在信件的陪伴下,费尔明娜渐渐从失去丈夫的阴霾中走了出来,而且,她好像比丈夫活着的时候更了解丈夫了。她想起了丈夫生前的一句话:"你要永远记住,对于一对恩爱夫妻,最重要的不是幸福,而是稳定。"

两周后的一天,费尔明娜正在午睡,一个仆人用慌张的口吻,小声地在费尔明娜的耳边将她唤醒,"阿里萨来了"。听到阿里萨的到来,费尔明娜第一反应是惊慌,因为阿里萨并没有提前和她打招呼,以至于她想换一个日子再见面,她今天似乎没有准备好。没过多久,老贵妇这个身份很快就让费尔明娜冷静了下来,她吩咐仆人把阿里萨带到客厅,并送上一杯咖啡,顺便转告阿里萨，她收拾一下就会去相见。阿里萨由于过度的期待和紧张，导致他有点不太舒服，肚子里开始翻江倒海，似乎有一股暖流要从他体内流出来，腹部的疼痛让阿里萨坐立不安，费尔明娜恰巧在这个时候来了，她看着脸色铁青的阿里萨，下意识地以为阿里萨是中暑了，便对阿里萨说："您可以脱掉外套。"阿里萨本想继续忍耐的，最后实在是憋不住了，他询问费尔明娜什么时候他可以再来拜访，费尔明娜对此很不理解，疑惑地说："可您已经在这儿了呀。"阿里萨随口编了个理由，表示他想明天再来。费尔明娜想了想后给出了一个时间——后天下午五点。阿里萨向她表示了感谢，随后匆忙地奔向司机的方向，上了车，阿里萨就在车里重获新生。

周五的下午五点，阿里萨按照约定的时间来到了费尔明娜的家中，这一次他们在院子里聊起了天，为了避免尴尬和不愿触及的问题，费尔明娜就问起了阿里萨公司的事，但被仆人给打断了，仆人递给了费尔明娜一封信。在费尔明娜要打开那封信的时候，阿里萨阻止了费尔明娜，他说这封信是自己在前一天下午写的，因为他不能接受第一次见面的失败和羞愧，所以在信里请求费尔明娜原谅他。费尔明娜对他说："不能读这封信真令人遗憾，因为之前的信让我获益良多。"阿里萨没有想到，居然在第二次见面的时候，就能迎来他生命中为数不多的高潮，他们就这样聊了一整个下午。在阿里萨走之前，费尔明娜告诉他，他可以在任何时候来，想来就来，因为她总是一个人。

恭敬不如从命，在接下来的日子里，阿里萨时不时地就来到费尔明娜的家中，两位老人的见面慢慢成了他们的生活习惯，甚至阿里萨还在聊天中掏出了费尔明娜半个多世纪前的照片。这是他在代笔人门廊买下来的，费尔明娜不知道为什么照片会在他手里，但是阿里萨一直把它视为爱情中的奇迹。

两位老人频繁地见面引起了费尔明娜的儿子的注意，对于阿里萨的行为，他很想感谢阿里萨对母亲的陪伴，他希望阿里萨坚持下去，因为这对所有人都好。但费尔明娜的女儿却不这么想，她觉得自己的母亲是在跟一个品行不端正的男人保持着一种奇怪的友谊。于是，就费尔明娜和阿里萨这件事情，全家讨论起来。费尔明娜的儿子认为两个老人情投意合，多多交流，有利于健康。不过，费尔明娜的女儿不同意，因为她所知道的阿里萨并不是什么正人君子。甚至，她还认为母亲在这个年纪说爱，是有点卑鄙的。双方因此吵了起来，最后费尔明娜发了好大的脾气才平息了这场争吵。

费尔明娜筋疲力尽地和阿里萨诉说心中的苦闷，说想离开这个家，永远不再回来。阿里萨立马察觉出这是个好机会，他向费尔明娜抛出邀约——一起乘船游玩，他有一艘特地为费尔明娜准备好的船，名为新忠诚号，同时他向费尔明娜承诺，他一定会在船上照顾好费尔明娜，请费尔明娜放心。费尔明娜听完便答应了下来，晚上七点，新忠诚号响起了启航的汽笛，他们向着黄金港出发了。旅行刚刚开始，费尔明娜就躲在她的卧室之中，整个晚上也没有开口说话，阿里萨也很识相，并没有去打扰她。阿里萨睡前想去费尔明娜的舱室门口道一声晚安，但她这时却想邀请阿里萨进去，她想让阿里萨陪她一会儿。费尔明娜在洗漱之后，终于踏出了她的房间。她独自走到指挥台上，看到阿里萨正在和船长交谈，她发现如今的阿里萨不一样了——变成了一个真正的男人。阿里萨向她走了过来，当两个人意识到彼此好像情侣时，两位老人有点不知所措。他们一边在船上漫步，一边聊着天。费尔明娜问起阿里萨，当时读到他的信觉得他文采非凡，为什么不来参加诗会，还说阿里萨一定会获奖的。阿里萨当时不得已地向费尔明娜说了个谎，说他只为费尔明娜而写作。阿里萨说完后感觉到费尔明

| 船上的费尔明娜和阿里萨 |

娜似乎动心了，于是看准时机，亲了上去。

旅行的第四天，新忠诚号断了燃料，整艘船在海面上停了整整一周，但是轮船的延误对阿里萨来说，却是上天的奖励。在停船的第三个夜晚，费尔明娜准备了一瓶酒，等待着阿里萨的到来，两位老人一边聊着天，一边肆无忌惮地喝了起来。阿里萨也趁着酒劲走近了费尔明娜，随后他们就进了另外一间卧室，他们几乎不想离开那个房间，直到船长用一张纸条来通知他们，经过十一天的航行，船会在午餐后到达最后一个港口，黄金港。到达港口后，旅客们纷纷下了船，费尔明娜和阿里萨也离开了那个房间，来到了空荡的大厅，呼吸着新鲜的空气，似乎现在整艘船都是他们的，阿里萨很喜欢这个状态，于是他就去找了船长。

他们将再一次启航，这次船上没有旅客、货物，主桅杆上被换上了一面标志着霍乱的黄旗。

阿里萨重新拉起他以前的那首"花冠女神"的华尔兹舞曲。最后他们也不知道他们走了多少天，只见阿里萨看了看航海的罗盘，望着万里无云的天空和水面，动身和船长说："我们走，一直走，一直走，重回黄金港！"船长一脸疑惑地看向了费尔明娜，同时也看了看阿里萨，他从阿里萨坚定的眼神中就知道，阿里萨没有开玩笑，而这时船长也顿悟了，他开始明白，原来生命也可以是永无止境的。船长问阿里萨："那您认为我们这样来来回回的究竟走到什么时候？"

在五十三年七个月零十一天以来的日日夜夜，弗洛伦蒂诺·阿里萨一直都准备好了答案。他回答道："一生一世。"

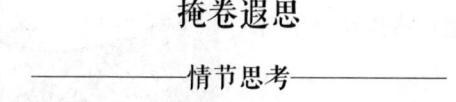

掩卷遐思

—— 情节思考 ——

《霍乱时期的爱情》比起《百年孤独》，作品中的人物数量可以说是少很多了，我接下来就阿里萨这一个人物和大家聊聊。

阿里萨是在多情和专一之间反复横跳的。他为什么会变成这个样子呢？归根结底，还是因为他被费尔明娜拒绝了。但是，大家在阅读中有没有想过一个问题：为什么阿里萨第一眼就会喜欢上费尔明娜呢？

表面原因当然是费尔明娜很美。毕竟谁不喜欢美的事物呢，但实际上则是因为费尔明娜完全符合阿里萨想象中的情人的样子，一个喜欢阅读且知性的女性。因为阿里萨是私生子，他从小是没什么朋友的，他很孤独，唯一的兴趣爱好就是读书，他还特别喜欢读情诗，所以当他发现费尔明娜也喜欢看书的时候，他感觉费尔明娜就是他的灵魂伴侣。所以，阿里萨对费尔明娜的爱，是一种幻想出来的爱。我想谈过恋爱的朋友应该不难发现，不少爱情往往都是建立在想象上面的。比如我们经常问别人："你理想中的对象是什么样的？"然后，他就会跟你说一大堆。但实际这个问题是没什么固定答案的，因为你说的理想对象根本就不存在，所以人们才会经历了一个又一个，爱了一场又一场。这些试错的背后其实都是人们在找那个自己想象中的人。

说到阿里萨就避免不了说一说他的六百二十二次艳遇记录。

阿里萨经常自洽说，他可以和别的女人发生关系，但心里一直都是只爱费尔明娜的。也就是说，在阿里萨的世界里，他的肉体之爱和精神之爱是可以分开的。关于这个精神上的爱，说到底就是阿里萨还是爱着他自己的想象，而真实的费尔明娜是不是他爱的那样，其实是不重要的。首先，阿里萨的疯狂行为，一方面是为了服务情节的发展，让整个小说的剧情冲突更强，因为《霍乱时期的爱情》并不是什么剧情起伏很强的小说，里面几乎也没有什么反派、正派。另一方面是因为马尔克斯的写作习惯，他一直很担心他所写的东西让读者感觉到无聊，所以他在创作中会为剧情加一点"猛料"。其次，拉美主流婚姻观对每个人都产生了影响。乌尔比诺医生是主流婚姻观的守护者，而阿里萨截然相反，他是主流婚姻观的抵抗者。

那拉美主流婚姻观是怎样的呢？大致可以分为五点。第一点是以家族背景、社会地位作为婚姻的首要考虑因素，反对跨越阶级的婚恋；第二点是必须在合适的年龄进行婚恋，年少的和年老的都被视为不耻；第三点是婚姻一定要稳定，心动、精神交流、爱情这些因素都可以被忽视；第四点是幸福只存在于被世人看好的婚姻中；第五点是两个人的婚恋一定要有未来，没有实现婚姻的爱情就等同于没有爱情。

主流婚姻观认为，我们一旦选择了一个人，那么无论是在精神上还是肉体上，都只能为一个人去付出。如果你决定要等她，那么你这五十多年就不能有其他"小动作"了，只能死等。但大家仔细想想，这其实是非常不现实的，甚至可以说是违背了人性。为什么作者不写阿里萨拒绝了五十多年中的各种诱惑，就为了等费尔明娜一个人呢？作者偏偏要把阿里萨写成花心大萝卜，我想归根结底就是马尔克斯自己也不相信一个人可以什么都不做，真的等另外一个人五十多年。

我们现在可能在唾弃阿里萨，但是如果事情放到我们自己身上，我们是不是也会成为下一个阿里萨呢？所以从这一点上看，马尔克斯的写实主义暴露无遗。而且阿里萨的疯狂约会也只是这个角色的表面，实际上马尔克斯是在使用阿里萨这个角色，将他的行为变成一把武器，一把向主流婚姻观宣战的武器，用它向着这个社会悄悄反击，不过他能做到的也只是悄悄反击而已。因为马尔克斯也明白只靠一己之力，根本无法撬动整个社会的认知，所以在书里偷偷摸摸、十分谨慎的阿里萨，因为这本书的畅销，被很多人知道了他所做的事情，书里书外的世界互为映衬。这也是阿里萨这个角色最为成功且令我们回味无穷的地方。

这部小说看似是在说爱情，实则还是没有摆脱孤独。马尔克斯依旧是在写他最擅长的东西，借着人物的感情线，探讨爱情与孤独的关系。而且马尔克斯也说了，消遣孤独的方式之一就是获得爱情，从爱情中感受到伴侣的陪伴，让我们觉得，自己不再是孤单一人，所以人们为了避开孤独而寻找爱情。但是当我们个人的情感观和社会主流观念发生碰撞的时候，强大的社会压力就会让我们个体的冲动受到阻力，从而感觉自己不被大众理解，因为不被理解，于是加深了孤独。所以阿里萨才是这部小说的主角，他就是马尔克斯的一把利剑，用它来与世俗做一场短暂的斗争，即使与六百二十二个女人有着艳遇记录，最后还是得到了爱情。阿里萨用这样偏激的行为来挑战主流婚姻观，马尔克斯有意地放大了这个矛盾，希望可以引起大家的思考。因为对抗孤独真正的办法，就是人与人之间的互相理解，而真正的理解就是对差异化的尊重，即使最后我们真的不理解阿里萨，甚至唾弃他，但我们依然不能剥夺他拥有爱情的权利。

接下来我们回到小说本身。

《霍乱时期的爱情》完全可以说是作家家族的故事，马尔克斯的父亲就是一名电报员，也可以说是阿里萨的原型，父亲与母亲相恋，但这段恋情遭到他外公外婆的强烈反对，甚至他外婆带着他母亲远行了一段时间，于是他就以这个故事作为小说的一个基本素材。但是让他真正提笔的原因是墨西哥的一篇报道：两位近八十岁的美国老人，每年都会在墨西哥约会一次，坚持了四十多年，两位老人都有自己各自美满的家庭。直到最后一次约会，两位老人被船上的船工抢劫，抢劫结束后，船工用木桨把这两位老人打死了，然而两位老人的身上也只有十四美元。因为这件事情，两位老人的这段持续了近半个世纪的地下恋情才得以曝光，引起了不小的轰动。马尔克斯听闻之后大受震撼，于是正式提笔。

我们接着看看小说的结局。在小说的后半部分，阿里萨渐渐走进了费尔明娜的生活，陪着她走出失去乌尔比诺医生的阴霾。当时看到这儿，我下意识地就猜到阿里萨和费尔明娜这是要旧情复燃。但是当我继续看下去，我发现用旧情复燃这个词似乎不对，一方面是因为他们确实很少聊起以前的事，更多都是聊现在。另一方面是阿里萨其实对费尔明娜的了解少之又少，两个人这一次的走近基本可以说是重新认识了。所以我认为这两位老人应该是在晚年重新相爱了，他们最大的共同点就是晚年的孤独。不过，老年的阿里萨对费尔明娜的爱要比年轻时纯粹得多。费尔明娜和阿里萨一起在海上永远向前航行，才是对死亡的超越和对生命、爱情的肯定，所以有了他们在船上的浪漫结局。

不过，这种看似浪漫的结局，其实也是一种悲剧。大家想一下，为什么阿里萨和费尔明娜会选择在船上度过一生一世呢？答案无疑就是他们两个人的年龄、身份、关系，一旦上了岸，都是无法被世俗所接受的，是会被主流婚姻观所排斥。所以，阿里萨在船上说着一生一世，实际上是他们也真的只能在船上"一生一世"了，一旦下了船，他们的爱情就会受到各种阻碍。

不过话说回来，这就像小说最后写道的，"原来是生命，而非死亡，才是没有止境的"。只要生命存在就必然会受到各种阻碍，因为有了这些阻碍，生命本身才能赋有意义，所以我们不难发现《霍乱时期的爱情》不同于《百年孤独》的结局。

———————置身事内———————

如果你是阿里萨，在与费尔明娜重逢的时候，你第一句会说什么？

如果你是费尔明娜，在丈夫刚去世收到求爱信的时候会想什么？

作者其人

马尔克斯出生于一九二七年三月六日。

他在七岁时偶然读到《一千零一夜》，文学阅读的大门在这一刻被打开。在成长的道路上，他读了许多书，包括《格林童话》《地心之旅》《黑海盗》《海底两万里》《八十天环游地球》《神秘的黑丛林》等。他如饥似渴地一本本读完了这些书，对他来说，这个过程是一种极大的精神享受。

一九四四年，马尔克斯终于在《时代报》上发表了他的第一篇作品，这是他在十七岁时写的一首悼念诗，而且是由大诗人爱德华多·卡兰萨作的引文。要知道《时代报》可是哥伦比亚最权威的报刊，一般作品都不够格，可见马尔克斯"开局"的门槛有多高。

《霍乱时期的爱情》

一九七五年，马尔克斯出版了继《百年孤独》后的第一部小说《族长的秋天》，第一版就有五十万精装本的印刷量。

一九八一年一月，马尔克斯的《一桩事先张扬的凶杀案》出版，这是一部中篇纪实小说，小说主人公的原型是马尔克斯的朋友，其内容有对人性的思考，也有对现实的批判，更有一些不可思议的命运巧合。

一九八五年，《霍乱时期的爱情》出版。

二〇〇四年，马尔克斯的最后一本书出版了，这是一部中篇小说，名叫《苦妓追忆录》。

二〇一四年，八十七岁的马尔克斯在墨西哥城病逝，代表了一个文学时代的终结。

结束语

马尔克斯让落后、封闭、孤独的马孔多随风而去，希望布恩迪亚家族不要再有第二次机会出现在这片大地之上。但对于阿里萨和费尔明娜的爱情，马尔克斯却希望其能源远流长，像河流最终汇入无边无际的大海，这是他对拉丁美洲寄予的新生的希望。他仿佛在说，虽然世间充满孤独，但爱会永存。爱情虽然不能成为拯救人类的利器，但人类也因为爱情，才能看见更多的可能性。最后祝愿看到这儿的各位，能够在自己的一生中获得一段永生永世的爱情。

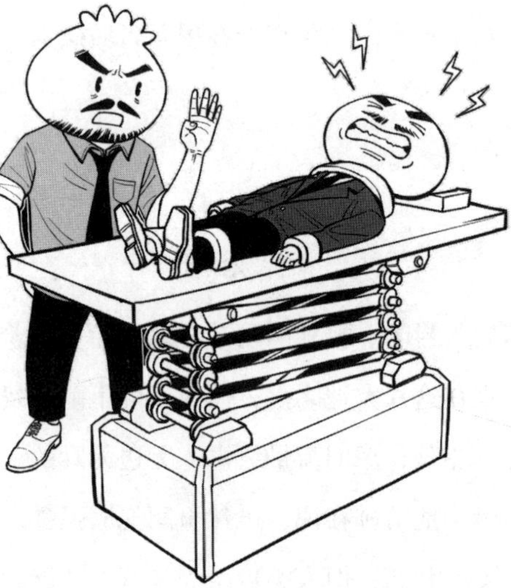

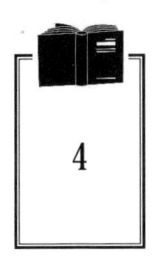

《一九八四》

——一个连权利、思想、自由都受控制的"未来"世界

如果你没有听过乔治·奥威尔这个名字,也不知道《一九八四》,那你可能会听说过《动物农场》,如果连这个也没听说过的话,那么恭喜你,你可以用一个全新的视角来走进乔治·奥威尔,走进这个十足黑暗但无比现实的虚拟世界了。

名著好看在哪里

听包子我娓娓道来，让你爱上读名著。

故事脉络

故事背景（温斯顿和他所处的时代）

故事发生在一九八四年的大洋国，大洋国的统治阶级名为内党（我们叫它内部组织吧），内部组织的领袖则是**老大哥**，老大哥从不露面，但是他的照片四处可见，老大哥无时无刻不在盯着国民，这里面就包括我们的男主**温斯顿**。

温斯顿是一名三十九岁的外党人员，他虽然一样为内部组织卖力，但是待遇方面却远不如内部成员，和我们大多数打工人一样，每天的生活两点一线，上班、下班、回家。但不一样的是，他即使下班回到家也并非一个人自由生活，因为家里有一种叫作电幕的东西——能够一边播放广播，播报有关大洋国的消息，一边起到监视的作用，无论你在房间里做什么、说什么话，都会受到电幕的实时监视。这个电幕只能调低音量，不能被关掉，它将一直开着，你不知道什么时候会有人在电幕后面看着你，如果你被人看到做错事、说错话，那么警察就会立马上门逮捕你。除此之外，这个世界里还存在思想警察，你不仅在生理上被监视，你的思想还不能开小差，如果你有一点点反骨，一旦被发现，思想警察就会上门。所以大洋国是一个完全没有自由、没有思想的世界。大家的生活都是一样且麻木的，群众犹如行尸走肉一般，浑然不知。

男主温斯顿不太一样，作为"天选之子"的他好像开始察觉到这个世界的诡异和不对劲。

温斯顿受雇于内部组织的真理部，内部组织有三条口号：战争即和平，自

| 察觉到不对劲的温斯顿 |

由即奴役,无知即力量。至于这三条口号是什么意思,有什么含义,我会在后面做出解释,这儿先按下不表。

除了真理部,内部组织还有另外三大部门,每个部门有着不一样的职能。真理部负责文化教育和篡改历史,和平部负责军备和战争,友爱部负责社会秩序和镇压,富裕部负责生产和配给。

——————故事展开(温斯顿和他的日记)——————

这一天,温斯顿像往常一样,下班回到房间,他独自坐在电幕旁的一处角落,小心翼翼地拿出了一本私藏的日记本,他想写日记。但他必须小心,因为写日记这个举动在这个国家是死罪。他在日记本上写下了今天的日期一九八四年四月四日,写完之后他迟疑了,因为他自己并不确定,现在的年份到底是不是一九八四年。

温斯顿的迟疑不是没有道理。大洋国不仅是一个没有自由的国度,为了更好地统治,大洋国消除了大部分的历史,国民并不知道过去发生了什么,他们只能活在当下。在一个没有历史的国度,他当然无法确定日期。停笔之后,他开始思考:写日记是为谁而写呢?如果是写给未来,假如未来和现在一样,那么未来便不会听他的,如果未来和现在不同,那么他现在的处境也就无意义可言。

他今天之所以想写日记,是因为他遇到了两个人,一个是**朱莉娅**,一个是

名著好看在哪里

奥勃良（为了好记，我们就叫他**老奥**）。老奥戴着一副眼镜，身份很神秘，温斯顿只知道他是内部组织的一名成员，温斯顿第一次接触这个人是在一场仇恨会上，大洋国会定时举办仇恨会，让群众唾弃这个国家最大的敌人——**爱麦虞埃尔·果尔德施坦因**（为了好记，我们就叫他**戈斯坦**）。

戈斯坦在专制的大洋国中倡导言论自由、思想自由。传说，他创立了一支庞大的地下军队，名为兄弟会，想推翻大洋国的专制统治。他认为，人们应该活在一个平等的世界里，他试图告诉群众这个世界的真相，但很遗憾，被洗了脑的群众不但不听，现在他这些言论还成为滋养仇恨的养料。在戈斯坦的演讲中，群众不到两分钟就会变得十分狂热，他们只知道这是敌人，并不会思考他所说的内容，人群中只有温斯顿觉得戈斯坦说的好像有点道理。自由、平等的世界难道不是一个更好的世界吗？温斯顿第一次有了反抗的念头！就在这个瞬间，温斯顿的眼神和老奥对上了。一个眼神就找到了对的人，温斯顿立马意识到，这个老奥可能也是反抗的一分子。对视保持了一秒，为了不被发现，温斯顿只能快速回到群众中去。

> 不愧是聪明人的做法。

仇恨会结束，温斯顿的脑中已经植入了一种信念，除了自己，是不是还有觉醒的人，难不成传说中的兄弟会真的存在？他把这些猜想做了一个总结写在了日记里，总结成五个字——打倒老大哥。

这句话一写，温斯顿自己也知道，他已经犯了这个世界最大的罪——思想罪。个人是没办法长期隐瞒自己犯了思想罪的，思想警察迟早会上门给你服务，不仅如此，还有另外一种处置的可能，就是让你人间蒸发，登记册上会没有你的名字，你的生平经历也会被消除，好像你从来没有在这个世界上存在过。

温斯顿的日常工作就是修改与更正老大哥的讲话，使他的预言和讲话与事实一致，这样内部组织就有档案证明，老大哥都是正确的。当然，凡是与时下有冲突的新闻和意见都不许留下记录。这项工作完成后，任何人都无法证明曾经伪造历史的蛛丝马迹。如果历史有必要补充的话，他们还可以创建一个完全不存在的人物，给这个人物创建档案，附上姓名和生平历史，贴上几张照片，一顿操作之后，一个未曾出现的人，就可以活在往日的历史当中，他可以帮内部组织做任何事，就如剧本中的一个角色。温斯顿对此的评价是，现在的内部组织可以创造死人，但却不能创造活人。之所以说这个世界没有活人，是因为当今社会，只有同志，没有朋友，没有情人，更没有家人。大家都是内部组织中的一个个体，彼此之间是有感情的，但是不多，因为要把这些情感从人类身上彻底消除不是一件容易的事情。为此，内部组织想到了一个办法，那就是消灭人类的词汇，把语言剃成骨架，比如当你不知道这个世界有爱这个字，你自然就不会去思考什么是爱，更不会去做出相关举动。温斯顿的同事**老赛**说，删除词汇是一件很有意思的事情，他认为语言中不仅可以不要动词和形容词，甚至连反义词都可以不要，比如，当你有了好这个词，为什么还要有坏这个词呢？不好这个词就行了。当你想表达比好的程度更深的词，为什么要用精彩、壮观这些词？加一个好就搞定了，如果还要强调更深那就加两个好。

老赛还说使用这些删减后的新语言的目的就是要缩小思想范围，到最后思想犯罪就变得不可能，因为没有词来表达这一罪行。词汇每年越来越少，人们的思想意识范围也就越来越小，新的语言完善了，内部组织的使命也就达到了。为了合群，温斯顿赞同了老赛正在做的工作，而且他猜测老赛估计早晚会消失，老赛知道的太多了。温斯顿一边吃一边环顾四周，他发现邻桌的朱莉娅一直盯着他看，四目相对，温斯顿瞬间就慌了，她怕不是一名思想警察，为了避免暴露，温斯顿二话不说，收拾开溜。

下班回到家，温斯顿开始写今天的日记。日记的话让温斯顿意识到大洋国里，人们还存在另外一种思想隔阂，名为双重思想，意思就是，人的头脑中，可以有两种观点对立的思想存在。两者互相排斥，但两者又互相说服。比如内

> 自由就是二加二等于四的自由，承认这一点，其他一切就不攻自破。

| 温斯顿的日记 |

部组织多次宣称无产者是重要的，但转眼就让无产者过上不平等的生活。他记得以前有一段时间，相信地球围绕太阳转的人都被视为疯子，而今天，相信过去不能被篡改的人也会被视为疯子。不过他并不担心自己会疯，他担心的是自己是错的，这个世界是不是原本就是这样。他立马拿起印有老大哥的画册看了起来，从老大哥的眼睛中，温斯顿知道即使内部组织现在宣布"二加二等于五"，人们也一定会相信，温斯顿甚至还反问了自己：说到底人们是怎么知道"二加二等于四"的呢？怎么知道地心引力怎么发生作用的呢？怎么知道过去是不可以改变的呢？这一番灵魂三连问，他越想越混乱，他差一点就被脑中的传统思想给带偏了，这个时候，他想起了老奥，他想到这个世界还有和他一样的人，自己一定不是疯子。所以温斯顿再次翻开日记，他在日记中写了一句自由就是二加二等于四的自由，承认这一点，其他一切就不攻自破。

────────故事深入（温斯顿和他的秘密）────────

一天夜里，温斯顿来到一家小酒馆中，他看见了一个至少有八十岁的老头，老头正在和酒馆的服务员争论酒杯的容积单位，老头说出了一个不存在于

《一九八四》

这个时代的词，这成功引起了温斯顿的兴趣，说不定能够从这个老头身上了解一下过去的历史。于是温斯顿请老头喝上一杯，一杯酒下肚后，温斯顿就开始套话，他问老头还记不记得年轻时候的事情，当时那个社会是一个怎样的社会。遗憾的是，老头并没有给温斯顿想要的答案，过去的事情他自己也记不清了，回答的内容更是牛头不对马嘴。温斯顿只好抱着心疼那两杯酒钱的心情，走出了酒馆。但是他并没有回家，转眼就来到了一家旧货店中，这也是他当初买日记本的地方，他犹豫一下，走了进去。这家店的主人是一个年过六旬的老头，名为**查林顿**，他看上去十分和蔼可亲，温斯顿在店里看上了一个类似水晶球的玩意，老头说这个东西是一百多年前制造的，这显然勾起了温斯顿的兴趣。老头开价四块钱，把这个东西卖给了温斯顿。这个东西之所以吸引着温斯顿，不是因为它华丽，而是因为它似乎有着不属于这个时代的气息。买完东西，老头趁热打铁，告诉温斯顿，楼上有个小房间里也有一些东西，问他要不要上去看看。温斯顿本着"来都来了，不看白不看"的心态，就跟着老头上了楼，一进到房间，最让温斯顿感到惊奇的并非房间的装饰和房间中那些有历史的物品，而是这个房间居然没有电幕。老头说他装不起那个东西，太贵了。

他把温斯顿带到一张旧画面前，画上的建筑物是一个教堂，显然这也是另外一个时代的产物。现在人们已经不能从建筑上学到历史，因为那上面早就没有历史的影子了。

温斯顿告别了老头，他很肯定自己一定会再次光

| 温斯顿与老头交流 |

顾,甚至他脑中冒出想把楼上小房间租下来的想法。

这天,温斯顿在路上发现了朱莉娅,那个在食堂与他对视的女孩。温斯顿觉得她肯定在跟踪自己,再次开溜。不过冤家路窄,温斯顿在一次去厕所途中再次撞上朱莉娅,但不同的是,这次朱莉娅在他眼前摔了一跤,整个人坐在了地上,这下温斯顿有些不知所措了,寻思着你这是什么套路啊,我到底扶不扶啊。答案还没想出来,朱莉娅便主动伸出手来让温斯顿拉她一把。眼看人家主动伸手,大老爷们的不拉一把也说不过去,温斯顿便伸手,就在他们握手那一瞬间,朱莉娅把事先准备好的纸条递给温顿斯,随后起身离开。朱莉娅这个举动把温斯顿吓坏了,温斯顿估计这是一张类似警告的纸条,他可能暴露了。

> 她是在这儿碰瓷吗?

回到工位后,温斯顿先完成了手头的工作,他实在按捺不住好奇心,他想看看那张纸条里到底写了什么,即使他知道在这个地方打开纸条,电幕是能够看见的,但他还是打开了,只见纸条上并没有太多的字,只是一句"I love you"(我爱你)。本以为是警告信,没承想是表白信,这是什么操作?温斯顿是彻底蒙了,在这个年代居然还有爱?简单的几个字令他无法继续专心工作,更难的还是他需要在电幕前掩饰自己激动的情绪,以免被察觉出来。下班回到家,他独自躺在床上开始偷偷思考,他决定要联系朱莉娅,并且安排一次约会,他觉得她可能是觉醒者,但是要避开电幕和满地的眼线进行约会,不是一件容易的事。思来想去,只有食堂见面最合适,温斯顿可以在人多的时候接近朱莉娅,如果顺利彼此还能说上几句话……

此后的一周,温斯顿一直都在找这个合适的时机,但结果都不太顺利,要不就是朱莉娅和其他姑娘一起吃饭,要不就是她没来食堂,这把温斯顿愁得日记都不写了。好在温斯顿没有放弃这个计划,终于被他逮住了一次机会,这次天时地利人和，朱莉娅旁边没有人，温斯顿坐到她的桌旁，两个人一边吃饭一边小声交流了起来。

"你什么时间下班？"

"……"

"咱们在哪儿见面？"

"胜利广场，纪念碑附近！"

"那个地方全是电幕！"

"只要人多就没关系！"

"需要什么暗号吗？"

…………

最终他们约在下午七点见面，当天，温斯顿提前到场，此时的广场已经人满为患，换在平时，温斯顿看见这种场景，肯定没有任何犹豫转身就走，但这次他想都没想就冲进了人群，因为他知道人群就是最好的掩护，温斯顿和朱莉娅在人群中相见。在这片嘈杂的环境中，两个人开始小声交流。他们开始安排第一次约会。朱莉娅把计划好的路线告诉了温斯顿，她让温斯顿坐火车离开城区，自己将会带他去一个地方。说完，两个人就在人群中散开了。

到了约定那天，温斯顿就按照朱莉娅的路线前往目的地，他先是坐了火车，又走了一段路，来到了一处树林中，这儿看上去比城区要轻松很

| 温斯顿和朱莉娅偷偷见面 |

多，有阳光，没有电幕，但这不代表这儿就是安全的，因为在某些角落可能存在窃听器。和朱莉娅相遇之后，朱莉娅把温斯顿带到丛林的一处角落，两个人在这儿终于可以说上几句话。朱莉娅告诉他，这儿是安全的，什么话都可以说，什么事都可以做。他们彼此做了简单的自我介绍，温斯顿还把怀疑她是思想警察的事情告诉朱莉娅。朱莉娅听完不但没有生气，而且还很开心，这说明她的掩饰非常成功，她告诉温斯顿这些表面的服从和伪装，就是保护自己最好的办法。温斯顿很是不解，像朱莉娅这么年轻聪明的女孩，到底看上自己什么，图他年纪大还是图他不洗澡。朱莉娅说，她看到温斯顿第一眼时就知道，他和别人不一样，他会和别人对着干。反叛就是吸引朱莉娅最大的特点。

那一次之后，剩下的见面都不如这一次的顺畅，要找时间约会也并不容易，最终他们在教堂的钟楼里再次相会，这次见面使两个人更加了解彼此。朱莉娅也开始对温斯顿诉说，她对这个世界的态度，内部组织一直都在阻止人们快活，她要做的就是尽力打破他们的规矩，但是她觉得一切的反抗内部组织的活动都注定失败，而且愚蠢，最明智的做法就是在不危及生命的同时打破他们的规矩，她认为内部组织就好比头上的天，万世不变，对它的权威绝不反抗，只是努力回避，就像兔子躲着狗一样。从这段描述我们可以看出温斯顿和朱莉娅明显不是同一类人，两个人虽说都觉醒了自我意识，但是温斯顿想做的更多是偏向贡献自己力量的，彻底推翻内部组织的统治，但是朱莉娅则是苟且偷生，在规则下进行反叛，在反叛中证明自己清醒。

之后朱莉娅和温斯顿又开始规划下一次约会的地点，但是温斯顿觉得总是这样跑来跑去，费时费力，还很危险，所以他回去后想了个主意。温斯顿再次来到老头查林顿的店铺，这次他直奔楼上那间简陋的小屋，他做出一个冒险的举动，租下这间小屋，老头爽快答应，即使他知道这间小屋是温斯顿拿来私会情人的，也没有反对，甚至还贴心告诉温斯顿，这间小屋有两个入口，另外一个入口在后院。租下小屋后，温斯顿通知了朱莉娅，他原以为朱莉娅会拒绝，但没想到朱莉娅同意了，于是两个人约好了时间，在那间小屋再次相见。温斯

《一九八四》

顿和往常一样先到了小屋,朱莉娅后到,两个人见面后,朱莉娅开始向温斯顿展示她带来的东西,包括咖啡、糖、面包、茶,这些东西看似普通,但都是他们这个阶层的人无法享用到的,这些都是内部组织的特权。朱莉娅甚至还带了化妆品和一套衣服,打扮了一番。脸上的浓妆,身上的长裙,仿佛为这个没有颜色的世界,添上了一抹色彩。温斯顿开始思考,在那些被抹去的历史中,一定有很多像他们这样,想说什么就说什么的人,这种情景一定很常见。如果乔治·奥威尔能够看到现在这个世界,估计也会震惊,现在的人们不但越来越晚结婚,甚至越来越多的人喜欢单身,陪伴自己最多的不是伴侣,而是自己的手机。

就在他们约会之际,一只老鼠打破了这温馨的氛围,老鼠是温斯顿在这个世界最怕的东西,朱莉娅表示别慌,待会儿先把洞堵上,下次来拿水泥封起来就可以了。(这儿出现的老鼠和老鼠洞,均是为后面的剧情做铺垫的。)

自从租下这间小屋,温斯顿和朱莉娅的见面变得稳定和频繁,持续了半年,现在这间小屋几乎就是他们的家,或者说这间小屋就是另一个世界,是对过去世界的一个写照。不过温斯顿和朱莉娅都是明白人,他们两个都知道这种日子不可能长久,有时候他们也会讨论如何用实际行动来和内部组织作对,温斯顿告诉朱莉娅,他在真理部做的工作,就是帮内部组织篡改历史,历史停止了,除了标榜内部组织永远正确的现在,什么都不存在了,或许他下次可以把这些篡改的资料保存下来。朱莉娅觉得这事不妥,她认为留下几张材料根本无济于事。但温斯顿不这么觉得,他认为这就是篡改历史的证据,如果他敢于拿给别人看,就能在这儿或那儿散播一些怀疑的种子,这辈子想要改变现状是不可能了,不过因为有了这些种子,种子可能会生出反抗的小集团,一小批人集合在一起,人数慢慢增加,甚至留下痕迹,这样后代就能接着干下去。

这一番话说完,温斯顿本以为会燃起朱莉娅的斗志,没想到朱莉娅说,她对下一代没兴趣,她只对现在感兴趣。就在温斯顿想着如何反抗的时候,一个

129

他期盼已久的消息终于来了。那天，他和往常一样下班回家，背后传来一个熟悉的声音，他转身一看居然是老奥。老奥上前和温斯顿搭话，问他有没有看过第十版《新话词典》，温斯顿说没有，自己现在还在用第九版，老奥向温斯顿发起邀约，说自己可以送他一本，他拿起一张纸条写上了自己的地址递给了温斯顿，告诉温斯顿有空可以过来拿。说完就走了。整个对话持续了两分钟，这天的到来，温斯顿虽然激动但是他并不意外，他知道自己早晚会受到老奥的召唤。在和朱莉娅的约会中，温斯顿把老奥的事情告诉了朱莉娅，甚至他自己主动提出结束这段关系，因为他被抓住只是早晚的事，如果两个人都落网了，内部组织肯定会用尽一切手段让他招供，最后把他们枪毙，朱莉娅还这么年轻，可以多活几年，不应该跟着自己这么冒险。朱莉娅却说招供并不是背叛，内部组织抓到你，你说什么都没关系，只有感情最重要，如果他们能做到让我不再爱你，那才是真正的背叛。

──────── 故事反转（温斯顿接近真相）────────

他们彼此互诉心声后，朱莉娅决定和温斯顿一起前往老奥给的地址。见到老奥后，老奥先是转身把背后的电幕关掉，温斯顿和朱莉娅觉得震惊，毕竟他们活了几十年，从来没见过有人能关掉电幕，老奥看着他们的神情淡定回了一句，他有这个特权，不过也不能关太久。得知房间没有了监控后，温斯顿明显大胆了许多，上来就和老奥说，他认为反抗内部组织的兄弟会一定存在，老奥估计就是其中一员，如果他猜得没错的话，他和朱莉娅想一起加入兄弟会为它工作，一起反抗内部组织。接着还自曝了自己和朱莉娅的反抗行为，作为投名状。温斯顿猜得没错，戈斯坦确实存在，兄弟会也存在，老奥也是其中一员，只见老奥倒了两杯葡萄酒，建议他们三人举杯，为他们的领袖戈斯坦干杯。喝完老奥答应送给温斯顿一本书，作为他们入会的见面礼，并告诉他们这部小说会彻底揭露这个世界的真相。老奥表示："当你们读完这部小说时，你们就是兄弟会正式的会员了。"

| 温斯顿、朱莉娅和老奥碰面 |

在温斯顿离开这个房间之前,老奥表示,如果他们不幸被内部组织抓到,向内部组织坦白,他也能够理解。所以避免更多消息被泄露,除了自己正在做的事情,别的最好都不要知道,这样即使他们要出卖同胞,也只能出卖少数不知名的人物,而当他们被抓住时,可能连老奥都出卖不了,因为到时候老奥不是死了就是变成了另外一个人,换了另外一张脸。

而且他们被捕,兄弟会也不会提供任何帮助,加入这个组织后,在有生之年,大家肯定看不到有什么变化,大家已经是死去的人。大家真正的生命在于未来。说完这些,老奥让随从送走了温斯顿。隔天在老奥的安排下,温斯顿成功拿到他口中那本揭露真相的书。

温斯顿回到了那间小屋,开始享受独自一人的阅读时光。第一章,无知即力量……在大洋国的历史中,世界一直存在三种人,上等人,中等人和下等人。这三种人的目标是不可调和的。上等人的目标是为了保住地位,中等人的目标是和上等人调换地位,下等人比较不同,因为他们有太多苦差事要做,所以不会太注意到日常生活以外的事,这也是为什么下等人一直长期存在。

在历史的长河中,中等人会以自由与平等为理由,推翻上等人,把下等人争取到自己的阵营,等到中等人成功,他们就成为上等人继续专制。不久之后,在上等人和下等人之间又会有新的中等人出现,由他们继续推翻上等人,历史就会如此地往复,在这三个等级里面只有下等人从来没有实现自己的目标,所以在大洋国的下等人看来,历史从没有变过,只是内部组织的领导人换了个名字。

温斯顿的阅读被窗外的炮声打断，截至目前，这部小说没有告诉他新的东西，这些他早已知晓，这部小说只是把他脑子里的零散想法整理了起来。就在这时，朱莉娅也来到房间之中。温斯顿赶紧向朱莉娅推荐这部小说，但朱莉娅拒绝阅读，她希望温斯顿能念给她听。温斯顿就把刚刚自己读的部分重新念了一遍，也不知道念了多久，温斯顿转头一看，好家伙，朱莉娅早已陷入了睡眠。（像极了当年上数学课的我。）但在念书的过程中，温斯顿更加确定自己没有发疯，不正常的只是老大哥领导的这个世界，接着温斯顿也睡了。他们这一觉好像睡了很久，当他们再次醒来时，两个人赤裸着身体相拥在窗前，畅想着自己美好的未来，就在这时……他们被房间的电幕发现了，原来这个房间不是没有电幕，只是它一直藏在一幅画的后面，而查林顿，也就是这个旧货店的老板，其实是一名思想警察，温斯顿和朱莉娅就这样被内部组织带走了。

──────故事高潮（温斯顿将作何抉择）──────

此时的温斯顿并不知道自己身在何处，可能是在友爱部，一个虐待犯人使其招供的地方。他在一间二十四小时都亮着灯的牢房中，里面没有时钟，没有黑暗，没有阳光，他自己也不知道自己在这儿到底待了多久，在思考的间隙中，温斯顿明白了梦中的老奥曾对他说的一句话：我们会在没有黑暗的地方见面。很快另外一名犯人就被关进了这间牢房，他是温斯顿的同事，因为犯了思想罪，被自己的女儿举报，不过他并不恨他的女儿，甚至还以她为傲。至少说明他的教育是得体的。在他们短暂的谈话后，这位同事就被狱警押去了一〇一号房间。

这个一〇一号房间号称最恐怖的牢房，所有得知自己要被押进去的罪犯，轻则拼命反抗，重则精神崩溃。看着同事惊恐的表情，温斯顿更加好奇。同事被送走之后，他想起了朱莉娅，温斯顿问自己，如果承受双倍的痛苦，可以救朱莉娅，他会不会这么做，毫无疑问他会的。牢房的门再次被打开，但这次走进来的不是犯人，而是老奥。温斯顿看着老奥，一点都不觉得奇怪，老奥告诉温斯顿，自己早就被他们抓到了，接下来老奥将会开始盘问温斯顿。

只见温斯顿躺在一张类似行军床的刑器上，等待他的是一场特殊的酷刑，温斯顿也下定决心，不到不得已不会招供，一定要坚持到自己受不了的时候。审讯开始，老奥先是告诉温斯顿，自己已经观察了他七年，从他觉醒的那一刻就开始，所以老奥一直想拯救温斯顿，让他变回正常人。说完，便拉动了刑器。老奥告诉温斯顿，他的问题虽然很严重，但好在这些都可以被治愈，就看他自己愿不愿意。温斯顿当然不愿意，他明确指出这个世界的问题，怎么可以揣着明白装糊涂呢，这种"艺术行为"，他做不到。不得不说，现在的温斯顿还是很爷们的，所以老奥不得不再次启动刑器，并且把程度数值加大。

一阵折磨后，就在温斯顿快顶不住的时候，老奥复述了温斯顿的日记，说"自由就是说二加二等于四"。于是老奥伸出了四根手指，问温斯顿："如果这个时候内部组织说这不是四根手指，是五根，那你会说多少根？"温斯顿没有犹豫说："四根。"于是刑器就又启动了，停下来后，老奥再次问他是几根手指，老温表示，天王老子来了也是四根。一个敢问一个敢答，老奥就不客气了，直接把刑器调到最高。

这个痛苦程度远超温斯顿的想象，就算是主角他也顶不住，立马改口说是五根。但老奥也不傻，他当然知道这是温斯顿的口头答案，心里肯定不

| 老奥审讯温斯顿 |

是这么想的。

见老温的态度强硬，老奥只好把刑罚局改成走心局，他告诉温斯顿："你做的那些事其实内部组织都不感兴趣，你的思想才是我们关心的，我们不仅仅要打败我们的敌人，还需要改造他。就算我们最后要彻底消灭你，也要保证你的思想是正确的。接下来要做的就是把你的思想排空，然后重新填充你，如果你死不悔改，那么你将永远不会被消灭。"

第一波审讯到这儿也就差不多了，在审讯结束之前，老奥给了温斯顿一个机会，他可以问任何问题，这个设计非常具有人性，温斯顿第一个问题就是问了朱莉娅。

老奥说："朱莉娅第一时间就把你卖了，她没有犹豫，很少看见有人这么快就投靠我们，她现在已经被彻底改造。"温斯顿继续问："老大哥真的存在吗？""他跟我的存在方式一样吗？""那么老大哥究竟会死吗？"老奥表示老大哥当然存在，而且他不会死，但"你并不存在"。这个要怎么理解呢？我的理解是像温斯顿这样觉醒的个体，一定会死，也一定会被抹去，被内部组织操作之后他就等于没有存在过。但老大哥不是，老大哥是一直存在的，就说明老大哥并不是一个具体的人，而是一种精神，乃至就是内部组织的具象化。所有人世世代代都秉承着同一种精神，他们就等于老大哥。

最后，温斯顿问了一〇一号房间里有什么，这个问题，老奥没有正面回答他，结束了审讯。

温斯顿的改造有三个阶段，分别是学习、理解和接受，刚刚的审讯就是第一阶段。回到牢房没多久的温斯顿，即将开启第二阶段的改造。这个阶段的温斯顿需要理解内部组织的思想，老奥向温斯顿解释什么叫自由即奴役，这句话颠倒一下位置，它更好理解，也就是奴役即自由。人类在单个个体和自由的时候总是会被打败，最要命的人类还会死亡，但如果个体可以做到绝对服从，他就可以从个体的身份中跳出来，如果他们形成组织，那组织就会永垂不朽，无所不能。温斯顿觉得这话有点毛病："但是你们怎么控制物质的？你甚至无法控制气候或地心引力，还有疾病、疼痛、死亡——"老奥回答说："因为我们控制了人的思想，所以我们可以控制物质。现实都是存在于脑子里的。温斯顿，你会逐渐明白的。我们是无所不能的，隐身、升空——任何事情都可以。如果愿意，我可以像肥皂泡一样，从这个地板上飘浮起来，只是我不愿意这么做……"温斯顿一语道破，他告诉老奥，老奥描述的这个世界是不可能的，人类不可能在恐惧、仇恨、残忍的基础上建立文明，因为这种文明没有生命力，它会瓦解，或者被打败。

温斯顿的这段描述，让我想起电影《侏罗纪公园》的一句台词——生命会自己找到出路。

这些话一出，起初不动声色的老奥好像有点破防了，他问温斯顿，打败他们的原则是什么，温斯顿回答，人类精神。所以截至目前，温斯顿依然认为他是一个活生生的人。话都说到这份上了，老奥见温斯顿还是看不清本质，只好出大招了，他让温斯顿站在一面镜子前，他告诉老温："如果说你还是人，那你肯定是这个世界上最后一个，你有着高尚的人类的精神，但你可以看看你现在是什么样。"镜子前的温斯顿丑陋，枯瘦，看上去正在腐烂，老奥打出手上最后一张王牌，如果你是一个人，这就是人类真实的人性，肮脏不堪。

说完结束了第二阶段的改造。在接下来的日子里，温斯顿在牢房得到了非常好的照顾，精气神也开始恢复，他开始变得平静但没有思考，就连老奥都说现在的温斯顿在思想上没什么问题，唯独情感上还没什么进展。所以老奥问温斯顿，他对老大哥的感情是怎么样的。温斯顿回答道："我恨他。"老奥明白，是时候送他去一〇一号房间了，人们不仅要服从老大哥，还必须爱他。

一〇一号房间到底有什么，谜底也正式揭晓，原来这个房间是一间定制的牢房，因为每个人害怕的东西不一样，所以这间牢房不存在固定的刑罚。它会根据犯人的弱点来实时变换。而温斯顿最怕的东西就是老鼠。所以在这个房间里，老奥让温斯顿戴上了装着老鼠的面具，这个面具有两道闸门，只要第二道门一开，老鼠就能直接贴在温斯顿身上。眼看这些凶残无比的老鼠要和自己零

| 被改造后的温斯顿 |

距离接触了，这下温斯顿是真的破防了，他恳求老奥不要这么做，当打开第一道闸门时，温斯顿彻底崩溃，甚至让老鼠去咬朱莉娅，对她做什么都行，总之就是停下来！

最后这场刑罚在温斯顿的崩溃下结束，至此三个阶段的改造彻底完成。

时间不知道过了多久，温斯顿从牢房里被放了出来，他独自坐在咖啡厅中，用手指在布满灰尘的桌子上写着"2+2=5"，斗争结束了，他战胜了自己，他热爱老大哥。

掩卷遐思

情节思考

以上就是《一九八四》这部小说的一个大概的故事了，感兴趣的各位一定要去看看原著，原著真的十分精彩。我们刚刚说了老奥这个人，他到底是内部组织的人？还是他在伪装呢？我个人偏向第一种，老奥就是内部组织的人。因为他说，他观察了温斯顿七年，以及书中也说，他对温斯顿这些招数，他会一直继续用下去，所以我们就不难知道，老奥肯定不是第一次做这种"碟中谍"的工作。当然，如果说老奥是兄弟会的人，也能说得过去，因为他可以借用双重思想，让自己继续替内部组织干活，然后悄悄发展兄弟会，但是除了这两种选项以外，老奥的一句台词也引发了我的一个脑洞，他说："当你们被抓住，可能连我都出卖不了，因为到时候我不是死了，就是已经变成了另外一个人，

《一九八四》

换了另外一张脸。"所以，老奥这个人有可能是存在的，他也确实是兄弟会在内部组织里的卧底，但是他被发现后，人间蒸发了，审讯温斯顿的老奥，并不是温斯顿所认识的老奥，是另外一个人。而之所以要这么做，只是为了用一张温斯顿熟悉的脸庞，来击溃温斯顿的心理防线，让他更好接受改造。

《一九八四》里有着对真理的论述，即"什么是真理""什么才是对的"。书中的内部组织认为，真理是必须根据自己的利益与位置来决定，就是真理首先不能对组织不利，还有就是真理必须被众人认可，如果有人不认可某个真理，那他就是异类，内部组织必须把你改造或者清除，这就像书里说的，大家必须遵从老大哥一样。但真理真的就是这样吗？这让我想到鲁迅那句名言："从来如此，便对么？"所以这部小说的作者乔治·奥威尔也给了我们答案，他借着温斯顿这个角色向我们说明，真理是与客观真实无关的，所以不管你怎么消除历史，怎么洗脑人们，其中一定会有温斯顿这样的人醒过来。这在历史的发展中，可以说是必然的，所以温斯顿才会在审讯中跟老奥说老奥他们是没办法成功的，虽然群众很容易昏沉，但群众往往也容易觉醒，星星之火肯定可以燎原。

除了真理，大家不难发现，《一九八四》也在讨论"自由"这个话题，在大洋国里，国民都是受到高强度的监视以及行为限制，电幕和老大哥无时无刻不在看着你。觉醒的人在用自己的方式追求着自由，温斯顿用写日记来追求自由，但这也只是规则内的自由。这让我想起罗翔老师在《十三邀》里说过的观点，他说人其实很难真正自由，你看似跳出一个规则，但实际上你是从一个规则跳到另外一个规则中。不过我们也不需要那么悲观，因为自由也是一把双刃剑，如果自由彻底没有了规则的约束，人类社会估计也走不到今天，我们可以向往自由，追求自由，但是不要为了所谓的自由而自由，否则我们也很容易陷入一场没有意义的虚无当中。踏实过好每一天，多动脑思考，尽量避免随波逐流，多做一些有意义的事，多让自己开心一些，你的人生八成就是自由的。

―――――― 置身事内 ――――――

如果你是温斯顿，你会在这样的环境下写日记吗？

如果你是温斯顿，你会在电幕能看到的地方打开朱莉娅送你的纸条吗？

如果你是温斯顿，你会和朱莉娅继续约会吗？

如果你是温斯顿，在被抓住之后，你会果断接受改造，还是坚持真理呢？

作者其人

一九〇三年，那是一个革命兴起、战火纷飞、政治思潮角逐最为激烈的年代。乔治·奥威尔出生于当时还是英国殖民地的印度，童年时期目睹了殖民者与被殖民者之间的冲突，大多数英国孩子都在站队，选择站在大英帝国这边，但乔治·奥威尔不同，他更同情悲惨的印度人民，少年时期的他，受教育于伊顿公学，后被派到缅甸出任警察，明明自己是警察，但他更同情苦役犯。他观察人生的视角与重点，似乎都和旁人不同。

随着时间的流逝，在缅甸的亲身经历使得乔治·奥威尔无法忍受帝国主义的殖民暴行，他于一九二七年辞职。他离开缅甸先后辗转于巴黎、伦敦谋生，体验底层人民生活艰辛。

一九三〇至一九三五年，他发表了小说《缅甸岁月》《牧师的女儿》《让叶兰飘扬》，以及许多散文、书评。

一九三六年，他发表了作品《通往维根码头之路》，该书出版以后，他便自称为"社会主义者"。年底，乔治·奥威尔以国际志愿者的身份参加了西班牙内战。

一九三八年，他被划为托派，面临清洗，但侥幸逃回英国。

一九四三年，他写完《动物农场》，后于一九四五年出版此书。

一九四六年至一九四八年，乔治·奥威尔旧病复发，病情恶化，辗转多处疗养，并写下了《一九八四》，这部作品也是他的绝笔。

| 乔治·奥威尔 |

一九五〇年，年仅四十七岁的乔治·奥威尔死于困扰其数年的肺病。

结束语

乔治·奥威尔的思想历程从痛恨帝国主义，思考社会现状，到发现资本主义社会下的不公，有社会主义倾向，当他发现苏联的社会主义已经堕落成极权主义，于是他的写作重心从推崇社会主义转向批判极权主义。他的一生短暂，但其影响绵远流长，直至现在还流传着一句"多一个人读乔治·奥威尔，就多一份自由的保障"。

让我们尝试接受，乔治·奥威尔给我们的自由感吧！

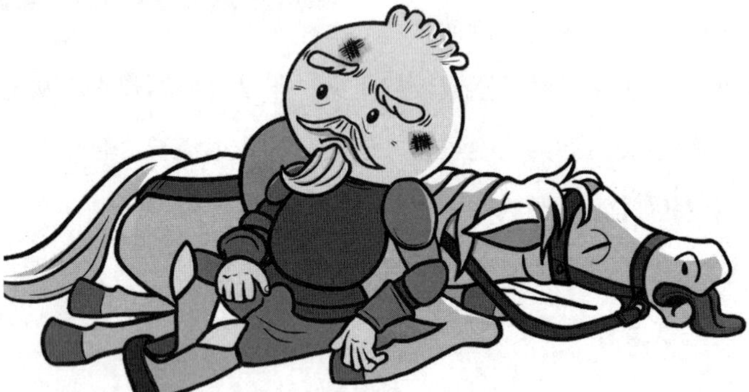

5

《堂吉诃德》

——一位为追求理想而陷入疯狂的骑士

你或许听都没听过塞万提斯，但你肯定听说过他的作品《堂吉诃德》。这部小说被称为西方文学史上的第一部现代小说，是西方最伟大的小说之一，更是第一部反骑士的现代小说，它开启了"反套路"的先河。这部小说出版几个月后，就成为西班牙第一部全国性的畅销书，作者塞万提斯以一己之力，撼动了当时整个文学界。《百年孤独》的作者马尔克斯曾评价《堂吉诃德》包含了世界上所有的事物，后来所有的小说家所企图完成的东西，它都完成了。那么被吹得这么神的作品，到底讲了什么样的故事呢？我们一起来看看吧。

名著好看在哪里

> 听包子我娓娓道来，让你爱上读名著。

故事脉络

——— 故事背景（"骑士"的年代）———

在骑士已经消失，但骑士小说仍然盛行的年代，西班牙的一个小村庄里，有一个年近半百、身体硬朗的单身小老头。他没事就爱看骑士小说，已经到了走火入魔的程度，他满脑子想的都是做游侠骑士除暴安良。这虽然听起来很"中二"①，但他是个行动派，说做就做，他翻箱倒柜，找到了祖上传下来的盔甲，穿上后也还算合身。为了日后行走江湖霸气些，小老头给自己的马改名为"稀世驽驹"，给自己起名为**堂吉诃德**。

在骑士故事中，心上人是不可或缺的角色。因此，堂吉诃德就把他曾经喜欢的一位邻村姑娘定为他的心上人，还给她起了个新的名字——**温柔内雅·德尔·托博索**（为了好记，我们就叫她**内雅**）。

良驹、装备、心上人都有了，堂吉诃德想起他在书里看到的规矩：骑士是需要被册封的，经过册封仪式，骑士头衔才会正式生效。可是，在这鸟不拉屎的地方，上哪儿找人给他册封呢？这差点让堂吉诃德刚要起步的事业夭折，最后他决定在路上遇到谁就让谁封他做骑士。一切准备就绪，那就先走再说吧，堂吉诃德就这样上路了。

——— 故事开始（堂吉诃德在路上）———

踏上冒险之旅的堂吉诃德走了快一天，结果路上什么事也没碰到。他现在

---

① 网络词语，指处于青春期的青少年的某些特有的思想行动、价值观和自我认知。——编者

| 整装待发的堂吉诃德 |

特别希望随便来个什么人，好让他展示一下他的"骑士道"。终于，在天黑的时候，堂吉诃德看到一家客店，过于沉浸在骑士小说里的他把那一家普通的客店看成了一座庄严的城堡，他甚至还脑补①了塔楼、吊桥、壕沟等，反正骑士小说里写过的阵仗，他都脑补上了。他越看越兴奋，立马冲着那座"城堡"跑了过去。

店主走出来看到堂吉诃德的一身装扮，差点笑出声，但好在店主见过世面，一般是不会笑的，除非忍不住。他招呼堂吉诃德进店休息，可堂吉诃德一心惦记着册封骑士的事情。他觉得正好遇见了这个店主，干脆求店主封他为骑士好了。店主从来没有听过这么离谱的要求，怀疑堂吉诃德的脑子不好使，但难得遇见一个傻子，他就想看看堂吉诃德还能整出什么乐子，于是他对堂吉诃德说第二天为他册封。

---

① 网络词语，指在头脑中对某些情节进行补充。——编者

到了晚上，堂吉诃德决定去院子里过夜，这样也可以守护好他的盔甲。堂吉诃德前脚刚走，店主后脚就把堂吉诃德的事讲给其他客人听。大家都很爱凑热闹，远远地看着堂吉诃德，想看他的笑话。

这时有一个赶车的人路过这儿，想打点水，但是堂吉诃德的盔甲就放在石槽上面，想打水就只能把石槽上的盔甲挪开。赶车的人把石槽上的盔甲挪开，可堂吉诃德不乐意了，他直接拿长矛打了过去，将对方打倒在地。没过多久，又有一个赶车的人来打水，堂吉诃德二话没说直接举起长矛，把这个赶车人的头打开了花。

车夫们见同行受伤倒地，站在远处朝堂吉诃德扔石子。堂吉诃德见此情形，毫不退却，用盾牌抵挡，坚守阵地。店主为了以后的生意，在一旁连喊带叫，劝大家别惹堂吉诃德，说堂吉诃德是个疯子。大家听到堂吉诃德是个疯子后，才停了下来。这么一番折腾，店主害怕了，他怕堂吉诃德会把他的店整黄了，还是趁早册封这个疯子做骑士比较好。于是，店主原地封堂吉诃德为骑士。被正式封为骑士后，堂吉诃德感觉比吃了能量棒还有劲，急忙上路了。店主巴不得堂吉诃德快走，所以连住店的钱都没要他的。

这是堂吉诃德第一次与世人接触，显然大家都不理解堂吉诃德，这就好像我们有时会觉得世人不能理解自己一样。

> 大家生活在同一片土地上，却有着截然不同的想法。

堂吉诃德离开了客店，天已经微微亮，想到以后的路还很长，他干脆回家加上了一点行李，还拿了点钱。就在这个时候，他突然发现骑士在冒险的过程中怎么可以没有侍从呢？他就想顺道找个侍从。在回去的路上，他看到了一个农夫和一个小男孩，那个农夫在用皮带抽打那个小男孩。堂吉诃德感觉他建功立业的机会来了，骑着马就冲了过去。原来小男孩是农夫的仆人，因为放丢了羊在挨打。堂吉诃德忍不了，不仅让农夫不要再打了，还要农夫把小男孩的工

《堂吉诃德》

钱一并付齐。农夫看眼前的这个人怪得很,便表面上向堂吉诃德保证回去就把工钱全补给小男孩。这其实是农夫的缓兵之计,想用这招把堂吉诃德打发走。你们说这种骗三岁小孩的伎俩,骑士会上当吗?很显然,他会。农夫见堂吉诃德离去,便继续用皮带抽小男孩,而且比上次抽得更凶,小男孩因此在心里暗暗发誓,他以后一定要找堂吉诃德替他报仇。后面这个小男孩还真的再次碰到了堂吉诃德,结果如何,我们先按下不表。

虽然小男孩因为堂吉诃德的路见不平被抽得更狠,但堂吉诃德这边却在为首次行侠仗义成功而扬扬自得。他又走了大约三里路,看到了一队商人。他走到这队商人面前,无缘无故就想让这队商人承认内雅是拉曼查的女皇,是全天下最温柔的人。这队商人觉得堂吉诃德有病,但其中一位商人想逗逗堂吉诃德,他不仅说他没见过这位女皇,还说这位女皇根本不是美女。这让堂吉诃德火气飙升,他"挺矛催马",就要打过去。但这时,堂吉诃德的稀世驽驹突然摔倒在地。堂吉诃德被沉重的盔甲压得起不来身,但气势不能输啊,他还在那儿挑衅:"你们不许逃走!"其中一位马夫受不了这种挑衅,撅断了堂吉诃德的矛,把堂吉诃德一顿打。最后马夫打累了,这队商人才离开。倒在地上半死不活的堂吉诃德自我安慰,"今天这样都是马的错",和他一点关系都没有。在堂吉诃德奄奄一息时,刚好一个之前认识堂吉诃德的农夫路过,把他带回村里,堂吉诃德算是捡回了一条命。堂吉诃德被带回家后,他的好朋友神甫看到他被骑士小说害得半死不活的样子,打算一把火烧了那些小说。但在挑选的过程中,总是觉得"这本还行""那本也不错""这几本都还挺好看的",结果挑选了半天,大部分书都被赦免了。

> 这是挑了个寂寞啊。

受伤后的堂吉诃德在家里待了半个月,朋友们看他好像断了再外出折腾的念头,但实际上他一直筹谋着东山再起,甚至还通过"画大饼"的方式,成功

145

名著好看在哪里

劝说了一位老农做他的侍从,这位侍从名叫**桑丘**。桑丘是小说中非常重要的角色,他将会提供另外一个视角让我们来观察堂吉诃德。

──────（侍从桑丘眼中的堂吉诃德）──────

　　侍从找完了,堂吉诃德又修修补补他的东西,和桑丘在夜里瞒着家人再次起程。有了新成员加入,堂吉诃德一边走一边给桑丘"画大饼",说等他攻下王国,起码给桑丘封个总督,至少也整个海岛让他管管,让他好好跟着自己。（你们看"画饼"这玩意,原来自古有之。）两个人正在畅想之际,堂吉诃德远远看到田野里居然出现了三十多个巨人！堂吉诃德喜出望外,和桑丘说要教训他们一下,但桑丘一脸蒙："这不是我小时候最爱看的大风车吗,怎么就成巨人了。"还没等桑丘问明白,堂吉诃德就念念有词地冲过去了,结果可想而知。

| 堂吉诃德给桑丘"画饼" |

| 堂吉诃德冲向大风车 |

堂吉诃德没能打过大风车,面对这种结果,他认为这一定是魔法师和他作对,是魔法师把巨人变成风车的。堂吉诃德摔在地上,动弹不得,只好就此作罢。

大战后,两个人吃了东西填饱肚子,继续上路。可是太阳落山了,两个人只好在路边牧羊人的草棚凑合一宿。第二天,两个人继续上路,谁承想这时一向老实的稀世驽驹看到前方不远处就有匹小母马,直接向前奔去,奔向了爱情。结果稀世驽驹被母马狠狠地教训了一顿,更遭到了赶牲口的人的一顿痛打。堂吉诃德拉着桑丘想给稀世驽驹报仇。堂吉诃德拔剑就冲,这股莽劲感染了桑丘,他也跟着扑了上去。结果毫不意外,主仆二人和马居然一起躺在了地上。

几个赶牲口的人见把人打坏了,害怕真出事,赶紧跑路了,留下伤痕累累的堂吉诃德躺在地上和桑丘复盘。

俗话说,失败乃成功之母。他们这次之所以打输,是因为堂吉诃德一个人冲得太快,哪有人一上来就打"王炸"的,下次应该让桑丘先上,他断后绝杀,这样对方才能有去无回。好在这会儿桑丘如同打工人般清醒,他觉得他就是个老实人,从不打架,以后即使别人欺负他,他也能忍。他再也不出头了,这打谁爱挨谁挨去吧。堂吉诃德觉得桑丘这是油盐不进,开始把饼画得更大:"以后有了国土,你得有胆有识呀。"这"饼"吃得桑丘噎得慌,比起爵位,他表示现在更需要几贴膏药。堂吉诃德一点都没被桑丘的颓废劲感染,还催促

主仆二人倒在地上

桑丘快爬起来，他们该上路了。

到了一家客店，店主见堂吉诃德伤势不轻，就在阁楼里给堂吉诃德收拾出一个睡觉的地方。虽然地方很破，但好在堂吉诃德的想象力超凡脱俗，他立刻开始脑补，他现在住的是一座舒适的城堡，店主的女儿是城堡长官的千金。他甚至想着，如果没有意外发生的话，按照小说里的剧情发展，长官的千金小姐就会爱上优雅、有风度的他，还会答应瞒着父母和他风流一整夜。堂吉诃德已经在大脑中把流程全都走了一遍。

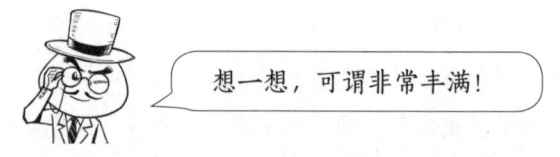

想一想，可谓非常丰满！

可真实的情况是：店主的千金只是在店里帮忙，而真正在"约会"的是这家店的女用人和她的男友，约会地点就在堂吉诃德所在的阁楼。到了时间，黑暗中，女用人摸索着她的男友，好巧不巧地碰到了堂吉诃德的胳膊。这一接触

《堂吉诃德》

更加证实了堂吉诃德的猜想——骑士小说诚不我欺。

堂吉诃德疯狂输出甜言蜜语时,女用人的男友来了,他听到了堂吉诃德的这番调情,揍了堂吉诃德一顿,他们的吵闹声很快就把店主吵醒了。女用人在慌乱之中躲到了桑丘的床上,店主进来大呼小叫后,把桑丘弄醒了。桑丘不知道身上压着的是什么东西,一顿抡拳乱打,女用人疼得忍不了,也开始向桑丘拳打脚踢。他们在黑暗之中扭打在了一起。有位巡逻队队长正好在店中过夜,听到打闹声,摸黑跑进阁楼,一进门就发现堂吉诃德被打得人事不知。队长大喊出人命了,才终止这场闹剧。队长想点灯逮捕犯人,趁这间隙,店主、女用人和女用人的男友都溜走了,只剩下桑丘和堂吉诃德停留在原地不动。

堂吉诃德醒过来后,还沉浸在他的美梦里,说他和千金小姐正亲热呢,结果这城堡里有魔法,钻出一个巨人揍了他一顿。桑丘还真信了,认为他们真的是同人不同命,同样是被揍,他怎么就没有美人在身边呢?实际上,他不是没

| 堂吉诃德熬药 |

有，他打的就是美人。好心的队长点好油灯，问堂吉诃德怎么了，却被堂吉诃德趾高气扬地撑了回去，他让队长说话客气点。好家伙，你们说一个在你眼前如此落魄的人都这么横，那队长能忍吗？队长抡起油灯就朝着堂吉诃德的头上砸了过去。就这样，人没了，灯也没了，屋里又黑了，队长装作什么也看不见，走了。

眼见堂吉诃德再不医治，就要魂归老家了。可堂吉诃德自己却很淡定，他让桑丘去准备一些油、酒、盐和迷迭香。天亮之后，堂吉诃德把这些东西放在锅里混起来熬煎，桑丘、店主、队长在边上围观。

药熬好了，堂吉诃德一口气喝了一升，他先是恶心，哇哇乱吐，浑身直往外冒汗，然后躺下一觉睡了三个多小时。醒来之后，腰不酸了腿不疼了，吃嘛嘛香，全好了。桑丘一看这药这么神奇，便求堂吉诃德把剩下的药都赏给他。他拿过药喝下后，上吐下泻，感觉要死了，但不一样的是，他并没有好起来的迹象。堂吉诃德这时解释道，这种药水只对骑士有用，桑丘没被封为骑士，所以不行。桑丘最终折腾了两个多小时，伤没治好，人变得更糟了，站都站不起来，而堂吉诃德却是精神抖擞的，恨不得马上上路。

堂吉诃德把桑丘扶上驴，就出发去下一站了。临走之前，店主让堂吉诃德付一下住店的开销，堂吉诃德表示他是游侠骑士，住店从来都是免费的，骑士小说里都是这么写的，他不能坏了规矩。店主可不管那么多，堂吉诃德不乐意了，骂店主又蠢又下贱，骂完骑着稀世驽驹就跑了。店主瞧堂吉诃德跑了，就向桑丘要钱。桑丘也不给，店主直接招呼店里的几个人，狠狠折腾了桑丘一番，最后等大家玩累了，才将桑丘放出来。店主看似放走了堂吉诃德和桑丘，但他实际上也不傻，他早就把桑丘的行李扣下抵账了，只是桑丘走得急，没有发觉而已。

桑丘紧赶慢赶，等追上堂吉诃德的时候，已经半死不活了。桑丘被折腾一次也明白了，世界上根本没有什么魔法，他跟着堂吉诃德只能遭罪，还不如趁早回村收庄稼呢。不过桑丘虽然嘴上这么说，身体上却没有行动，像极了天天说明天辞职，但天天准时上班的我们。

《堂吉诃德》

> 不管做不做,反正我先说。

一次冒险途中,下起了小雨,堂吉诃德抢了一个理发师的脸盆,还自认为是贵重的头盔。堂吉诃德一本正经地说桑丘不识货,桑丘说不过堂吉诃德,也就不继续自讨没趣。堂吉诃德获得一个宝盔后,再次踏上旅程。在路上,从没有进入堂吉诃德世界的桑丘,一个劲地告诉堂吉诃德他眼中的现实,他自认为活得很清醒,什么都知道,但另一方面他居然让堂吉诃德赶紧当上国王,好封他当伯爵,堂吉诃德也是一如既往地保证绝对没问题。桑丘到底是醒着的呢,还是睡着的呢?这正是桑丘这个角色有意思的地方。

两个人正正经经地闲聊半天后,看见前面走来了一队押送苦役犯的人马,堂吉诃德一看,这刚好是个除暴安良的好机会。一听到有人申冤,堂吉诃德便

| 堂吉诃德向桑丘"画饼" |

信以为真，自作主张要把这些人放了，和押送人员打了起来。犯人们趁势砸掉铁链逃跑。脱身的犯人不管三七二十一，用石子砸押送人员和堂吉诃德，整个场面完全失控。堂吉诃德挨了犯人们的石子，心里后悔，他明明帮了他们，却没落下好。桑丘怕民兵团追上来把他们抓了，就带着堂吉诃德跑路。当天夜里，就到了山里深处。好巧不巧，之前被堂吉诃德放走的犯人也来到这儿了，还趁天黑把桑丘的毛驴偷了。为什么不偷堂吉诃德的稀世驽驹，而要去偷驴呢？是因为对恩人不好意思下手吗？并不是，单纯是因为这匹马太老了，根本不值钱，白送给别人，别人都要考虑考虑。

　　天亮后，桑丘发现他自己的驴不见了，哭得那叫一个伤心。堂吉诃德安慰桑丘，说他好歹也是个乡绅，驴、马这些家里还是有的，他答应给桑丘写个"条子"，桑丘可以凭"条子"去他家挑三头驴。桑丘听后，心中宽慰很多。堂吉诃德环视周围，带着桑丘继续上路。从上路到现在，两个人一路倒霉，终于走了一次好运，他们在山间捡到一个里面都是钱的箱子。两个人把东西收好后，发现远处好像有一个人，堂吉诃德觉得那个人可能是箱子的主人，骑士自然要拾金不昧，他便决定跟上去看看。中途遇到一个赶羊的人，堂吉诃德问赶羊的人知不知道箱子的主人是谁，赶羊的人就把他知道的事情都说了。

　　原来，最近山里来了一个小伙子，其精神有些不正常，嘴里一直在骂费尔南多。堂吉诃德捡到的箱子就是那个小伙子的。几个赶羊的好心人打算把那个小伙子找出来，送去治病。这时，那个小伙子刚好经过这儿。堂吉诃德表示他作为游侠骑士，打算帮助那个小伙子，不求回报。那个小伙子似乎看到了某种希望，终于找到了人可以诉苦，于是开始讲起他自己的故事。

　　原来小伙子名叫卡德，和青梅竹马的露露一样都出身贵族。就在卡德打算和父亲商量求婚时，父亲让他先到公爵府奔个前程。到了公爵府，卡德和公爵府的二公子费尔南多成了朋友，关系很好。费尔南多和一个姑娘交往过，但怕自己的公爵老爹怪罪，就申请出门。公爵不知情，就同意了费尔南多的请求，要求卡德一路相伴。一听到这个消息，卡德便带着费尔南多回了家。结果一回到家，费尔南多就见到了露露，他见露露颜值颇高，就爱上了露露。有一次，露露向卡德借骑士小说……

故事刚说到一半，一听到骑士小说这四个字，堂吉诃德连忙插嘴，这个故事就被打断了，两个人就骑士小说争论起来。卡德没心情接着讲，两个人最后还打起来了，卡德一气之下跑进了深山。（这个行为像什么呢？就像你看影视作品，剧情的高潮马上就要到了的时候，影视平台"咔"的一下来了个广告，广告结束后，还给你播了个片尾曲。）

> 就问你现在是否怀疑人生？

尽管如此，堂吉诃德还是想听故事的结尾，便带着桑丘在山里走来走去，希望能找回卡德。桑丘不太懂堂吉诃德的这个行为，认为这不就是一个故事吗。堂吉诃德认为桑丘无知，卡德进山里肯定是为了磨炼意志，这才是堂堂正正的"骑士道"，所以必须把这个故事听完。

桑丘感到无语，随口说堂吉诃德疯得越来越厉害了。听到桑丘说了"疯"这个字，堂吉诃德察觉到时机已经成熟，故事可以先不听了，他要原地发疯了。堂吉诃德让桑丘帮自己给内雅送一封情书，如果能等到满意的回信，他就停止发疯，继续冒险，否则就终止这段旅程。这算是什么事？桑丘很是疑惑。堂吉诃德看到山

| 桑丘看着真实的内雅 |

里的小溪、草丛，觉得这儿有好水、好风光，就决定在这儿修炼发疯。

安排好桑丘回去向内雅送信后，堂吉诃德在之前捡到的笔记本上写下了给内雅的情书和有关驴的欠条。堂吉诃德声称他爱了内雅十三年，但见面的次数不超过四回。直到堂吉诃德说出内雅父母的名字，身为内雅的同村人的桑丘才恍然大悟，原来堂吉诃德口中的心上人居然是自己村里的一个壮女人。那个女人劲大嗓门也大，可以说和温柔内雅毫无关系，长得更是一言难尽。如今堂吉诃德竟然为了她在这儿发疯，桑丘认为这是不值得的。

但是主人都这么说了，身为侍从，只能照做。第二天桑丘就上路回村。他往回走的时候，再次经过那家曾戏弄他的客店，就在他犹豫要不要进去吃点东西的时候，他碰到了同村的神甫和理发师，其中神甫就是前文中提到的烧堂吉诃德骑士小说的那位神甫。一番交流后，神甫和理发师都知道了堂吉诃德的情况。

这时，桑丘想起他是去送信的。检查行李后，他发现信没了，欠条也没了，这下他的三头驴没法兑换了，那三头驴可是他的命啊。在桑丘慌张之际，神甫说欠条可以让堂吉诃德补一张，而关于情书，桑丘只要把信的内容简单复述一下，神甫就能代笔写下来。结果桑丘只记得一些关键词，"流畅"地背了三遍，但是每遍的内容都不一样。这让神甫和理发师俩职业选手也憋不住笑了。桑丘看着他们这么好说话，干脆把堂吉诃德给自己画的"饼"也和他们分享。神甫和理发师听完叹息不已，没想到堂吉诃德把疯病也传染给桑丘了，如果再不出手阻止，不知道还会有多少人遭殃。于是，神甫想出一个主意把堂吉诃德骗回家治病。神甫打算让两个人假扮成流浪的姑娘和侍卫，假装遇难找堂吉诃德求救，借此骗他回家。身为骑士，遇到弱者求助，堂吉诃德一定会一口答应，那么说干就干。

第二天准备就绪后，神甫一行人就跟着桑丘进山。这时，神甫和理发师在路上碰到了脑子暂时正常的卡德，将前因后果解释了一下后，卡德对他们讲起了上次那个被打断的故事，我们也接着上次的故事继续听。

露露借阅骑士小说后，在书里夹了一封给卡德的信，信中希望卡德快点向

《堂吉诃德》

她求婚，卡德看完后决定立马求婚。但没想到，费尔南多从中作梗，把卡德支开，趁机向露露家求亲，露露父亲觉得费尔南多家里的条件更胜一筹，也就答应了，他们在两天后就举行了婚礼。在婚礼上，当神甫问露露愿不愿意嫁给费尔南多的时候，露露沉默了很久，有气无力地说出愿意，之后就晕倒在她母亲的怀里。现场乱作一团，卡德想把费尔南多狠狠教训一顿，但只是在"脑嗨"①，最后他跑到荒郊野外，脑子也开始不清醒起来。

> 这是把敌人的仇，报在了他自己的身上。

听完卡德的故事，神甫刚想去安慰一下，就听到有人哭泣，闻声而去发现是个农民打扮的美女。神甫问起美女女扮男装的原因，美女初步判断这几个人应该不是什么坏人，便说出自己的故事。这个美女名叫多洛苔，在偶然的机会下被公爵家的二公子费尔南多看上，她知道两人门第有差别，所以没有答应费尔南多的求爱。没想到一拒绝，反而激起了费尔南多的征服欲。一天夜里，费尔南多出现在多洛苔面前。一见费尔南多，多洛苔就觉得眼前一片漆黑，想喊也喊不出声来。费尔南多又表白又发誓，在一顿甜言蜜语的加持下，多洛苔卸下了防备。但这之后费尔南多就不来找多洛苔了。多洛苔日复一日地在家中焦急地等待，没想到最后等来的居然是费尔南多和一个叫露露的女人结婚的消息。好家伙，这个费尔南多还真是在厕所里跳高——过粪（过分）！听到这个消息后，多洛苔想方设法，想找费尔南多问个清楚，然后就走到了这儿。在她说完她的遭遇后，大家对她很同情，尤其是卡德。卡德亮出他的身份，并表示费尔南多娶的正是他的心上人。就这样，他们两个人的故事拼凑成了一个完整的故事。

正当神甫对他们说一些安慰的话时，桑丘带着堂吉诃德回来了。神甫灵光一闪，这不是刚好吗，把多洛苔打扮成落难的公主，说有个坏蛋巨人欺负她，

---

① 网络用语，通常用来形容某人通过自欺欺人的想象达到一种兴奋状态。——编者

需要堂吉诃德替她报仇。于是，这个拯救堂吉诃德的故事升级成了新的版本。桑丘和堂吉诃德听完，那是一点都没有怀疑，更是表示从古至今，骑士打怪兽救公主是天经地义的事，他们爽快地答应了。

随着随行的人多了起来，整个队伍的交谈变得更有意思。桑丘讲起堂吉诃德放走犯人自讨苦吃的事情，堂吉诃德为自己辩解，表示自己只是扶弱抑强、救苦救难。一行人各有各的乐趣，桑丘还阴差阳错找回了他的驴。

正当他们走累了停下来吃饭休息时，有个小男孩跑出来，抱住堂吉诃德的腿大哭。这个小男孩就是堂吉诃德惩恶扬善的第一个"受益人"，小男孩向堂吉诃德告状，说东家不仅没给他钱，还把他暴打了一顿，堂吉诃德还不如不救他。小男孩希望堂吉诃德去帮他算账，要回他的工钱。但是凡事都有个先来后到，如今堂吉诃德已经忙于帮公主打倒巨人，所以他让小男孩等他回来再说。小男孩很不乐意，临走前对堂吉诃德说："游侠骑士先生，我再倒霉，也总比您帮倒忙强。愿上帝叫您和所有的游侠骑士不得好死！"可是大家说一说，这件事中到底是谁错了呢？堂吉诃德见义勇为，虽然让小男孩苦得更厉害，但他行侠仗义的本心是对的，而小男孩现在对着义务相助的堂吉诃德发脾气，却忘了堂吉诃德本没有救他的义务。有的人认为帮助他人的话，就要"帮人帮到底，送佛送到西"。如果只能帮一半，那还真不如不帮。我们的现实中也有很多这样的事，人性这个东西真是越琢磨越有趣。

小男孩说完就跑了，堂吉诃德这会儿又气又恼，感到羞愧难当。再次上路后的第二天，大家又回到了熟悉的客店，这一次堂吉诃德让老板娘给他安排一个好床铺，老板娘表示只要钱到位，床铺任他睡。堂吉诃德脱口而出钱不是问题。见到老板娘给自己备好房间后，堂吉诃德早已累得半死，头脑发昏，一上床就睡了过去。神甫几个人一边吃饭，一边聊堂吉诃德的事情。这话题才刚刚聊开，桑丘就从阁楼上跑下来，说堂吉诃德和巨人打起来了，血流了一地。店主叫苦不迭，说肯定是堂吉诃德砍破了床头上的红葡萄酒皮囊。大家来到阁楼，发现果然又是堂吉诃德的幻想。店主一看自己的酒流了一地，忍不住揍了

《堂吉诃德》

堂吉诃德一顿。理发师泼了堂吉诃德一桶凉水,堂吉诃德才清醒过来。清醒后的堂吉诃德说这家客店一定着了魔,这次桑丘信以为真,大家没想到桑丘也被同化了。面对店主巨额的损失,神甫说自己一定想办法帮堂吉诃德还账。店主这才露了笑脸,平息了这场闹剧。

这时恰巧客店里来了一队人马,刚好露露和费尔南多就在其中。于是卡德、露露、多洛苔、费尔南多四个人就以这样的方式相聚,大家就差拿出一包瓜子开始嗑了。因为大家都知道他们的故事,所以神甫主动当起和事佬,和其他人一起劝说费尔南多,横刀夺爱非君子。面对这一堆吃瓜群众,费尔南多即使不愿意,也得把露露还给卡德,最后费尔南多把多洛苔抱入怀中。这么复杂的四角恋竟然因为两句话就和解了,这要是放在影视作品中,不得拍个七八十集!

他们是大团圆了,但堂吉诃德完了,多洛苔都找到心上人了,还会继续演公主吗?桑丘在一旁都听明白了,原来多洛苔不是公主,一切都是诓堂吉诃德的,美梦再次破碎。桑丘走到堂吉诃德睡觉的阁楼,向堂吉诃德说出了真相,堂吉诃德不信,要去看看到底怎么回事。就在这期间,神甫给刚来的费尔南多科普了一下堂吉诃德的疯病,费尔南多感觉他们饰演的剧本很有意思,便也加入进来。堂吉诃德一出来,大家就配合起他演戏,多洛苔继续扮演公主,大家都在圆谎。这下,桑丘里外不是人了,被堂吉诃德骂了一顿。

> 这让包子我想到电影《让子弹飞》里演员陈坤的一句台词:"你这不是欺负老实人吗?"

这些人在客店歇了两天便准备返程上路,那么问题来了,多洛苔他们要不要跟着大家一起走呢?如果不走,这个谎根本圆不住,但如果跟着走,他们显然不顺路。神甫正在纠结时,转机出现了——神甫发现前方走来一辆牛车。

神甫再次灵机一动,他们跟牛车主人商定做个木笼,将堂吉诃德装入,请赶牛车的帮忙把他运到家。随后,神甫叫费尔南多这伙人扮成各种模样,让堂吉诃德认不出,先让这个公主的故事告一段落。

名著好看在哪里

大家趁堂吉诃德睡觉的时候,把他的手脚绑住,一鼓作气,将他送进牛车。堂吉诃德醒来后,发现自己动弹不得,以为自己已中了魔法。大家已经完全掌握怎么和堂吉诃德在一个频道上说话了,便对他说,这是骑士必须面对的磨难,这是他的修炼。堂吉诃德一下子变得感恩戴德,表明他一定能行。

桑丘虽然猜出个八九,但没有直接戳破。神甫无意间回头,看到后面追来几个人,其中一个人是城里的教长。教长看到他们这个阵仗,很疑惑。堂吉诃德表示这是他成为游侠骑士的考验,神甫配合堂吉诃德的表演,桑丘实在忍不下去了,眼看着要戳穿他们的计划。神甫不理他,上前和教长解释了一切的缘由。接着两个人就着"万恶之源"的骑士小说谈了起来。趁此机会,桑丘溜到堂吉诃德面前,向堂吉诃德告状,揭穿一切谎言,堂吉诃德让桑丘想办法救他。

桑丘求神甫放他主人出来走动走动,堂吉诃德以骑士的名义保证他不会乱跑,这才从笼子里出来。一旁的教长目睹了这一切,他很奇怪为什么堂吉诃德

| 堂吉诃德被关 |

《堂吉诃德》

会疯成这样，明明谈吐不俗，可一说到骑士的事，就满嘴疯话。于是教长开始温柔地劝起堂吉诃德，表示这世界上根本就没有骑士。

没有骑士！没有骑士！没有骑士！

"不可能，绝对不可能，怎么会没有骑士呢？"堂吉诃德的脑子嗡嗡的，无论教长怎么说，他就是不信，甚至还在反向劝说教长："如果没有骑士，那世界上怎么会有骑士小说呢？骑士小说能被出版，能被印出来，能被广为售卖，肯定是有原因的，存在即合理。"（按堂吉诃德这么说的话，那我觉得霍格沃茨大概也是存在的。）

教长看这人明显没救了，就不再劝说。几个人还是把胡闹的堂吉诃德装进木笼，一行人再次踏上回家的路。途中大家各奔东西，最后只剩下神甫、理发师、堂吉诃德和桑丘，走了六天终于回村了。桑丘的妻子听说堂吉诃德回来了，知道丈夫是给堂吉诃德当侍从的，就赶忙去了现场。她一见桑丘，就先问驴怎么样了，桑丘表示驴比他强。桑丘夫妇聊得正欢的时候，堂吉诃德的女管家和外甥女把堂吉诃德接进了屋里，扶上了床。堂吉诃德看着她们，不知道自己身在何处。神甫让她们看好堂吉诃德，别让堂吉诃德再跑了。至此，堂吉诃德的第二次出游冒险以回家告终。

掩卷遐思

———— 情节思考 ————

聊起这部《堂吉诃德》，我想到罗翔老师曾提到过，读书有四层境界，分别是在书籍中逃避世界，营造世界，理解世界，超越世界。我想书中的角色堂吉诃德做到了前两层，同时也被困在了前两层。他将书中行侠仗义的骑士作为自己的理想带进现实，可以说是屡战屡败，但他百折不挠。他平凡却不甘平庸，执着地追求理想，坚定不移地相信他所相信的。这种人放在今天是可敬的，但同时也是可笑的。可敬的是我们身边总有一些"堂吉诃德"——年少时的我们试过无视外界的质疑和劝说，就算我们看不到外面有活着的骑士，我们也还是愿意骑上稀世驽驹，向着巨人进发。可笑的是我们身边也总有一些"堂吉诃德"——年长的我们有幸被现实鞭打，我们知道这世上没有什么巨人，有的只不过是随风而动的风车、成群结队的羊群、随波逐流的人们，我们视为宝贝的头盔，终究只是一个铜盆。

我发现人们更多的时候会渐渐地活成桑丘——心中存有梦想的幻影，但更需要面对真实存在的鸡零狗碎。成为桑丘后，我们总能看到身边、网上会时不时地冒出几个"堂吉诃德"。我们基于现实的情况，可能会去指责他们、笑话他们，但实际上，在生活中的某一刻，我们何尝不会重新相信他们呢？

众人笑我太疯癫，我笑他人看不穿。如果心存美好的梦想，做一次堂吉诃德又何妨？让人笑笑又何妨？你敢于背负梦想，才有机会成为理想中的人；你敢于行在路上，才有可能收获诗与远方。或许《堂吉诃德》的伟大就在这儿，它点亮了一部分人的光，它能助你迈过阻碍的高墙，让世人看到你身上的光。

——————置身事内——————

如果你是堂吉诃德，你会在第一次冒险失败的时候回家还是继续冒险？

如果你是堂吉诃德，面对桑丘一次次地描述事实，你是会相信他还是相信自己？

如果你是堂吉诃德，在两次出游失败之后，你还会再出门冒险吗？

作者其人

塞万提斯是文艺复兴时期的小说家、剧作家以及诗人，被誉为西班牙文学世界最伟大的作家。他出生于一五四七年，曾居住在马德里，在人文主义者胡安·洛佩斯·德契约斯神甫的学校就读，后被神甫称为诗人。

一五七一年，他参加了勒班陀战役，左手在战斗中被打残，由此落得了

《堂吉诃德》

"勒班陀残臂人"的绰号。康复后,塞万提斯马上又返回战场,并立下了赫赫战功,受到了元帅的嘉奖。就在他乘船凯旋时,他遇到了海盗,被押送到阿尔及尔,开始了长达五年的俘虏生涯。他在狱中创作了一些喜剧和幕间短剧,为以后创作《堂吉诃德》打下了坚实的基础。

一五八〇年,塞万提斯被家人用五百金盾赎出后,回到祖国西班牙。当他回归时,人们早已忘记了这位独臂英雄,他成了一名无所事事的无业游民。因此,他整日写作,先后出版了《加拉特亚》(第一部)、《阿尔及尔生涯》和《努曼西亚》。

一五八七年,塞万提斯好不容易谋到了为无敌舰队采购军需的工作,让自己穷困的生活状况得到改善。他工作了七八年后,因为性格耿直得罪了一位乡绅,含冤入狱两年。再次入狱的他也没闲着,在此期间开始构思《堂吉诃德》。

一六〇五年,《堂吉诃德》上卷面世,受到读者的空前欢迎,一年内再版六次。塞万提斯备受鼓舞,克服种种困难继续创作。十年磨一剑,《堂吉诃德》下卷于一六一五年出版。上至国王,下至普通百姓,无不为《堂吉诃德》貌似荒诞的情节、滑稽的人物形象所吸引。但是,塞万提斯当时没有获得任何荣誉,甚至连稿费都没有。

一六一六年四月,长期贫困潦倒和耗费精力写作压垮了塞万提斯,他因患水肿而去世。

结束语

塞万提斯生前没得到任何荣誉,也没积累任何财富。他虽然一生遭遇诸多厄运,但他没有灰心丧气、一蹶不振,而是以乐观的心态和坚强的毅力去战胜它们,为后人留下了史诗般的《堂吉诃德》。尽管这部小说创作于四百多年前,但用来解释当下社会的各种荒诞离谱的现象毫不过时,人性的复杂、时代的抗争与悲凉、现实与理想的矛盾等内容在这部小说中处处可见。

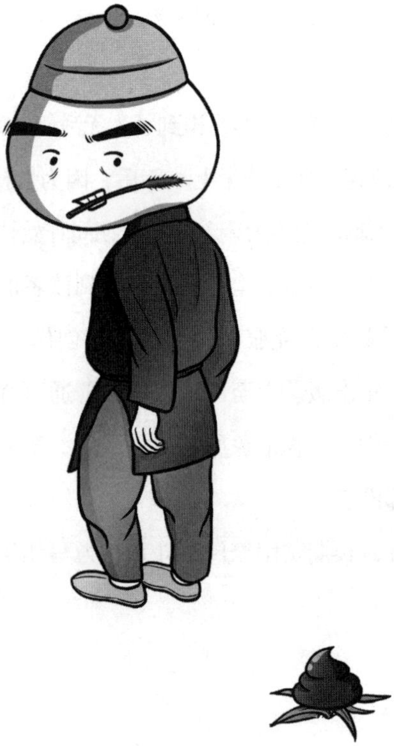

6

《白鹿原》

——两大家族的兴衰，农村的风土人情与社会变迁

这是作者陈忠实先生唯一的一部长篇小说。它很现实，也很魔幻，以两个家族为主线，讲述了中国的一段历经几十年的历史大变迁。整部小说读下来，很多瞬间让我有着《百年孤独》的既视感，我觉得它似乎是一部中国版的《百年孤独》，里面充斥着历史、政治、情爱、争斗，你们想看的和不想看的都有。小说中的很多情节和场景都能体现人们骨子里的那些时而光辉，时而灰暗的复杂人性，而这些东西总是能够唤起我们对当今社会的思考。

名著好看在哪里

听包子我娓娓道来，让你爱上读名著。

故事脉络

（一）白家得福地

故事发生在清朝末年的白鹿原，白鹿原的白鹿村里有两大家族，分别是白家和鹿家，这两家世世代代都在暗中争夺族长之位。小说中男主角名为**白嘉轩**，他是白鹿原上白鹿村族长之子，身为族长候选人的他经历了一些怪事。

白嘉轩一连娶了六个妻子，娶一个走一个，无一幸免。在他父亲走后，白嘉轩便做了族长。他对于娶妻就死的事很是困惑，名医**冷先生**开导他，让他找个风水先生看看他家的祖坟。走投无路的白嘉轩只能照做。

转天，白嘉轩早早地出门去找风水先生了。走着走着，他发现路边的雪地上有一片土地上居然长着一株绿草。大冬天怎么会有活着的绿草呢？白嘉轩下意识地警觉，认为这株绿草非同寻常。为了不让别人发现这个宝物，他用粪便盖在植物上，藏起了这株绿草。

回家后，他立马到书房翻阅古书，但他翻来翻去都没能找到相关的内容。这时，他想到了姐夫**朱先生**！

| 白嘉轩藏绿草 |

朱先生二十二岁时就中举了，学识渊博，拥有很高的威望，应该会知道这株绿草的来历。

　　见到姐夫后，白嘉轩便把事情的来龙去脉通通同姐夫说了。朱先生听完表示白嘉轩所见的是白鹿，因为白鹿所到之处，不仅能让庄稼长得好，还能让一切的毒虫害兽毙命，那株绿草就是最好的证明！这一番话点醒了白嘉轩，那儿是白鹿到过的地方，意味着风水极佳，他绝对不能放过这次转变命运的机会。可现在的问题是那儿属于他的对手**鹿子霖**，白嘉轩要思考该怎么把那儿弄到手。

　　回家吃完饭，白嘉轩开始策划起这件事。那儿本身是一块烂地，一建不了屋，二种不了庄稼。要是拿着他家的好地去换的话，鹿子霖自然是会答应的。不过，换地虽然是个好办法，但不能明着说，毕竟鹿子霖只贪不傻，直接说换地的意图太明显。对了，不如就先说要卖，再说要换，刚好全村的人都知道白家因为娶妻一事花了很多钱，变卖土地来周转一下，事情也说得过去，而且只有鹿家能买得起白家的地。经过这么一番思考，白嘉轩决定就这么办了。

　　白嘉轩找了冷先生来当这场交易的公证人，最终成功地得到了这块白鹿所到之地。现在福地到手了，白嘉轩便想尽快把父亲的坟给迁过去，好让祖辈兴旺。于是，他编了个理由，说他父亲托梦让他迁坟，他母亲听后便让他赶紧迁坟。

　　迁完坟，白嘉轩心情舒畅，决定再娶一个妻子。他这次去了**吴掌柜**家，吴掌柜曾受过白家恩惠，听闻他娶妻困难，二话不说就把女儿**仙草**许配给他。白嘉轩本想拒绝，不想祸害相识的人，可是他说不过吴掌柜，也就和吴仙草成了亲。

　　几个月过去，白嘉轩身上的诅咒没有在仙草身上发生，仙草不仅给这个家带来了热闹，同时还给白嘉轩带来了新商机。吴掌柜给白嘉轩指了一条财富明路——要想村里富，就去种罂粟！这玩意在那个时候普遍被称为鸦片或者大烟，很少有人知道它的学名。

名著好看在哪里

　　一开始，白嘉轩并不知道罂粟的价值，卖给药店时，他才大吃一惊！卖这小小的罂粟居然比卖粮食的收益大！慢慢地，全村人都种上了罂粟，白鹿村变成了罂粟村！日子一天天地变好，大家的钱和粮食也慢慢变多。

　　后来，白嘉轩的两个儿子，**白孝文**和**白孝武**相继出生。白家自古以来每一代都是单传，到了他这代，终于打破了这个魔咒，如今生意兴隆、人丁兴旺，他再一次在心里赞许了白鹿。过了几年，孩子们相继长大。苦于村里没有学堂，孩子们要上学的话，就得到外村去念，十分不便。白嘉轩便想盖一家学堂！

　　朱先生听到这件事后，表示非常感动，还推举同学**徐秀才**来做这个学堂的老师。这下家家户户的小孩都有书可读了，白嘉轩也让自家长工**鹿三**的儿子**黑娃**一起去念书。因为念书，两代人的孩子相聚在了一起，白家的白孝文、白孝武，鹿家的**鹿兆鹏**、**鹿兆海**，还有黑娃，这几个孩子是故事后半部分的重要

| 黑娃 |

角色。

　　黑娃因为上学，有了鹿兆谦的大名。生在长工家庭，黑娃自然比不上这些大户人家的孩子，他打小就自卑，所以不太喜欢跟白孝文和白孝武接触。不过，他喜欢鹿家两兄弟，觉得他们平易近人。

　　到了冬天，鹿兆鹏、鹿兆海在学堂的功课学得差不多了，便前往朱先生的白鹿书院学习去了。两年后，白孝文、白孝武也去了白鹿书院。黑娃这个学渣送小伙伴们离开后，便决定不再念书了。

　　冷先生带回消息给众人，皇上（末代皇帝溥仪）没了！清朝的官都跑了，现在管事的是张总督，天下大乱了。原来，一九一一年，当时武昌起义爆发，隔年溥仪被迫宣告退位。**张总督**特地派人捎信给朱先生，信中说逃跑的旧巡抚**方升**从甘肃带了二十万清军，准备攻打西安。张总督想到双方一旦开打，必定生灵涂炭，得知朱先生与方升有来往，便想请他出山劝方升退兵。

　　朱先生接下了委托，独自踏上了劝敌退兵之路。事实证明，张总督找对人了，经过一番交谈，方升答应退兵。这件事后，朱先生在村里的威望又上了一个台阶，江湖上都是朱先生的传说。也是在这个动乱的节骨眼上，白嘉轩的"死对头"鹿子霖顺势升了"官"，被时任白鹿仓总乡约的**田福贤**推举成为乡约。按当时的官员职级区分的话，白嘉轩这个族长是要受乡约管辖的，这让一直没当上族长的鹿子霖扬眉吐气了一把！

　　这就像什么呢？像多年的学习委员终于当上主任了。

　　新官上任三把火，鹿子霖借此机会，让乡亲们来支持乡村革命，捐赠家里的粮食给前线，没的捐的也要捐。乡亲们个个怨声载道，但迫于权威，只能照做。族长白嘉轩看不下去了，在他的认知中，农民就是安安分分种地，按本分交粮的，至于交多少粮，自古就有规定，别人要是敢碰他的地和粮食，那他就能跟你拼命！

表面波澜不惊的白嘉轩，秘密谋划了一场农民起义！他想启用原上古老的起义规矩——鸡毛传帖！简单来说就是把鸡毛信送往原上的几大家族，如果他们同意发声、加入，一起反抗，那么信服他们的乡亲自然会跟着一起上。

　　这个田福贤也不傻，他猜到了白嘉轩不会老实地交粮，便带着鹿子霖来到白嘉轩的家中，一边好心提醒白嘉轩不要闹事，一边堵住白嘉轩的去路。他还派人去堵其余家族的人，让他们也没法出门，他认为这样乡亲们群龙无首，就不敢闹事了。

　　白嘉轩这边虽然被拦住了，但鹿三那边已经偷偷地把起义的人聚齐，就等待号令了！长时间的等待，让乡亲们逐渐恢复冷静，如果再等下去，肯定就没戏了。这时，人群中站出了一个和尚，他慷慨激昂、掏心窝子地说了几句话。乡亲们的热情被再次点燃，便顾不上号令，直接向城里发起冲锋！乡亲们这么一闹，城里的局面逐渐失控。县长知道再闹下去怕是无法收场了，当下还是保命要紧，于是立马宣布废除交粮的通令，并告知乡亲们从哪儿来的就回哪儿去！

　　这是白鹿原上乡亲们的第一次胜利，他们带着胜利回到白鹿原。如果你以为这件事就这样结束了的话，那就小看了人类的劣根性。他们在回去的途中，惩罚了那些没参加这场战斗的人，将那些人家里的东西一一砸烂。

　　这件事没过去多久，鹿三等人就被新上任的县长抓走了。白嘉轩自认为不能坐视不管，毕竟起义一事，鹿三只是执行人，他才是幕后主使，想要服众、对得起族长的担当的话，就只能一换一。因此，他独自来到官府，准备用自己换回鹿三。

　　官兵听到白嘉轩的请求，对白嘉轩解释道："现在社会提倡民主平等自由，你们闹事是你们的合法权利，不犯法。抓鹿三是因为他们平白无故砸了别人的房子，因此要负责！"可白嘉轩只知道官府不放人，得重新想办法！

　　隔天傍晚，白嘉轩苦着脸回家。没想到鹿三等人像没事人一样出现在家中，一问才知道是张总督收到了白嘉轩向朱先生求的信，连夜放了人，大家相安无事！这次救人，让白嘉轩的族长的地位稳固不少，大家都说老白家有情有义。

过了几年，两家的孩子也长大了，到了催婚的时候。冷先生找准机会，想跟白、鹿两家结亲，他计划着把大女儿许配给鹿家的大儿子鹿兆鹏，把小女儿许配给白家的二儿子白孝武。冷先生非常满意两位女儿的终身大事，各攀一家大户，他算是放心了。

虽然冷先生放心了，但白嘉轩开始闹心了，因为此时他的女儿**白灵**到了上学的年纪。在一阵心疼与溺爱下，白嘉轩同意让女儿外出读书。想要出去的还有黑娃，但他不是要外出读书，而是想外出打工，他认为读书不适合他，想早点出去闯荡社会。

得知黑娃这个想法，鹿三本不同意，想让他就留在白家做一辈子长工，如今乱世有一个好主子不容易。但黑娃就想离开白家，他打小就十分惧怕白嘉轩，因为其腰杆挺得太直了。鹿三虽然听不懂黑娃的想法，但他觉得孩子现在还小，出去见见世面也可以，假以时日，被社会毒打，吃到苦头了，自然就会回来的，于是他同意了黑娃远行。

> 鹿三当然不会知道，他这一放彻彻底底改变了黑娃的一生。黑娃的人生开始坐起了过山车。

（二）黑娃的"自由恋爱"

离开白鹿原后的黑娃，到了一个叫将军寨的村子，在村里的**郭举人**家打工。这个郭举有两个太太，对待工人十分慷慨。黑娃凭借身体优势以及吃苦耐劳的品性，让郭举人赞叹不已。

到了炎热的夏季，郭举人带着大太太搬进后院的窑洞避暑，二姨太**田小娥**没有资格随从，只能独自住在前院。而且，大太太还对郭举人下了命令，每个月只有三天可以找田小娥消解寂寞，别的时间一概不准去田小娥那儿。

| 田小娥看到干活的黑娃 |

郭举人搬进窑洞避暑后，田小娥叫黑娃帮她干活的次数明显变多。一天，黑娃和往常一样干活吃饭，因为错过了正常饭点，所以整个院子里只有他和田小娥。孤男寡女共处一院，田小娥给黑娃端来饭菜，接过饭菜的那一刻，两个人有了第一次触碰。借这个劲头，田小娥开始试探黑娃，前后假摔了三次，最后成功把自己摔进黑娃的怀里。也是因为这么一抱，黑娃和田小娥的命运彻底转变了。

黑娃和田小娥有了接触后，满脑子都是田小娥。经过一番思想斗争，黑娃做出了一个违反祖训的决定，他告诉田小娥，今晚晚些时候会来找她，请她务必留门。随后黑娃跟长工头编了个理由，说晚上不回来睡了。夜深人静时，黑娃来到田小娥的房间，两个人发生了关系。那一晚后，黑娃白天干活，到了晚上就一门心思地想往田小娥那儿跑。

没过多久，一天夜深时，黑娃如前几次一样顺利地进入田小娥的闺房。田小娥向黑娃倾诉她的不易，自从嫁入郭家，她经常遭受非人的对待。说到激动处，田小娥请求黑娃带她走，穷一点、苦一点都没关系，能跟他在一起就行。

黑娃蒙了，他从没想过离开郭家，他表示改日再议，说完就离开了田小娥的闺房。回到宿舍，黑娃刚躺下，准备进入梦乡，门外突然传来了敲门声，听起来好像是郭举人。黑娃此时有点紧张，强装淡定去开门。

还真是郭举人！气势汹汹的郭举人声称他早知道黑娃通奸的事情，不捉奸在床只是给黑娃留点名声。他虽然生气，但表示这不全怪黑娃。不过黑娃死罪可免，活罪难逃，最终郭举人把半年的工钱提前结给黑娃，让他另找主顾。

在黑娃走之前，郭举人特地叮嘱他以后不要再做这种丢脸丧德的事情。黑娃拿了工钱，离开了郭府。

去了别的村子打工的黑娃没有忘掉田小娥，兜兜转转，大约过了一个月，黑娃还是偷偷地回到了将军寨。他打听到田小娥早就被郭举人休了，打发回了娘家。得知田小娥不在，黑娃就去了田家村，打听到村里**田秀才**家正在招人，他想着反正一时半会儿也找不到田小娥，不如先入职求生存。面试很成功，雇主田秀才留黑娃在家里吃饭。用餐之际，黑娃看到田小娥从厨房端出了饭菜。皇天不负老实人！这儿居然是田小娥的住处，两个人心里犹如惊涛骇浪一般，但好在他们彼此很默契，并没有当场相认。

> 这就像你刚发现自己的东西丢了，匆匆忙忙地打算开始找，结果头一转，看到它原来在附近的一个角落。

黑娃吃完饭后就下地干活，干活时，田秀才家里的长工主动和黑娃聊起了"八卦"，说田小娥居然跟夫家的长工私通，现在田秀才就想赶紧找个人家把田小娥打发走。黑娃听到这个消息后，意识到这绝对是一个好机会，便让长工帮忙转告田秀才，这个女子他想要了！

听完长工的转述，田秀才知道了有人敢娶他的女儿，立即表示不仅不要聘礼，反而还倒贴，同时还立下一条规矩：成亲后，再不许带田小娥回来，日后过好了日子，就到时候另说。

黑娃点头答应，田小娥成功随黑娃离去。离开田家村后，黑娃终于和田小娥在一起了，这下两个人的情感才彻底爆发，在路上相拥而泣，决定返回白鹿原。

回到白鹿原，鹿三看到儿子黑娃不但变得壮硕了，还领回了一个貌美如花的女子，一问才知道这个女子是黑娃的妻子。这成亲没有经过父母的同意，鹿三自然是觉得奇怪的，于是把黑娃叫到一边问情况。

黑娃编了个瞎话，他告诉鹿三，那一家的主人是个老头，他有两个妻子，老头死了，大太太就容不下这个二太太，于是让长工做媒，将二太太许配给他了。故事听上去很合理，但鹿三心里总觉得事情有些蹊跷，便去请教白嘉轩，顺便让白嘉轩把黑娃夫妻划进祠堂，入族谱，这样也算是名正言顺了。祠堂对白嘉轩来说，是神圣且不容侵犯的，对于来历不明的女人，他还是存在戒备心的，因此，他让鹿三再去外面跑一跑，打听一下黑娃两人事情的缘由，再做定夺。

第二天一早，鹿三早早地就外出打听去了。田小娥和黑娃的通奸之事可谓尽人皆知，只要稍微一问，就能听到这个"八卦"。知道真相的鹿三气坏了，毕竟在鹿三看来，名声就如同生命一样重要。

回到家的鹿三，一进门就给了黑娃一个巴掌，同时自己跌倒在地晕了过去。醒来后，他就把黑娃和田小娥赶出了家门。消息传开后，白鹿村的人都对黑娃夫妇指指点点的。黑娃受尽了冷眼，不明白为什么这么大的白鹿原，会容不下他们这两个人。走投无路的黑娃，只能花费五个银圆，在山上买下一处破败窑洞，暂时在那儿安了家。

与此同时，白孝文和白孝武从朱先生那儿毕业后回到了白鹿村。白嘉轩看着两个接受过良好教育的孩子归来，心中好生欢喜，他认为白孝文、白孝武已经念够书了，从明天起就该好好种地了，各家有各家的活法，他们只管按他们的活法做他们的事。

白孝武的婚事是早早谈妥的。身为父亲的白嘉轩打算给白孝武寻一份好工

| 白孝文和白孝武 |

作。他找到了岳父吴掌柜，想让白孝武参与经营吴掌柜的药材店。他的岳父自然没有拒绝，吴掌柜刚好到了退休的年纪。很快白孝武就受命进山了。

安顿好白孝武后，家中的孩子只剩下白孝文了。白嘉轩认定白孝文将来统领家事和继任族长是合法且合适的，所以他对白孝文抱有非常高的期待。没多久，白嘉轩就给白孝文谈好了一桩婚事，女方比白孝文大三岁。婚事当天，白嘉轩大肆庆祝，整个白家都沉浸在欢喜的氛围中。

白嘉轩是开心了，但他的死对头鹿子霖快愁死了。这是为什么呢？原来，鹿子霖早就和冷先生给孩子定下了婚事，冷先生会把大女儿**冷秋月**许配给鹿兆鹏，但鹿兆鹏就是不同意，一直躲在城里，不肯回村里成亲。冷秋月进了鹿家的门后，硬是做了一年多的活寡妇。

一年春天，白鹿镇上一所新制学校落成，校长是鹿子霖的儿子鹿兆鹏。得知这个消息，鹿家上下都开心得不行，一是因为鹿家终于出了一个有头脸的人物，二是因为鹿兆鹏答应做这个校长，也就意味着他会回白鹿镇。既然回来了，就没有不回家的道理，自然就能成亲了。

没承想，鹿兆鹏回来后，回家里和亲人们打了声招呼，然后就搬到学校住了，从来没有在家里住过一晚。这个举动立马就成了白鹿村的"热搜头条"，鹿子霖面上终于挂不住了，他多次到学校劝鹿兆鹏回家，但鹿兆鹏就是拒绝回家，拒绝成亲。

眼看事情如此，鹿子霖找到他的父亲**鹿泰恒**商量此事，老爷子打算亲自出马去把鹿兆鹏叫回来。鹿兆鹏看到爷爷找来了，赶紧出门迎接，可没说两句，

名著好看在哪里

老爷子便恭敬起来，说他只是一介草民，等不到鹿兆鹏这个大校长回家见面，只好亲自前来……总之各种阴阳怪气的言论一句接着一句，鹿兆鹏实在没办法，只能跟他回去。老爷子等鹿兆鹏一踏进家门，就抡起拐杖打在鹿兆鹏身上，一边打一边说："小样，还由了你啦！"

此处省略老爷子的许多亲切的"问候"。

白鹿原上的人们为了家事忙前忙后，殊不知外面的世界早已变天。

辛亥革命后，中国陷入了军阀混战的局面，一支名为镇嵩军的军队带着十万大军包围了西安城，其中的一些士兵顺势进入白鹿原为前线征粮。

那些士兵由**杨排长**领队，一到白鹿原，先是缴了当地地头蛇田福贤等人的枪，让他们丧失战斗力，随后布置了征粮任务：一个人按一亩地交一斗粮计

鹿老爷子打鹿兆鹏

算,三天内交齐。说完还赠送了一场"杀鸡秀",那些士兵把事先准备好的鸡当着众人的面开枪射杀,以此来警示民众。这场"杀鸡儆猴"起到的效果着实明显,村民即使不情愿,也还是准时上交了粮食,连黑娃也不例外。

黑娃自从搬到窑洞后,白天干活,晚上也干活。慢慢地,黑娃也算是攒下了一些钱,曾经破败不堪的窑洞也成了一个温馨小家。鹿兆鹏归来后,好不容易才约上黑娃见面。鹿兆鹏夸起黑娃:"你追求民主自由,冲破封建枷锁,是好样的,比我可强太多了。"

黑娃很蒙,鹿兆鹏怎么一会儿笑他,一会儿又夸他呢?鹿兆鹏这才道出实情:"现在,外面变了天,国家变了,社会变得民主了,不像以前,婚姻开始自由,不再受父母管束,你就是白鹿村第一个追求婚姻自由的人,想爱谁爱谁。"

黑娃被鹿兆鹏说得一愣一愣的,鹿兆鹏表示他找黑娃的真正目的是告诉黑娃最近来征粮的是一群反革命军阀,如果交粮给他们就是助纣为虐。他准备放一把大火烧了粮食,想找黑娃跟他一起放火。黑娃立马就答应了鹿兆鹏的请求,白鹿原上很快就燃起了熊熊烈焰。大火烧了整整三天三夜,最终被一场雨给扑灭了。人们在白鹿镇最显眼的第一保障所的门柱上发现了一条标语——放火烧粮台者白狼。

杨排长按照这条标语,把村里能写字的男女老少全都抓去对比了一遍,但并没找到相似的笔迹。情急之下,他只能再次征粮。他放言:在白鹿原被烧掉的粮食就必须在白鹿原补上,再有放火烧粮的,就继续补。

这一年初冬的时候,国民革命军击退了杨排长那伙人,解救了白鹿原。田福贤得知之后立马召集了乡亲们,给遭到杨排长那伙人烧杀抢掠的人家照顾,重新修建被烧毁的房子。乡下都损失如此惨重,就更不用说城里了,西安城早就陷入动荡。

西安城解围的第四天,白嘉轩因为一直没有收到女儿白灵的消息而进城寻找。他到二姐家后知道白灵平安无事,正忙着在城里抬尸体,再次充满了担忧。说话间，白灵的一声"爸"，打破了当时紧张的氛围，父女俩紧紧地相拥。

冷静下来的白嘉轩看着女儿跟鹿家的二儿子鹿兆海混在一起，心里觉得这不是什么好事，所以下意识地想拉着白灵回白鹿原，但白灵拒绝了，她表示她要留下来帮忙。旁边的二姐当起和事佬，说忙完这段日子，她会带着白灵回去。鹿兆海也站在一旁劝说白嘉轩。

说起鹿兆海，他喜欢白灵，但是这份喜欢一直没有机会说出口。他和白灵有着同样的志向——他们都想在乱世中为人们做一点事情。因为此时处于国共合作阶段，所以白灵提议一人加入一个党派，国共合作，他们也合作。

他们两个用猜硬币的做法选择党派，鹿兆海选了"共"，白灵选了"国"，两个人都对未来充满向往。与此同时，白鹿仓重新修建，完工后还举行了一个完工仪式。一个叫**岳维山**的县党部书记来到白鹿原，贺喜的同时，还向乡亲们公布了鹿兆鹏真正的身份——一名共产党员。白鹿原也因此成立了第一个分部。岳维山表示如今已是国共合作的局面，乡亲们的生活会越来越好。

仪式结束后，鹿兆鹏准备休息，黑娃趁夜闯入他的房间，他趁机邀请黑娃共事，一起改变白鹿原。但在此之前，他想让黑娃去一趟城里的农讲所学习新思想。无奈黑娃听完这些兴趣不大，他已经认命，准备安安分分地待在白鹿原上，跟田小娥生个孩子，做个安分守己的人……

没等黑娃说完那些希望，鹿兆鹏就直接把黑娃的希望打破了，他说："你的生活和思想都好不了，你的孩子怎么可能好呢？与其在村里低声下气，为何不站出来改变呢？"看着黑娃还有顾虑，他给黑娃打了最后一针强心剂，他让黑娃权当去城里玩一玩，去学习的这段时间的费用他全掏，回来后，加不加入都可以。心中的顾虑被打消，黑娃最终答应进城学习。

（三）田小娥的苦难

忙完了西安城的事，白灵回到了白鹿原，到家安顿好后，第一时间便去找了鹿兆鹏。经历了城里这些事，白灵更崇拜鹿兆鹏了，两个人顺着革命的话题一直聊到了晚上。

　　回到家，白灵看到父亲白嘉轩还没休息，便顺口向父亲透露自己明天就要走的消息。白嘉轩认为她不应该抛头露面地在外面闯荡，而是应该找个好人家嫁了。于是，他问白灵能不能不走。白灵表示不行，白嘉轩便没有再说话。

　　等白灵睡着，白嘉轩趁机把她反锁在房内。隔天醒来，白灵打不开门时才意识到事情不对。她回城心切，最后偷偷在墙上挖了一个窟窿，钻了出去。

　　白嘉轩隔天发现后，很是寒心，他向全家宣布以后谁也不能在这个家里提起白灵，权当白灵死了。

　　白灵前脚刚走，在城里学习的黑娃后脚带着九个伙伴就回到了白鹿原。原来，黑娃他们结拜成了革命十兄弟，这次回来就是要推翻白鹿原这个封建堡垒的！他们知道必须发动更多的群众，所以他们决定在各自的村里举办为期十天

| 白灵逃走 |

的"农习班"，向乡亲们科普新思想，看看能不能挖掘出一些新的力量。

他们分头行动后，为期十天的"农习班"还算成功，革命十兄弟最终发展成革命三十六兄弟。他们组成了农民协会，由鹿兆鹏来领导他们开展工作。鹿兆鹏说农民协会现在的风评不佳，他们得办点实事，拿几个恶人开刀，挽回一些名声。

眼见周围各村都被攻破得差不多，兄弟们知道现在就只剩下最坚固的封建堡垒——白鹿村！黑娃认为要攻破白鹿村，自然就绕不过族长白嘉轩，所谓擒贼先擒王。当初白嘉轩不让黑娃进祠堂一事，黑娃一直记在心里，他暗自决定要通过这次行动争一口气，公报私仇。

黑娃打了头阵，他独自来到白嘉轩家里，开口就问白嘉轩拿祠堂的钥匙。白嘉轩很冷静，只是回了一句"可以，不过要当着村里人的面给你"。黑娃并不打算接这个茬，他知道这是白嘉轩在给他"难堪"，于是便回了一句"随你"，然后离开了。

隔天是大年初一，黑娃没有打算继续向白嘉轩拿钥匙开门，而是抡着铁锤来到祠堂门口，一鼓作气，直接把祠堂门砸开了。祠堂被砸，消息很快传遍了白鹿村。得知消息的白嘉轩是真硬气，他简单回了一句，"省得自己交钥匙了"。砸完祠堂，白鹿村戏台下挤满人，黑娃站上了戏台，当着众人的面宣布白鹿原农民协会总部成立，一切权力从今日起归农民协会。以前总被村里人看不起的黑娃，这下算是出尽了风头。

村里虽然动荡，但此时的白嘉轩却在为二儿子白孝武筹划婚事。面对村里人的质疑声，白嘉轩给出一个答复说："他们闹他们的，我们娶我们的。"

咱就各忙各的，谁也管不着谁。

农协的风暴已经席卷了白鹿原，兄弟们决定集中火力攻向白鹿仓总乡约田福贤。理由是农协要求他向全体乡民公布本仓自民国以来每年征集的粮食账目,看他是否贪污。群众表示支持,因为农民最看重的便是粮食的去处。这场会议由鹿兆鹏主持,只见田福贤被推到了戏台上,戴着高帽,群众的热情和新奇感格外地高涨。令人意外的是,作为乡约的鹿子霖也被推到台上,台下的群众不由得嘀咕:这儿子斗老子的戏码,还真是头次见。

不出所料,会议上查出田福贤出任乡约以来贪污严重。黑娃本想将他就地正法,但鹿兆鹏为了顾全大局,决定将田福贤交给县里的法院审判,按照流程办事。进到城里的田福贤,将此事告知了上头领导岳维山,说:"鹿兆鹏不按规矩来,把我当猴耍,以后我在村里可怎么混?"听罢,岳维山叫上鹿兆鹏一起商议此事。两个人是公说公有理,婆说婆有理,谁也不放过谁。鹿兆鹏最后向岳维山保证会把田福贤交给他们处置。

这件事后,白鹿原似乎安稳了不少,殊不知又是暴风雨前的平静。一天晚上,两个陌生男子向鹿兆鹏询问是否知道鹿兆鹏住哪个屋。鹿兆鹏原本想脱口而出说"我就是",但直觉告诉他,这两个人并非善类,于是他随口编了个瞎话,随便指了一个方向打发他们走了。待他们一走,鹿兆鹏急忙后撤,随后很快便听见了几声枪响。鹿兆鹏立马通知兄弟们全部撤离白鹿原。这一晚标志着鹿兆鹏开始进入地下工作。

事情来得并不突然,当时蒋介石策动"四一二反革命政变",国共正式分裂。鹿兆鹏第一时间找到了黑娃,和黑娃解释了此时的局势。鹿兆鹏说,眼下重要的是赶紧组织起自己的武装力量,越快越好,这才是谈判的筹码。具体上哪儿找呢?普通村里是不行了,山里的土匪倒是可以劝一劝!

听到要撤,黑娃死活不从,他跑了之后田小娥怎么办呢?他好不容易才安定下来,鹿兆鹏只能安慰黑娃,留得青山在,不怕没柴烧,如今保住性命要紧,人没了,什么都没了。在鹿兆鹏的劝说下,黑娃只能妥协。走之前,他回到窑洞告知田小娥。田小娥听到黑娃要走,便感觉她的世界塌了。田小娥拉住黑娃,不让黑娃离开。黑娃知道时间不多,来不及解释,便赶忙让田小娥放手,着急地说道:"你再不放手就没我了。"推开田小娥后,他就离开了窑洞。

黑娃前脚一走，没多久，好几个人闯进窑洞，迅速搜寻黑娃的身影，最终无功而返。伴随着田小娥的哭声，黑娃狠心离开白鹿原。离开后的黑娃，经过鹿兆鹏的引荐走进军人的营地，稀里糊涂地当了红军，在一次袭击中立了大功，得到了重用。

鹿兆鹏一行人走后，田福贤回到白鹿原。在他看来，自己上次成了村里人耻笑的谈资，这次回来必须好好整顿一下这个白鹿原。田福贤去找白嘉轩借戏台，白嘉轩询问缘由，田福贤说他想要大猴。他开了一场大会，来了一招先礼后兵。他对群众说："我田某人一辈子不爱钱，黑娃抢我的钱分给各位，分就分了吧，我也不要回来了，只要大家明白我的心就可以。"

> 好家伙，拿钱的是你，说好话的还是你，要不怎么说语言是一门艺术呢？

田福贤这招是真的高，用贪来的钱来买回民心。做完"好人"后，田福贤抓住了黑娃剩余的同伙，一个接着一个处理干净，杀鸡儆猴。自从上次祠堂被砸，黑娃走后，白嘉轩就带领白孝文和众人将祠堂重建了起来。白孝文想借此机会好好表现，为他在族里攒一波威望。作为老白家的儿子，白孝文一步接一步地走上了正轨。相比之下，鹿三和鹿子霖就显得没那么自在。

他们俩都是因为儿子做的事而觉得尴尬，特别是鹿子霖，一是鹿兆鹏本是他的骄傲，却无情地把他推向了批斗台，如今还站在他的对立面；二是田福贤自打回来后，也不待见他，通知乡约开会的时候唯独没有通知他。没有乡约这层身份，指定难混，所以他寻思亲自去找田福贤，把事情说个明白。

一见面，鹿子霖便向田福贤撇清他和鹿兆鹏的关系。两个人掰扯了一整晚，好在田福贤也不是不讲道理的人，在田福贤的担保下，鹿子霖保住了乡约的官职。恢复官职的鹿子霖，必须在村里表个态。隔天，鹿子霖便召开了白鹿村集会，白鹿村那些当过农协头目的人都被押到戏台上，田小娥也在其中。鹿子霖想借此机会出口恶气，就在这危急关头，白嘉轩独自走上了戏台，二话不

《白鹿原》

说就向着鹿子霖和田福贤下跪,希望他们能放过本村人。

族长下跪在村里可不是小事,这在鹿子霖和田福贤的意料之外,大家低头不见抬头见,两个人经过一番商量答应放人,不过有两个条件,放的人不包括叛徒白兴和田小娥,他们要被严惩,不能容他们进祠堂。白嘉轩听完没有说话,起身走下了戏台,默认了这个审判。只见鹿子霖把田小娥和白兴吊起来后,狠狠向地面砸去。田小娥晕了过去,白兴也遭受了各种残忍的虐待。白鹿原就以这样的方式,完成了权力的交接。

日子一天天地过去,黑娃的这支军队要撤离本县,到另外一个地方执行任务,这一走不知何时才能回来。离开前,旅长特地让黑娃回家看一看他的妻子。

黑娃趁着夜深人静来到了自家的窑洞,田小娥开门后,他们相拥而泣。田小娥很怀念他们以前那种简单的日子,虽遭人排挤,但至少小家温暖。黑娃只能安慰田小娥,事到如今,更要紧的是扳倒田福贤,这样他们才能有出路,才能过上以前的日子,否则总是担惊受怕的,不知道哪一天就会被他们干掉。天亮之后,黑娃把一些钱塞给田小娥后就匆匆离开了。

黑娃回来的风吹进了田福贤的耳朵里,田福贤便召集以前农协成员的家属过来开会,包括田小娥。在会上,田福贤非常大度地说:"把你们的子弟丈夫都叫回来,只要他们回来跟我田福贤道一声歉,这事就算过去了。"显然,底下的人也不是傻子,没人吭声也没人相信。这时,只见人群中有个人站起来说他是黑娃的兄弟,田福贤把他捉回来后并无责罚,只是让他好好过日子,不要再胡闹。紧接着又一个人站起来替田福贤证明,这两个人的现身说法打动了在场的所有人。

羊群效应便开始产生了。越来越多的人愿意相信田福贤,田福贤开始把矛头对向田小娥,说只要黑娃能够回来,他保证会跟县上求情出面作保。田小娥半信半疑。在接下来的六七天里,许多逃躲在外的人都去向田福贤道歉。田福贤还真的说到做到,对每个人回了一句"知错就改",然后就此作罢。这下田小娥开始犹豫,难道田福贤说的是真的?看着那些被宽恕的人,田小娥决定试一试,不过她并没有直接去找田福贤,而是去找了鹿子霖。

一见到鹿子霖,田小娥就跪了下去,一直在替黑娃求情。田小娥求鹿子霖,说黑娃好歹也算他的侄儿,自己是他侄儿的妻子,现在白鹿原上除了鹿子霖,自己别无亲人,说着说着便哭了起来。鹿子霖生性好色,心软,最见不得女人哭,只好答应了田小娥去帮黑娃说情。田小娥也表示如果他们能饶了黑娃,下次黑娃回来的时候,她就不让黑娃走了。一听到这句话,鹿子霖表示,他要的就是这个信息,这是他和田福贤谈的筹码。

田小娥走后,鹿子霖立马动身前往白鹿仓。鹿子霖告诉田福贤,他断定黑娃一定会再次回来,只要他们把田小娥给控制好,抓住黑娃只是时间问题。第三天夜里,鹿子霖敲响了田小娥窑洞的门板。开门后,鹿子霖告诉田小娥,黑娃的事说成了。紧接着鹿子霖便进到屋内,继续说道:"事虽成,但是这里面不简单,有一句要紧话我不敢说。"田小娥一听心中就燃起了希望,但鹿子霖表示"这得睡下说"。田小娥这下明白鹿子霖为什么会选择在这个时间来找她了,原来一切都是早有预谋的。事已至此,她只能依了鹿子霖。

有了第一次就会有无数次,鹿子霖每隔几天就往田小娥这儿跑。他们温存之际,在房顶偷窥田小娥的**白狗蛋**听出了窑洞内有鹿子霖的声音。他破门而入,对着他们一顿臭骂,并以此要挟田小娥,让田小娥跟他在一起,否则他就去告诉全村人田小娥与鹿子霖偷情。

> 这下坏了,怪不得老话说:"宁可得罪君子,不可招惹小人。"

慌乱中,田小娥心生一计。她温柔地告诉白狗蛋,让他后天晚上再来。白狗蛋按照约定来到田小娥的窑洞,结果却被鹿子霖带来的两个团丁暴打了一顿。不到半天时间,这件事尽人皆知。白嘉轩听到此事,立即召集族人来到祠堂开会。这场惩罚仪式由白孝文主持,他庄严地宣判"用刺刷各打四十"。

《白鹿原》

这个宣判一出来，田小娥不解，她明明是受害者，为何要受罚？这就是当时封建社会的恐怖之处——蛮不讲理，有关男女之事，就算是男人的错，女人也照样被罚，人们会说出"一个巴掌拍不响""苍蝇不叮无缝的蛋"之类的话，简直是荒诞至极！

几鞭下来，田小娥已是血肉模糊。白狗蛋一边被抽打一边供出鹿子霖，但鹿子霖是个"老江湖"了，他冷笑着回应："我知道你记恨我，我捉住你那晚就应该把你打死。"白嘉轩趁机向众人解释，说鹿子霖早就察觉到白狗蛋图谋不轨，所以才派团丁收拾他，结果这个白狗蛋怀恨在心，反咬鹿子霖一口。这个解释很完美，赢得了众人的信任，这下众人再也不同情白狗蛋了。

鞭刑结束后，白狗蛋因为无人医治，很快就去世了。田小娥虽然被鞭打成重伤，但鹿子霖每晚都会去细心照顾她，她也就活了下来。这次宣判后，田小娥对白嘉轩恨之入骨，她想报复白嘉轩。鹿子霖给田小娥出了个主意，让她把白嘉轩的大儿子白孝文的裤子给扒下来，这就相当于尿在了白嘉轩的脸上。田小娥将这个主意记在心里了。

自从白孝文完成了惩罚田小娥私通的那件大事后，族里的人都心照不宣地认为白孝文就是下一任族长。白孝文也对得起这个想法，他当时不抽烟、不喝酒、不赌博，所有不良嗜好，他一样都不沾，村里人对他寄予厚望。因为白鹿原有个习俗，如果今年的麦子收成不错，大家就会请一些戏班子来村里唱戏，庆祝丰收。白嘉轩、白孝文和鹿三，个个都是戏迷，这是他们唯一的娱乐活动。田小娥也因此有了能接近白孝文的机会。

那晚，白孝文早早吃完了晚饭赶去隔壁村看戏。黑暗里，一只手抓住了白孝文，居然是田小娥！田小娥带白孝文离开了会场。白孝文想逃，可惜田小娥堵住了白孝文的嘴，那真的是防不胜防。两个人约好了在窑洞再见。但是，白孝文事后想起这事觉得有点后怕，万一被人撞见，不但族长之位不保，他更是无法在村里立足。白孝文带着这种担忧走回了家。没想到，他的妻子跟他说家里被土匪打劫了！父亲白嘉轩和奶奶**白赵氏**已经奄奄一息。

> 这黑灯瞎火的,也不知道去哪儿,正常男人肯定会逃,白孝文也不例外。

这是怎么回事呢?原来,白孝文和鹿三都出去看戏了,院子里只剩下白嘉轩一人。突然出现了几个黑影,把白嘉轩控制住并押进了房内。好在这帮人只是求财,得知银圆的下落后就此作罢,但收手之前,他们居然对白嘉轩的腰来了一棍。白嘉轩瞬间晕倒在地。同样被劫的还有鹿家,在老主人鹿泰恒的拼命守护下,鹿家的钱财一分没少,就是人被绑匪折磨得够呛。

白、鹿两家遭到抢劫一事很快传了出去。第二天早晨,鹿家和白家的街门上都发现了土匪留下的手迹"白狼到此"。村里议论纷纷,反而旋涡中心的白家格外平静,白嘉轩在冷先生的救治下很快就醒了过来,恢复得不错。朱先生也来看望他。朱先生虽聪慧,但也解不出"白狼"的谜题。到底是谁打断了白嘉轩的腰呢?

白嘉轩告诉朱先生这事是黑娃做的。朱先生听完不由得一惊!原来,白嘉轩被打那晚,他晕倒前清清楚楚地听到其中一个绑匪说"白嘉轩的腰挺得太直、太硬"。他想起黑娃小时候曾说他的腰挺得太直、太硬了,所以他敢断定袭击他的"白狼"就是黑娃。

(四)白孝文的陨落

黑娃跟着旅长后,经历了一场大败仗。从死人堆里爬出来的他,赶忙逃跑,来到了一个小镇的客栈上,用身上仅剩的银圆叫了两个菜,吃完就睡下了。没承想,睡到半夜时,他的手脚被人绑住了。这伙人自报家门,称他们是一帮土匪。土匪头子很欣赏黑娃,问黑娃愿不愿跟他混,如果愿意的话,可以给他个二把手做做;如果不愿意,还想着打天下的话,他就立刻为他放行。刚刚从死人堆里爬出来的黑娃知道天下不易打,索性就答应了土匪,成了他们的二把手。

这次洗劫白嘉轩和鹿子霖两家的具体行动,就是黑娃一手策划出来的,纯

《白鹿原》

粹是为了报复白嘉轩在祠堂惩治田小娥之事。那一晚，兄弟们陆陆续续行动后，黑娃趁机回到了他家的窑洞。他发现窑洞里的鸡没了，猪没了，就连田小娥也不在了。黑娃当然不会知道，此时的田小娥正在"教训"白孝文。黑娃没等到田小娥回家，掏出了几枚银圆放在家门口后就离开了。

白嘉轩被黑娃打断腰后，村里的戏照唱，庆祝丰收。鹿子霖借着唱戏间隙，向众人介绍起他的军人儿子鹿兆海。现在的鹿兆海已经是国民党的一名军官了，这让鹿子霖脸上又有了光彩。懂事的鹿兆海也是在旁边一个劲地赔笑，殊不知笑脸背后藏着的却是"扎心"的过往！

他和白灵的关系有了重大的变化！前些阵子，鹿兆海为了白灵"退共入国"！早些时候，鹿兆海和白灵就是靠投硬币决定加入哪个党派的，结果鹿兆海是"共"，白灵是"国"。他想给白灵一个惊喜，偷偷策划了此事。没想到白灵也做了同样的事情，她"退国入共"了。本来好好的一对，现在却成了死对头，他们决定先各自冷静一下，后天晚上再议，希望到时候双方都能听到想要的答案。

> 只可惜心里都打着各自的小心思。

到了约定的时间，早早到场的鹿兆海没有看见白灵，反而看见了他的哥哥鹿兆鹏。鹿兆鹏说是白灵托他来的，他点破局面，表示他们两个人只是想让对方改变，是可以坐下来好好谈的，但是不要一见面就让对方改变信仰，他们这么年轻，可能过几年想法就会改变了。

白嘉轩的伤好得差不多了，但是腰挺不直了。养伤的这段时间，白嘉轩时不时地会到冷先生那儿坐一坐。这天，冷先生告诉白嘉轩，他听村里人说了一些闲话，都在传白孝文和田小娥在一起了。这传言对白嘉轩而言是致命的，白嘉轩满脸通红地表示，无论如何一定要把这件事查清楚。

白嘉轩回到家，没找到白孝文。他突然有了不好的预感，转头便朝田小娥的窑洞的方向走去。走到窑洞门前，白嘉轩听到了他们打情骂俏的声音，白嘉轩瞬间气急攻心，倒了下去。白嘉轩倒地的声音引起了屋里人的注意，田小娥出门一看，晕倒在外面的居然是白嘉轩！鹿子霖"恰巧"也到了现场，鹿子霖让田小娥回屋，他背着白嘉轩往白家走。将人送到白家后，仙草急忙抢救白嘉轩，好在人最终没事。鹿子霖见状，立马找准时机说："咋弄的，嘉轩哥，你怎么还躺在黑娃的窑洞门口呢？"他说完就溜了。

真不愧是鹿子霖，手段是真狠。白嘉轩气得不行，让鹿三赶紧去叫白孝武回家。等白孝武回来后，白嘉轩顾不上伤心，立即叫村里人到祠堂去，并当着村里人的面惩戒白孝文。他一连抽了好几鞭子，眼看再抽下去白孝文就要死了，鹿子霖这时急忙拦住白嘉轩，劝他不要再打了，并表示人命要紧，孩子知错能改就行了。鹿子霖这么做是为了让村里人知道他是一个重情重义、宽恕后人的长辈，增加村里人对他的印象分。

打完白孝文，白嘉轩采取的第二个措施就是分家。白孝文拖着受伤的身躯点头答应，一旁的朱先生见证着这一切，并说："房是招牌地是累，攒下银钱是催命鬼，房要小，地要少，养头黄牛慢慢搞。"可以说，田小娥的复仇算是成功了。虽然复仇成功，但这件事却让田小娥不那么自在，因为在和白孝文的接触过程中，田小娥发现白孝文其实并不坏，还对她照顾有加。田小娥这回是真真正正地害了一个人。

鹿子霖现在只想赶紧跟田小娥庆祝一番，田小娥安抚了他几句，让他躺下，随后便拿了一盆尿直接向他的脸上倒了过去。他们大吵一架，自此闹掰。田小娥之所以会这么做，是因为她暗中做了决定，在鹿子霖和白孝文之间，她选择了白孝文作为她的依靠。她用这个方式，宣告她和鹿子霖关系的结束。

> 说分手的方式有很多种，田小娥选择了一种她认为是最合适且最有味道的。

偷人风波告一段落，白鹿原迎来了近几十年来最严重的旱灾，向来稳如泰山的白嘉轩也开始有点慌了。为了稳住民心,白嘉轩只能向天求雨。虽然求雨仪式非常隆重,但老天不作美,干旱持续到初冬,冬天下雨的情况就更少了。家家户户没有余粮,这造成了整个社会规则的大变,像牲畜、女子定亲的聘礼等,通通大降价。

被赶出家门的白孝文硬着头皮来找白嘉轩借粮。白嘉轩肯定是拒绝的。走投无路的白孝文,顾不上白家的脸面,只好把分到的土地给卖了。白嘉轩得知这个消息差点没气晕过去,这件事也预示着他们父子关系的彻底破裂。

这一年的春节格外地冷清,白孝文在镇上买了五个馍馍到了田小娥的窑洞中,声称整个村就他们没人管,干脆他们一起过个团圆年算了。田小娥满心欢喜,拿出了一杆烟枪。白孝文没有拒绝,美人加好烟,岂不乐哉?没想到这一口下去后,噩梦就开始了,白孝文陆续地把白嘉轩分给他的家产变卖光了。每次卖完地,白孝文都会第一时间到窑洞去找田小娥,然后将一半钱留给她,一半钱带在身上。当妻子质问他卖地的钱去哪儿了时,白孝文就说他会管好钱,不用妻子操心,"你和孩子吃饭的事去找奶奶(白赵氏)安排就好"。他不知道的是,家里的孩子是能吃上饭的,但妻子是在屋里挨饿的,他家里人都假装看不见。白孝文的妻子最终活活饿死了。

见白孝文的妻子死了,仙草赶紧通知了白孝文,这时候的白孝文刚卖完第三间房,把所得的钱都给了田小娥。他半夜回家,一进门就看到了妻子的尸体,他愣住了,他从来没想过他的妻子会死,但这种伤心并没有持续太久。他妻子的离世加速了白孝文与田小娥的亲近,白孝文开始从早到晚都待在田小娥的窑洞里,两个人吃饱后就抽大烟,醉生梦死。

鹿子霖准备带人去拆白嘉轩的家,因为白孝文已经把地卖给了鹿子霖。被人拆家在白鹿村可是天大的耻辱,普通人家都受不了,更何况白嘉轩还是村里的族长,但白嘉轩不恼不气,表现出非凡的气度,借此问白孝武:面对如今这个情况,有没有比上去打架更体面的解决办法?

白孝武想了想,说那就只有随他们去,他会争气点,把楼房盖得比他们的高！白嘉轩手拍桌说对，一拆一盖，人们就分得清谁是白孝文谁是白孝武，谁才是真正的顶梁柱，最后还说了一句"要想在这白鹿原上活人，心上就得插得住刀"。

> 这话说得可太好了，你就别说白鹿原了，你现在去哪儿不得插两把？偶尔还得插个三四把。

鹿子霖和往常一样到保障所上班，这时冷先生告诉鹿子霖鹿兆鹏被抓了。鹿子霖表面表现出一副无所谓的样子，但内心却慌张得很。冷先生表示："只要他鹿兆鹏一天是我的女婿，我就得营救他。"冷先生告诉鹿子霖，让鹿子霖留意田福贤，一旦有行踪就告知他。

鹿子霖拿准了田福贤的行踪，通知了冷先生。冷先生扛了几个大药袋，急匆匆就往田福贤家里赶，药袋里装的是银圆无数。冷先生想让田福贤救救鹿兆鹏，表示如果事情能办成，这些钱就归田福贤了。

田福贤虽爱钱如命，但他也不敢随便答应，看着地上几大麻袋的钱，着急得像热锅上的蚂蚁，收也不是，不收也不是。为了安全起见，田福贤决定先藏起来再说，便找了个地方闭关三天。三天后，田福贤果然想到一条绝世妙计。

田福贤先召集了九个乡约提出一条建议，说鹿兆鹏是从白鹿原出去的，如今犯事必须押回白鹿原就地正法，从哪儿开始就在哪儿结束，这样不仅师出有名，还可以起到杀一儆百的作用，必须让社会各界看看，这就是与他们为敌的下场。大家连连表示好主意，就这么干。

三天后，鹿兆鹏被顺利押回白鹿原。他们将行刑地点选在了学校，现场围满了群众，人山人海。只见七个人被套着头跪在地上，鹿兆鹏夹在中间，只听七声枪响，七个人挨个倒地，全部毙命！

鹿兆鹏真的死了吗？其实并没有，田福贤用了一招狸猫换太子，早在行刑前就将鹿兆鹏调了包，这就是为什么要把鹿兆鹏弄回白鹿原就地正法，只有这样他们才有操控空间。此时，鹿兆鹏已经被转移到朱先生的白鹿书院休息。在朱先生和师母的精心照顾下，鹿兆鹏恢复得很快。捡回一条命的鹿兆鹏知道，他这么一"死"，如今这白鹿原一定是不能待了，如果他再被抓到，所有帮他的人都要遭殃，他养好了伤，没有二话，告别了众人。

鹿兆鹏走后，原上的饥荒仍在继续，许多人吃不上饭。但对白孝文来说，鸦片瘾似乎比饥饿还要难熬，白孝文已经跌入双重渴望、双重痛苦的深渊，他卖地的钱都化作青烟吸入了他的喉咙中。

再次走投无路的白孝文只好去街上乞讨，希望有好心人能给他口饭吃。这些落魄的举动被鹿子霖看到了，他不忍心看到白孝文落到如此下场，于是向田福贤推举，让白孝文去城里当兵。白孝文本想拒绝，但目前摆在他面前的没有更好的选择，最终白孝文谢过了鹿子霖，回家告诉田小娥后就出发当兵了。

过了一阵，白孝文骑着一匹马重新走进白鹿镇，只见他穿着一身笔挺的制服。回来后，他第一时间去了鹿子霖家，特别感谢鹿子霖当初给了他这个机会。寒暄之际，鹿子霖才告诉白孝文，田小娥已经死了。白孝文一听不敢相信，前一个月还好好的，怎么就死了呢？

（五）白灵与鹿家两兄弟

鹿子霖和白孝文解释，在他离家不久后，村民们发现窑洞里散发出一股臭味，于是他们把门砸开，看到了田小娥的尸首，从她炕上黑色的血迹来判断，应该是被杀死的。他们请示了族长后，白嘉轩提出干脆把整个窑洞都弄塌，一步到位，也省得收拾。那处惹是非的窑洞就这样消失了。

白孝文听完，心中五味杂陈，连忙问鹿子霖是谁杀的。鹿子霖说他也不知道，白孝文顾不上吃饭，连忙往窑洞方向赶去。到了窑洞门前，白孝文一个劲地挖，随着越挖越深，白孝文最终挖到了一具白骨。这下他才相信田小娥已经死了，当场哭得撕心裂肺，心里想不管凶手是谁，这个仇不能不报！

田小娥死后，黑娃也回到了窑洞，他这一看，以为他走错了地方，怎么洞没了！人也没了！跑到村里去问，这才得知田小娥是被杀的，黑娃又伤心又生气，复仇二字浮现在他的脑海。究竟是谁做的呢？他脑子里第一个想到的就是鹿子霖。

趁着夜深，黑娃进到了鹿子霖的房中。鹿子霖惊醒后，从黑暗中看出了黑娃。鹿子霖自然知道黑娃是为何而来，身为尿包的他，不紧不慢地跟黑娃解释在黑娃不在的日子里他是怎么照顾田小娥的。黑娃听鹿子霖这么一说，觉得多少有些道理，知道凭鹿子霖的胆量，他还没到敢杀人的地步，但凶手不是鹿子霖的话，黑娃也实在想不出谁是凶手。

黑娃闷声思考，如果不是鹿子霖，该不会是白嘉轩吧？一转眼的工夫，黑娃进了白嘉轩的房中，这下不比对鹿子霖那般客气，黑娃二话不说拿出枪，想要白嘉轩的命。白嘉轩是见过大场面的人，在这种危难关头并没有怯懦，他表示田小娥不是他杀的，他做人向来光明磊落，从来没有做过偷偷摸摸的事情，"如果你黑娃还是认为是我杀的，那你就开枪吧，反正自从你上次打断我的腰我就不想活了"。

被反将一军的黑娃表示："你凭什么说你的腰是我打断的？"白嘉轩说："你打小看不惯我的腰，你弟兄动手前说了你小时候常说的那句话，说我的腰太硬太直了。"在这番话的刺激下，黑娃就要扣动手中的扳机，好在鹿三及时赶到，来到门口，大声地说田小娥是他杀的。

鹿三可是村里出了名的老实人，怎么会杀人呢？鹿三不紧不慢地拿出了证据，是一个梭镖钢刃，上面还有田小娥的血迹。

黑娃知道父亲是老实人，当然也知道父亲不会乱说，所以听完一时之间说不出话。黑娃压住怒火，叫了鹿三最后一声爸，表示以后再也不认他了。鹿三说他早就不认黑娃了。

黑娃说完就离开了白家，骑上他的宝马往村外奔去，心里涌上一句：至死再不进白鹿村。

不过，鹿三是什么时候杀死的田小娥呢？原来，鹿三杀死田小娥的时间是在土壕里撞见白孝文的那天晚上。白嘉轩因为得知白孝文和田小娥的关系，一

《白鹿原》

气之下病倒在床。鹿三单方面认为这些都是田小娥的错,白孝文向来品行端正,如今却这般堕落,他把这些错全部甩给田小娥。鹿三心中有了一个大胆的想法。

那天晚上,鹿三早早吃完晚饭回到了自己的房间,拿了一把梭镖开始磨了起来。夜深时,鹿三来到田小娥的窑洞,抽出梭镖对准田小娥的后心刺了过去。田小娥鲜血直流,结束了悲惨的一生,完事的鹿三冷静地走出窑洞,走时还不忘关门上锁。白鹿村乃至整个白鹿原上"最淫荡"的一个女人就以这样的结局终结了一生。回到家的鹿三,藏好了凶器,开始用水洗去身上的血渍,就在那一刻,鹿三在水里看见了田小娥的样子。

黑娃走后,白嘉轩得救,白嘉轩让仙草弄了一桌好酒好菜来款待鹿三,感谢他的救命之恩。在酒局上,白嘉轩吩咐孩子们,如果他走在鹿三的前头,白家必须照顾好鹿三。这话刚刚说完,哗啦一声,一阵风雨袭来,干旱终于结束了,整个白鹿村响起了欢闹声。

从白鹿村回到山里的黑娃,脸上写满了惆怅。土匪大哥见状表示谁惹他,杀了对方就可以了,不必自寻不开心。黑娃说他杀不了这个人,因为那人是他爸鹿三。土匪大哥听到这个名字觉得很耳熟,一回想才知道,原来是当年跟自己大闹交农的鹿三。他当时还是一个和尚,名叫**郑芒**。郑芒和鹿三早就相识,便对黑娃说:"其实你爹人不错。"接着,郑芒表示有个人过来找黑娃。黑娃一看才知道,原来是好兄弟鹿兆鹏。

鹿兆鹏开口就说重点,说他这次是来投靠黑娃的。黑娃一时之间分不清真假,便让鹿兆鹏先好好休息,隔天再和郑芒大哥商讨。睡完一觉,鹿兆鹏和郑芒见面,直奔入伙的主题。郑芒笑了笑便点破此事:入伙是假,挖人是真。

> 这个鹿兆鹏一看就不适合做猎头。

郑芒大度地说他是不会走的,但如果黑娃或其他兄弟想跟鹿兆鹏走,他绝不拦着，装备也可以带走。郑芒的格局很大，但鹿兆鹏最想挖走的是郑芒，他早早就看出郑芒身上有着卓越的领袖能力，这样的人才不为国家出力真的可惜。但鹿兆鹏也算识相，索性就此打住。

黑娃亲自护送鹿兆鹏下山。鹿兆鹏知道说服郑芒是不可能的，干脆尝试说服黑娃，但是他也没有明着说，只是告诉黑娃，山大王当不持久，当个保安队长也好过这个，让黑娃好好考虑一下前程，说完就下了山。

话分两头，一天，白灵在二姑父家发现了鹿兆鹏。为了不暴露身份，现在鹿兆鹏换上了一个老师的新身份，两个人见面先是装作不认识，后面才碰头。白灵要求鹿兆鹏引领她正式加入组织，她已经下定决心，要和鹿兆鹏并肩作战。

鹿兆鹏在言语中得知白灵的决心，一声同志脱口而出！白灵这一加入，不仅仅改变了她的命运，同时也改变了鹿兆海的命运。

白灵第一次有了想去找鹿兆海的想法，但以她现在的身份是绝对不允许的。不过白灵是什么性格？她想办的事，就没人能说不行。鹿兆海从军校学习回来城里后，白灵就和他见了面，说明了自己正式加入了组织的事情。

这一见面，鹿兆海知道，他们已经在自己所选的路上越走越远。白灵跟鹿兆海见面的事情很快被鹿兆鹏知道了，鹿兆鹏先是走了个流程把白灵批评了一顿，并告诉白灵，没有允许绝对不能再去找鹿兆海，要遵从组织的纪律。说完，得知白灵和鹿兆海还有一次约会，身为领导和兄长的鹿兆鹏，只能用下不为例作为警诫，睁一只眼闭一只眼地让白灵前去赴约。

鹿兆海和白灵来到他们两个人抛硬币的地方。没有多余的寒暄，鹿兆海告诉白灵，他明天一早就要上路去执行任务。白灵想劝鹿兆海加入她这一边。鹿兆海也想明白了，退可以，但如果要退就一起退，大家远离这些是与非，日子才能过得安稳。

一听到这些，白灵急了，如果她现在退出，前面那些同志不就白白牺牲了吗？两个人相对无言，鹿兆海知道他们谁也改变不了谁，便索性提出一个要求：在他走后的几年里，白灵不能答应任何求婚者。这虽然听上去有点莫名其妙，但鹿兆海之所以会这么说，是因为他已经察觉到自己的哥哥跟白灵之间的关系开始有了一些微妙的转变。

这次后，两个人为了避嫌没再见面。直到一次鹿兆鹏因任务调离，要去山里，不知道去多久。临走前，鹿兆鹏告诉白灵，鹿兆海过阵子会回来，暗示白灵可以偷偷地和鹿兆海见面。

领导都批了，没有不去的道理。第三次约会，鹿兆海说他在这一路上想明白了不少事情，决定不再逼白灵改变，但他自己也不会改变，而白灵可以随意嫁人，只是他自己非白灵不娶。

过了半年，这段时间白灵一直都在城里教书。一天，白灵和组织的黄先生见面。黄先生给白灵传达了一个任务，去给一位同志做假太太，至于那位同志是什么人，黄先生也不知道。因为最近组织内部叛徒太多，信息的传达格外严密。

了解了前因后果，白灵辞去了教师的工作，准备一股脑投入任务中。白灵就这样上了安排好的马车，但她万万没有想到，那个假夫君竟然就是鹿兆鹏！

> 这下可以说他们是最熟悉的陌生人了！

白灵傻了眼，鹿兆鹏也一样，打小一起长大的兄妹，如今要做一对夫妻，一时间不知道从何处开始演。好在这两个人都训练有素，并没有在外面暴露出他们的慌张和无措。

进了屋，鹿兆鹏是紧张又局促，白灵反而要淡定得多。彼此冷静下来后，就开始商量扮演的对策，鹿兆鹏说："没有外人时，我们是同志也是兄妹，一旦有外人进来，你就得开始演戏，一旦暴露，我们的下场就是被填井。"白灵点头答应。

吃完晚饭，夜渐渐深了，鹿兆鹏察觉出白灵的不自在，便提出是时候睡觉了,还非常自觉地打起了地铺,说睡地上可以帮她挡狼。这个"挡狼"自然是一语双关,一是指敌党的狼,二是指色狼。白灵听懂了鹿兆鹏的意思,笑出了声,尴尬的气氛总算是缓解了一些。过了一夜,他们之间的不自在消失了不少,鹿兆鹏开始向白灵布置任务。白灵学得很快,做得也很好,大部分任务执行得都很顺利,鹿兆鹏也很满意。

直到有一次,白灵去公园里拿最新的情报时,突然一只手紧紧抓住了她的左臂。白灵下意识地以为她暴露了,转头一看,居然是鹿兆海!她看到鹿兆海穿着敌党的军服,很是紧张,因为总能够联想到那些已经牺牲的同志,再加上现在两个人立场完全不同,再聊下去就只剩下争吵。鹿兆海知道这个时候问不出什么,索性问了白灵的住址,希望能和她再次约会。因为组织的纪律,白灵不仅没给鹿兆海地址,还直接把她人妻的身份给搬了出来。白灵说完就走,留下一脸茫然的鹿兆海。

把情报拿回家后,鹿兆鹏一脸大喜。出卖组织的内奸已经被解决,鹿兆鹏立马让白灵拿出一坛好酒,好好庆祝一番。两杯酒下肚,开心之余,房内的氛围开始暧昧,白灵突然表白要与鹿兆鹏做真夫妻。鹿兆鹏说他在原上还有妻子。白灵说:"都说我们是假夫妻,但实际上,白鹿原上的那位才是假的,你们有名无实。"鹿兆鹏自然是知道这些情况的,其实他内心已经喜欢上白灵,但是他现在这个身份,娶妻生子对他来说过于奢侈。白灵知道他的担忧,让他别想那么远,即使只能做一天的夫妻,也是不亏的。

> 这句话一出来给鹿兆鹏整不会了,"既然你都不觉得亏了,那我也不亏"。

于是他们拜了堂,成了亲。转眼,天还没亮,鹿兆鹏因为要执行任务,需要出去几天,便让白灵好好在家里等他,还说他不在的时候不需要传纸条,只需要把人妻的身份给稳住就行。说完,鹿兆鹏起身离去。有了这个真的身份,白灵做起妻子,真实了不少,旁人一点都没有怀疑。

《白鹿原》

时间来到抗日战争初期，鹿兆鹏离家半个月后归来，他从前线带回了消息，组织决定要动员全国力量一起抗日。他让白灵继续回学校教书，这样也可以组织起一股新的力量。

如今国势动荡，就连白鹿原也不安稳。上次大旱后，一场空前的瘟疫在原上蔓延，村庄里的人都抵挡不了，刚开始的症状就是上吐下泻，冷先生把这种病称为两头开花。

白鹿村第一个得这种病的是鹿三的妻子鹿惠氏。冷先生连着开了好几服药都没用，就在她即将离世之时，鹿惠氏告诉鹿三她看到了田小娥，看到田小娥背后有一个大窟窿。鹿三听完一脸的震惊，因为这些细节他从来没有告诉过妻子。鹿三的妻子走后，白嘉轩看鹿三和他的小儿子无人照料，便让他们搬到白家一起住，好歹有个照应。鹿三父子就在白家留了下来。

鹿惠氏仅仅入土三天，白鹿村就陆陆续续有人中了瘟疫，冷先生的医馆挤满了人。大家的症状都是一样的，上下开花，然后眼瞎，全村的人都警惕了起来，但每天死亡的人数依然剧增。冷先生的方子不起效，病人喝了就吐，他独自感叹，汤水不进，神仙难救。

白嘉轩回到家后开起了家族大会，他吩咐白孝武把仙草和儿媳带到山里的舅家去，随后让母亲白赵氏去城里的二姐家，他自己决定留在家里看门。隔天一早，大家开始实施白嘉轩的躲灾计划，只有仙草一人说她不能撂下白嘉轩走。白嘉轩一听很感动，既然如此，那就留下来做个伴，看谁命大吧。仙草听完回复道："如果这个家真要走一人的话，那么就我走好了。"

一语成谶，仙草似乎有了症状，开始上吐下泻，她从自己的症状判断，她估计是感染上了。白嘉轩傍晚回来时，正好看见仙草在呕吐，平时遇事都很淡定的白嘉轩真的慌了，反倒是仙草显得很镇定。

仙草变得越来越虚弱，她总是趁着她还有力气，变着花样地给白嘉轩和鹿三做饭，忙完就给她自己缝制寿衣。完成自己的寿衣的那个傍晚，仙草用尽力气喊了一声"他爸"，随后猛然倒下。

195

白嘉轩看到眼前这个景象，说道："事情到了这一步，天要杀我，我也得忍着，你还有什么吩咐告诉我，我尽量去办。"仙草说她临走前就想再看白灵和白孝文一眼，叫孩子们回来。白嘉轩说他会吩咐鹿三去找他们。

白嘉轩转头就出了门，但一出门，他就变了，他让鹿三去城里做做样子。白嘉轩早就不认这两个孩子了，就算是他咽气，也绝不允许他们踏进这个家门一步。这就是他定的规矩！

过了两天，白嘉轩就和虚弱的仙草说鹿三找不到孩子们。仙草说她是见不到孩子们了。话音刚落，仙草咯噔一下坐了起来。白嘉轩一时感到诧异，便问仙草看到什么了。仙草说眼前人是黑娃的妻子田小娥，她给仙草看了她背上的大窟窿。

天亮时，仙草就走了。屋里迎来了从未有过的宁静，现在就只剩下白嘉轩和鹿三搭伙过日子。这天中午，白嘉轩做好了饭叫鹿三来吃，一个尖声俏气的女声从鹿三身上传了出来，眼前的鹿三竟成了田小娥！

> 大家都知道《白鹿原》也是魔幻现实主义的写法，那鬼魂上身也就见怪不怪了。

田小娥借着鹿三的身体，向村里的男女老少发表演讲，她说："我把你弄死太便宜你了。我要叫你活不得好活，死不得好死……我要把白鹿村白鹿原的老老少少捏死干净，独独留下你和你三哥受罪……"这时，白嘉轩请的神棍刚好赶到！

（六）从白鹿村走出的英雄

三下五除二，神棍就把田小娥的鬼魂给治住了，鹿三恢复了正常。村民们都知道了鹿三被田小娥上身的消息，村里三位老者就找上白嘉轩，表示昨天田小娥又借着鹿三的身子向众人宣布，如果要让这场瘟疫结束，就得给她修庙塑身，否则就让白鹿原上的生灵死光灭绝。

族里众人都来到祠堂希望白嘉轩能够出面，但白嘉轩坚决不妥协，"如今是什么世道？还要给鬼修庙？岂有此理"。

　　此时，出去一段时间的白孝武回到了白鹿村，这一进门就看到了为仙草安设的灵桌。知道没了妈的白孝武直接哭出了声，晕倒在地，醒来后才慢慢接受了这个现实，到坟前祭拜。趁着这个间隙，村民们马上把田小娥附身一事说给白孝武听，希望他去劝劝白嘉轩。白孝武点头答应。

　　回到家，白孝武找到白嘉轩说想给田小娥修庙，毕竟救人要紧。他的话还没说完，白嘉轩一个巴掌就扇了过去，并说道："堂堂一族之长，如果村里说什么，你都要应，这族长要怎么当？"

　　随后，白嘉轩一路走到了白鹿书院去找朱先生，把最近事情的起因经过通通都告诉了他。朱先生见怪不怪，他跟白嘉轩说："这人妖颠倒，鬼神混淆，今天要修庙，那明天得寸进尺要你钻裤裆，你钻还是不钻呢？"白嘉轩觉得有道理，一气之下他做出了一个决定，他不仅不修庙，还要把田小娥的尸骨挖出来，烧个三天三夜。朱先生听完说道："不如这样，你烧完后的骨灰不要撒，就用罐封死埋在她的窑里，再从上面造一座塔，叫她永世不得翻身。"

> 要不说狠还得是朱先生狠呢……

　　隔天，白嘉轩就把族里的众人聚集到祠堂，先是对村民的慌张表示理解，紧接着又说要造一座塔，彻底把鬼魂压在塔底下，永世不得见天日。白嘉轩这么一说，白孝武一下子领悟，他已经意识到他的糊涂，大事面前要是全听村民的，那要族长做什么呢？回家后，他立刻向白嘉轩请罪。见儿子有所醒悟，白嘉轩欣慰了些许。白嘉轩让白孝武领着众人造塔，这塔建起来了，日后白孝武就能当族长了。很快，一座六棱砖塔就在窑洞上竖了起来。把田小娥的骨灰放入塔下后，鹿三就没有再说过疯言鬼话了，但是人日渐萎靡。

　　白家的事告一段落，但这鹿子霖却有了麻烦。岳维山叫去了鹿子霖，话里话外各种暗示他，让他把鹿兆鹏给找回来，还说上次在白鹿原上遇见了鹿兆鹏，"我都能遇见，更何况你是他爸"。鹿子霖用了三天三夜揣摩这些话的意思，他越想越不对劲，这岳维山到底是想他去找儿子鹿兆鹏，还是已经开始怀疑起了他呢？他想不明白，索性去城里找了二儿子鹿兆海。鹿兆海听完，说道："爸，你是真糊涂，这明显就是欺瞒你，他是觉得你和鹿兆鹏私下有拉扯，对你起了疑心。"

本来胆子就小的鹿子霖开始有点慌张了，这可怎么办呢？鹿兆海发现了父亲的局促，便让鹿子霖先在城里住下吃好喝好，至于岳维山，他会亲自出面解决。鹿兆海叫上了他的领导一同来到岳维山的办公室，先是好言相劝，再出枪警示。岳维山自然看懂了鹿兆海的意思，他告诉鹿兆海，他不会为难鹿老爷子，让鹿兆海大可放心。

回到白鹿原后，田福贤叫来了鹿子霖，直接开门见山，数落鹿子霖的不是，说鹿子霖越活越糊涂，竟然拿鹿兆海去压岳维山，鹿兆海是有权不假，但他是兵，是兵就会游动，万一哪天鹿兆海走了，就没人能给他鹿子霖撑腰了，他如今得罪岳维山，岳维山就会往死里弄他。这下坏了，听完这番话，鹿子霖才真正醒悟过来，觉得自己目光过于短浅，便赶紧拜托田福贤，下次见到岳维山的时候替他说两句好话，这件事也为后面的剧情埋了新的伏笔。城里发生了一起大事，土匪黑娃被保安团擒获了，数日后枪决。

白孝文回到城里的住处，一开门他就被人搂住了脖子，塞住了嘴巴。黑娃的土匪大哥郑芒来救人了，郑芒见到白孝文没有多说话，只是说了一句："你要是愿意放人，你就开个价，多高都行，钱不是问题。要是不愿意，我就杀你全家。"白孝文知道对方不是吃素的，关键时刻，保命要紧，便答应下来。白孝文和郑芒制订起了营救黑娃的计划，最终确定了一个方案——白孝文去给黑娃送一根钢钎，让黑娃自己挖抠砖缝，自行逃脱，郑芒等人在外接应。

《白鹿原》

> 这句话一出,包子我认为比起杀他全家,白孝文还是更关心他自己的性命。

第二天傍晚,白孝文听话照做,把一根钢钎递给了黑娃。黑娃秒懂,很快就越狱成功。白孝文这边也早就做好了后手,黑娃逃走后,他第一时间就鞭打他的手下。最终下面的人忍受不了,招了假供,白孝文才得以脱险。

这次风波过去没多久,白孝文带着现任太太一起回到白鹿原。白孝文通过朱先生之口,说服了白嘉轩,父子二人把以前的荒唐事一笔勾销,白孝文回到白鹿原认祖归宗。进家门后,白孝文对着长辈们进行各种跪拜,然后到母亲仙草的坟前磕头,他这时才把真情显露出来,大哭了一场。

一天晚上,白嘉轩睡觉睡得好好的,愣是被一帮人硬生生从床上给拽了下来。原来他们是来寻白灵的,他们让白嘉轩把白灵给交出来,这群人还在白家搜了一大圈。白嘉轩说他早就不认这个女儿了,家里没这号人,最后发现是真的没有,他们才肯罢休离去。话说,白灵犯了什么事呢?

白孝武带来消息,说有一个教育部的**陶部长**来给学生训话,遭到了学生的谩骂和追打,而上去给了人家一板砖的女子就是白灵,现在白灵正被通缉。此时,白灵已经有了身孕,为了安全,鹿兆鹏只好派人把白灵接走,组织已经在南梁建立了一个新的根据地,在那儿可以保证白灵的安全。

临走前,白灵让鹿兆鹏给她肚子里的孩子取个名字。鹿兆鹏说就叫天明,不管男女都是这个名字,他们都希望当时的国家能够天明。隔天一早,白灵在等候军官的接送时,听到一声"嫂子在那儿"。这一看白灵彻底蒙了,她怎么都想不到,这个军官居然就是鹿兆海!

造化弄人,鹿兆海看到白灵,立刻回想起昨天哥哥鹿兆鹏说的:家里是出事了,不过别紧张,只是他嫂子需要回乡下坐月子,鹿兆鹏碍于身份,无法护送,所以只能让他帮这个忙。

鹿兆海一听很替哥哥开心,他对鹿兆鹏瞒着他娶妻这件事也不生气,毕竟鹿兆鹏是什么身份，他也是能够理解的。护送嫂子的任务，鹿兆海毫不犹豫就接了下来。所以昨天鹿兆海有多么激动，今天他看见白灵就有多么愤怒，哥哥鹿兆鹏明明知道他喜欢白灵，居然还能想出这一招，"杀人诛心"。

> 这就相当于对方明明将了你的军，但连棋盘也不放过，一并都给你破坏了。

鹿兆鹏这一招也是险棋，现在白灵对鹿兆鹏来说太重要了，交给谁他都不放心，唯有弟弟可以信一信。再加上鹿兆海和白灵的关系，再不济，鹿兆海也不会把她卖了。虽然这事做得很过分，但这个选择确实是众多选择里最安全的一个。

鹿兆海看着眼前的白灵，他想明白了哥哥鹿兆鹏的用意。鹿兆海遵守了诺言，亲自护送白灵出城。

这白家捡回一条命，但这鹿家要失去一条命了。鹿子霖的儿媳冷秋月疯了。一天晌午，冷秋月跑到众人的眼前，说鹿兆鹏不爱上她的炕，但是他爸爱上。此八卦一出，村里便闹起来。白孝武眼看事情不对，赶紧把冷秋月往鹿家带。鹿子霖听闻，二话不说一个耳光就向冷秋月扇了过去，随后鹿子霖便去找冷先生，想当着他的面说清楚。这两个人一见面，冷先生表示早已知晓事情的缘由，要鹿子霖不要计较，待他先把女儿的病治好，然后让鹿兆鹏写张休书，这件事就算过去。鹿子霖一听到休书表示万万不可，休妻的事先不提，还是等病好了再说。

冷秋月是怎么疯的呢？大约是半年前的一天深夜，鹿子霖醉醺醺地回了家，冷秋月给他开门。鹿子霖喝得大醉，没走两步就摔倒在地，冷秋月去搀扶他。可鹿子霖把冷秋月当成了他的老伴，还借着醉意一把搂住了冷秋月。冷秋月硬是拒绝，但挣不开。隔天一早，鹿子霖醒来时，他隐约感觉到昨晚好像有失德的行为，但具体是什么，没有想起来。

就在鹿子霖拿起桌上的稠粥喝起来时，他猛然一惊，因为他看到碗里居然

《白鹿原》

有一撮麦草。麦草是给牲畜吃的，看来儿媳是想通过这个举动暗讽他是畜生。这下鹿子霖全然明白了，他大口大口吃着碗里的粥，直到只剩下一撮麦草，随后还让冷秋月再帮他盛一碗。一切这么正常，反而让冷秋月有点手足无措，她以为这件事就这么过去了。可不知为何，冷秋月内心深处居然开始期待鹿子霖喝醉，期待与他更进一步发展。

这天，鹿贺氏早早地出门拜神了，家里就只剩下鹿子霖和冷秋月。鹿子霖想出门喝酒，冷秋月拦下了他，说要不就在家里喝，她给鹿子霖炒两个菜。情场老手的鹿子霖听懂了言外之意，他说行，还让冷秋月坐下陪他喝一杯。冷秋月坐在鹿子霖的对面，鹿子霖说："吃菜，你自己炒的菜总得尝两口。"冷秋月没有拒绝，夹住一口菜就往嘴里送，但很快就吐了出来，因为她吃到了麦草。鹿子霖表情变得严肃，站起了身说道："学规矩点，你才是吃草的畜生。"说完转身离开了。

冷秋月终于醒悟过来，她居然想勾引自己的公公！这一天后，她不再开口说话，哑巴式的生活持续了三四个月，后来她就疯了。冷先生给女儿把了脉，开好了药，但女儿却拒绝喝药。情况越来越严重，眼看女儿疯得越来越厉害，冷先生决定直接把她毒哑，这样至少能够保住名声。这服药下去，冷秋月不再喊叫，不再发疯，她日渐消瘦，形同一具骷髅，在冬至那晚死在了炕上。

> 冷秋月的死，为这个冬天披上了一层新的"冷"。

冷秋月去世的那个晚上，白嘉轩不知为何，死活也睡不着，好不容易熬到半夜睡着，又做了个噩梦惊醒。他清晰记得这个梦的内容，觉得很是疑惑，二话不说，穿上衣服就往姐夫朱先生家里赶。白嘉轩告诉姐夫，他在梦里见到了一头正在哭的白鹿，随后这头白鹿化成白灵的样子跟他道别，叫了他一声爸，他答应后立刻惊醒。

朱先生知道这里面的用意，他在心里念叨："白灵没了，昨夜没的。"这个凶兆他不能告诉白嘉轩，只能随口说这是雪的影响，白雪和白鹿都是白，不要多虑。白嘉轩一听觉得好像是这么个理，心里顿时舒服很多。最后朱先生还嘱咐道："你最好记住昨天的日子。"

朱先生的话并没有错，白灵确实牺牲了，但她的牺牲是不值当的。白灵去到新的根据地后，在那儿平安无事过了半年，后来因为局势紧张，内部涌起了各种猜疑，最后白灵被当成了敌人，被活埋而死。白灵刚走没多久，鹿兆海也没了，白孝文带着讣告来到白鹿书院递给朱先生。朱先生看着鹿兆海的讣告，脑子里回想起他和鹿兆海见的最后一面。

当时鹿兆海告诉朱先生，他即将要上战场去与敌人战斗，临走前想让朱先生给他写一幅字，并拿出他当年与白灵的那枚硬币交给朱先生，希望朱先生日后见到白灵，能够代为转交。朱先生接下了硬币，说会代为保管，等他凯旋后亲手交给白灵，说完就开始写起了字——白鹿精魂。朱先生写完还咬破自己的手指，按下血印。鹿兆海一看，扑通一下就跪了下去，表示会拿敌人的鲜血补偿朱先生。

朱先生提出一个要求，他希望鹿兆海回来的时候，能带回一撮倭寇的毛发。鹿兆海听完表示这没有问题，随后他向朱先生敬个礼，便奔赴战场。

如今收到讣告，朱先生虽有心理准备，但内心五味杂陈，他们这些在世的人，唯一能做的就是给鹿兆海举行一场风光的葬礼，祭奠这位从白鹿村里走出去的英雄。

鹿兆海让人带回来的遗物就只有一个铁盒子，里面是四十三撮倭寇的毛发。看着这一切，朱先生的眼泪止不住地往下流，他知道鹿兆海兑现了他的承诺，而且是超额完成任务。

鹿兆海的离去，同样让鹿子霖备受打击，即使有白嘉轩和朱先生多次陪同，他也几次都哭晕了过去。至此，朱先生闭门谢客，除了编写县志的先生和一些亲戚，其他人一概不见，自己更是不再读书，不再写字。

革命尚未成功，鹿兆鹏只好重新进了山，来找黑娃与郑芒，说是感谢当时的救命之恩。郑芒表示来就来，别来这套，鹿兆鹏肯定又是来劝他加入他们的吧。

鹿兆鹏见状说了实话，他一心想要说服郑芒。郑芒见鹿兆鹏铁了心，便与他交心，表示自己肯定不会改主意，但他可以等等黑娃，黑娃什么时候想加入他们，可以随时走，其他兄弟愿意的话，也都去，剩下自己一个人也无妨。

鹿兆鹏当然对这些话深信不疑，但他觉得黑娃也是个讲义气的人，只要郑芒在，他肯定不会主动离去，不过鹿兆鹏还是想去找黑娃问个明白。黑娃明确表示郑芒是不会加入游击队的，他也不会加入。这会儿的鹿兆鹏犹豫了一下，好像明白了什么，随口说了一句："那行，那你去投白孝文的保安团吧。"

（七）白家与鹿家的终局

夜里，郑芒就死在了床上。至于是怎么死的，无人知晓。郑芒这么一死，黑娃这个二哥的位置也不稳了。土匪中有人传，说是黑娃看中了郑芒的大哥之位，把郑芒弄死的。造谣一张嘴，辟谣跑断腿。黑娃在内部展开了大搜查，甚至不惜以大哥之位作为奖励，声称谁要是拿住了叛徒，大哥的位置就交给谁坐。可凶手到底是谁呢？原著里并没有给出很明确的答案，或者说每个人都有自己的答案。就在山里乱成一锅粥时，白孝文来了。他告诉黑娃再搜查下去就要引火上身了，他还提醒黑娃身边可能有鹿兆鹏的人。在白孝文一通安抚下，黑娃和山里的兄弟都决定加入白孝文的保安团！

一天早晨，白鹿仓接到通知，正式改名为白鹿联保所，田福贤和鹿子霖一行人的官职发生了变化，上下级的关系更加分明。这样做的目的是防止他们内部再次出现奸细，如今日本已经投降，田福贤这一党的敌人，只剩下鹿兆鹏他们。收到任命通知，田福贤和鹿子霖就开始干一件事——征壮丁，为前线补充战力。当然，白鹿原上的百姓最怕的就是这事，好不容易养了个孩子，直接就被带走了，还很有可能有去无回，哪个家庭能受得了呢？

不过，还没抓完壮丁，鹿子霖就先被抓了。一天上午，鹿子霖正在办公，突然来了几个壮丁把鹿子霖拉走了。消息很快入了白嘉轩的耳朵里，得知鹿子霖被抓，白嘉轩非常平静，转身就让白孝武去城里找白孝文，让白孝文尽全力搭救鹿子霖。

鹿子霖被关进了牢房。审讯的人告诉他，只要他把鹿兆鹏的行踪说出来，就可以走了。鹿子霖反问对方，称他说不出来的话，是不是就得在这个牢房里待到死。审讯的人默认了。这种答复反而让鹿子霖的心平静了下来，他自觉地在牢房里躺了下去，心想这个牢房也不是不能住人。

隔天，白孝武从城里回到了白鹿村，他告诉白嘉轩，鹿子霖是因为鹿兆鹏才入狱的。白嘉轩知道自己无力回天，便让白孝武去通知鹿贺氏做好长时间等待的心理准备。白孝武还补充道："黑娃想回到原上祭祖，认祖归宗，姑父朱先生已经同意接纳黑娃了。"白嘉轩明白人得落叶归根，他没有不接受黑娃的道理。

在回原上之前，黑娃还有另外两件重要的事情要办。第一件事就是与保安团里的三大营长结拜，这些人都是有头有脸的人物，其中也包括白孝文。第二件事，白孝文给黑娃介绍了一位新的妻子，这位姑娘饱读诗书，知情达理，黑娃对她很是满意。

因为妻子饱读诗书，黑娃渐渐了解到读书的"威力"。他跟妻子说："我也想读书，但会不会太晚了？"他的妻子回答道："念书没有晚不晚、迟不迟的说法。"所以，黑娃决定回到白鹿原，拜朱先生为师。朱先生对此感到好奇，询问了黑娃原因。黑娃告诉朱先生，他闯荡半生，糊涂半生，如今醒悟了，就想念书求知，活得明白，学做好人。朱先生被这番话打动了，他教了一辈子书，收了这么多个弟子，别人读书都是图个功名，谋求好的发展，没想到黑娃是认真求学问，修身做好人。朱先生破例认下了黑娃这个弟子，也是最后一个。

至此，黑娃的这两件事都完成了，黑娃带着妻子回到了他曾誓死不再回的白鹿村。白嘉轩领着黑娃去见鹿三，如今的鹿三早已没了往日的精神。白嘉轩

《白鹿原》

只是简单和黑娃解释他爸这是老了。黑娃父子二人见面后，鹿三在白嘉轩的点拨下，也重新认下了黑娃，黑娃也和他弟弟**兔娃**相认了。这一家子经历几十年的风霜雨雪后，终于重聚在一起。隔天，黑娃领着妻子拜访了白鹿村的其他乡亲后，就收拾东西回城里去了。白嘉轩借此机会也和白孝武说："凡是生在白鹿村的人，迟早都是要跪倒在祠堂里头的。"

黑娃走后的十来天，鹿三的精神逐渐萎靡。一天晚上，黑娃的弟弟兔娃喊着白嘉轩，说父亲邀请他痛饮一杯。白嘉轩下意识地认为鹿三这是好起来了，赶忙赴宴。他到了那儿一看，鹿三往日的萎靡消失了，思想也灵光了，他心情大好，两个人就坐在炕上喝了起来，仿佛回到了他们年轻那会儿。隔天醒来，白嘉轩叫着鹿三的名字，鹿三没有回应。白嘉轩看后才知道，鹿三的身体已经僵硬。白鹿原上最好的一个长工去世了。

两年后，鹿子霖被放了出来，他只身走回了白鹿村。回到家里一看，鹿子霖傻眼了，曾经富丽堂皇的家，如今一片狼藉。鹿贺氏走出来迎接，并告诉鹿子霖这两年为了搭救他没少花钱，不过钱财都是身外物，人能回来就好了。经历过牢狱之灾的鹿子霖，似乎也活得更明白了一些，但他还是想知道，到底是谁买走了他的房子。鹿贺氏表示能买得起的也就只有白嘉轩了。一听到这个名字，鹿子霖笑了，兜兜转转，土地还是还到白家去了。

> 两家人干了一辈子，谁都没有赢过谁，看似赢也只是暂时的。

鹿子霖回来的消息一传开，不少乡亲都来看望他。白嘉轩是第三天来的，两个人吃菜喝酒时，不免就聊到房子的事。白嘉轩用了当年鹿子霖的原话向他说明这房子是白孝文买的，儿子要做什么，老子是管不住的，他们这是一报还一报，以后也就两清了。

直到鹿子霖回来的第六天，田福贤也没来看他，鹿子霖只好主动找上门去。田福贤见鹿子霖跟没事人一样，就向鹿子霖抛出邀约，让他重新做个小官。

一天中午，黑娃正在城里歇息，鹿兆鹏的伙伴——**韩裁缝**临时到他府上敲门。两个人自白鹿原一别，已是多年未见，这一见面自然少不了寒暄几句，但很快韩裁缝就直入主题，说这次来找黑娃是想借路，他们的游击队会路过黑娃管辖的通道，希望黑娃能放他们过去。黑娃默认答应帮这个忙。

韩裁缝前脚刚走，后脚就有一个名叫**陈舍娃**的不速之客来拜访黑娃，说他手上有非常重要的情报。黑娃没有多想就让他进来了。原来，陈舍娃以前和黑娃都在山里做土匪，后来投靠了鹿兆鹏的游击队。但如今他在队里混得不如意，于是带着游击队最新的情报来投靠黑娃。他告诉黑娃游击队明天会在黑娃的地盘上经过，只要黑娃把他们拿下，再向上级汇报，这就是大功一件。黑娃一听便明白了，这人是个叛徒，不能留了，便编了几句谎话让他跟自己单独会面，见面当晚就把他给杀了。

铲除这个叛徒后，黑娃顺利放走了游击队，但是游击队经过的事很快就被上级知道了。上级召开了集会，叫来了各大营长责问，其中就包括黑娃和白孝文等人。白孝文知道这个消息后，觉得黑娃不可理喻。他开始怀疑黑娃的身份，但他很聪明，并没有与黑娃撕破脸皮。黑娃没把这件事放在心上，他还是该吃吃该喝喝，空下来的时候就去找老师朱先生。

黑娃走后，朱先生隔天就收到了刚刚印出的县志，这是朱先生这辈子最后一件大事。见大事已成，朱先生凑齐了一家人一起吃饭。用饭后，朱先生让妻子给他剃头。朱先生问妻子他还有没有黑发，妻子说他的头发都白了，没有黑发了。不过最后，他妻子还真的发现了半根黑发，但好像也有些变白了。没过多久，朱先生就去世了。

朱先生死后留下这样一封遗嘱："不蒙脸纸，不用棺材，不要吹鼓手，不向亲友报丧，不接待任何吊孝者，不用砖箍墓，总而言之，不要铺张，不要喧嚷，尽早入土。"尽管家人们没有喧嚷，但朱先生离去的消息还是传了出来。父老乡亲个个都打算去为他吊孝，朱先生的妻子一一谢绝了。至此，白鹿原上最好的一个先生离去。

时间来到一九四九年的农历四月，鹿兆鹏又和黑娃相见了。这次回来西安，鹿兆鹏坦率地让黑娃举起起义的大旗。黑娃表示现在的西安层层把守，除非能在内部化解，否则便是难上难。鹿兆鹏一听正合他意，集合大家的力量一起迎接新政权。

在黑娃的召集下，人都到齐了，大家都非常清楚现在的局势，就只剩下一个白孝文。一个营长提议黑娃先把白孝文给骗过来，只要他踏进这扇门，他答不答应都好办，实在不行那就把他办了。

接到通知的白孝文来到黑娃的屋里，一进门看到这几个人还有鹿兆鹏，他立马明白了是怎么回事。好在白孝文是个很聪明的人，愣了几秒后，他立马换了副嘴脸，握住鹿兆鹏的手，他们几个顺利结成了同盟。但实际上白孝文是不是如此顺从呢？我们接着看！

隔天起义活动很成功，基本做到了无战火起义。

起义的事情过了半年，大家各自都平稳过渡，鹿兆鹏也是一路向西，目前不知行踪。后来白孝文当了本县的县长，而黑娃则是副县长。

这一天，黑娃在自己的办公室起草一份恢复自己党籍的申请报告时，突然屋内走进了两个人，把黑娃送进了监狱。黑娃拼命喊着要见白孝文，如果不是白孝文下令，谁也不能动他，可无人理睬。

黑娃在牢里待了大半个月，他被提审过两次，罪名有三条：第一，当过土匪残害群众；第二，围剿过自己的军队；第三，杀害过自己的同胞，这个同胞指的就是陈舍娃。

黑娃得知自己这三条罪名时，他只承认了第一条，后两条他根本没有做，陈舍娃根本就不算自己人。他极力地辩解，但判官并没有听黑娃解释，直接给他判了死刑。两天后，黑娃的妻子带着儿子来看望黑娃。黑娃嘱咐妻子一定要寻到鹿兆鹏，如果找不到就让儿子继续找。

黑娃被捕的消息顺势传回了白鹿原，年老体弱的白嘉轩还是和当年一样，想去营救黑娃。他从白鹿原来到白孝文的办公室,见到面就说他愿意给黑娃担保。白孝文没有正面回答这个问题,只是说法律不比人情,该判就判,不该判的也不冤枉。

时间来到了黑娃被处决的这一天,处决地点选在了白鹿原。黑娃在被押到执行台上的时候,才知道一起被处决的还有岳维山和田福贤。黑娃向白孝文要求不和他们一起死,但在白孝文眼里,他们就是同一类人。白孝文认为只要是对自己不利的,或者曾让自己受过委屈的,都得死。

白嘉轩原本不爱凑这种热闹,但这次他去了,黑娃在台上看见白嘉轩,不自觉落下眼泪。白嘉轩不忍心看下去,转身就走。听见一声震耳欲聋的枪声后,白嘉轩眼前一黑栽倒在门槛上。白嘉轩这次足足养了一个多月。

鹿子霖看到黑娃被处决后,感慨了一句"姓鹿的始终干不过姓白的",接着就疯了。冷先生对鹿子霖的病也是无能为力。鹿子霖被捆在一棵树上,被灌了一碗又一碗的药。因为不能动,他就直接尿在裤子里。后来,他的妻子鹿贺氏再也不帮他换洗了,只是在饭点塞给他一碗饭或者一个馍馍,随后就把他推出家门。他身上的屎尿味令很多人都感到窒息。

白嘉轩病好后在村里遇见了鹿子霖,虽然知道他认不出自己,但还是想着跟他说两句话。白嘉轩年轻的时候从鹿子霖手里骗了一块风水宝地,如今儿子白孝文也许正是这块风水宝地孕育的结果。他对鹿子霖说:"这辈子的债,下辈子再还吧。"后来,鹿子霖疯得更厉害了,常常脱得一丝不挂地在村里跑。鹿贺氏得知后便把鹿子霖锁在柴火房里。这一锁,就锁了半年。在入冬后的第一次寒潮里,鹿子霖在后半夜咽了气。

掩卷遐思

———— 情节思考 ————

《白鹿原》回溯了关于渭河平原几十年的民情史、风俗史。白鹿原本是一

《白鹿原》

个传统的地方，因为时代的变迁，开始迭代，旧思想和新思想之间发生碰撞和对决，构成一个精彩纷呈的故事。

在看《白鹿原》时，我脑中总是能冒出一些话，"小说是民族的秘史"，"小说，小说，真话要小声地说"，"人往往就这样，一个人的时候是一种样子，好多人汇聚到一起又完全变成另一种样子"。

其实，世上有许多事，尽管看得清清楚楚，却不能说出口来，有的事看见了认准了，必须说出来；有的事至死也不能说。能把握什么事该说，什么事不能说的人才是真正的智者。能享福也能受罪，能人前也能人后，能站起也能圪蹴得下，才活得坦然，要不就只有碰死到墙上一条路可行了。

阅读《白鹿原》时，总会有几种不同的切入角度。一种是窥视角度，我们能够知道封建礼教对人的迫害。另外一种是代入角度，尝试与里面的角色发生共情，在白嘉轩、鹿子霖、朱先生等人中寻找一个代入的角度。这种代入有什么好处呢？答案是可以修正对以往的认识，打破很多所谓的"我以为"，让我们不再那么偏激。就拿白嘉轩来说，白嘉轩在白鹿原上是大家长：一方面，他坚持长幼有序，团结众人，一心想让村子在历史的洪流中走下去；但另一方面，白嘉轩推行的团结却是建立在自我约束，压抑人性欲望的基础上的。那你说白嘉轩是好还是坏呢？

我们说不清他是好是坏，因为白嘉轩身上的复杂性，恰恰是我们这个民族，或者说是人类社会的复杂性。名著之所以是名著，就是因为其能够提供多个不同的视角，让我们去看到不同的人生、不同的选择、不同的思考。当然，我们看似代入角色，实际上只是在不同的角色里寻找自己。

另外，《白鹿原》中塑造得最成功的角色应该就是田小娥了。从大户人家的二太太到嫁给黑娃，再到与白孝文勾搭上只为存活，这本是对自由和生存的追求，在我们今天看来再正常不过，但是放在当时，这种自由和生存是被妖魔化的，白鹿原上的人不理解这种自由和生存。他们为什么不理解呢？因为他们从未有过，大家都是如此，凭什么田小娥可以这么出格？！

最后，田小娥的命运以悲剧收场，骨灰被白嘉轩埋在了塔下。这座塔其实有另外一个名字，它叫时代。

———————置身事内———————

如果你是白灵，你会选择鹿兆鹏还是鹿兆海呢？

如果你是白嘉轩，你会同意白孝文回来认祖归宗吗？

作者其人

陈忠实出生于陕西省西安市灞桥区西蒋村。工作后，他曾任西安市灞桥区蒋村小学教师、毛西农业中学教师。

一九六五年，陈忠实开始创作，曾在《西安晚报》上发表多篇散文。几经磨炼，多年后他在《陕西文艺》上发表生平第一部短篇小说《接班以后》。

一九七九年，他凭借小说《信任》获一九七九年全国优秀短篇小说奖。一九八三年，他发表了第一部中篇小说《康家小院》，并获得了《小说界》首届优秀作品奖。

一九八五年至一九九一年，他完成了中篇小说《蓝袍先生》《四妹子》，短篇小说《地窖》《害羞》，短篇小说集《到老白杨树背后去》等作品。

陈忠实先生一直有一个心愿，就是写出一部去世后可以放在棺材里垫作枕头的书，历经多年终于完成了《白鹿原》。《白鹿原》于一九九三年出版，获得了陕西省作家协会的第二届"双五"文学奖最佳作品奖，并于一九九七年获得第四届茅盾文学奖。

二〇〇四年，他的散文《原下的日子》获《人民文学》优秀作品奖。

二〇〇七年，他的短篇小说《日子》获二〇〇七年首届蒲松龄小说奖。

二〇〇八年，他的短篇小说《李十三推磨》荣获《小说选刊》首届小说双年奖。同年，《白鹿原》上榜第九届深圳读书月"30年30本书"评选，榜单上的《白鹿原》是三十年入选作品中唯一一部写于改革开放后的内地长篇小说。

二〇〇九年，他的短篇小说《李十三推磨》获《小说月报》二〇〇九年第十三届百花奖。

二〇一六年四月，七十四岁的陈忠实因舌癌在西安去世。

结束语

陈忠实先生走遍各地，采访了很多的老前辈，也翻阅了无数的县志资料，以匠人之心，将所见所闻、所思所想、所期所盼都放在了这部小说中。可能对很多人来说，历史只是年代和事件名称的罗列，缺少一份具象化的体现。究竟什么是历史呢？或者说人们在追寻怎样的历史呢？陈忠实先生用这部小说告诉我们，所谓历史，就是每一代人的踏实日子、一桩桩往事和曾见过的那些真实的人。

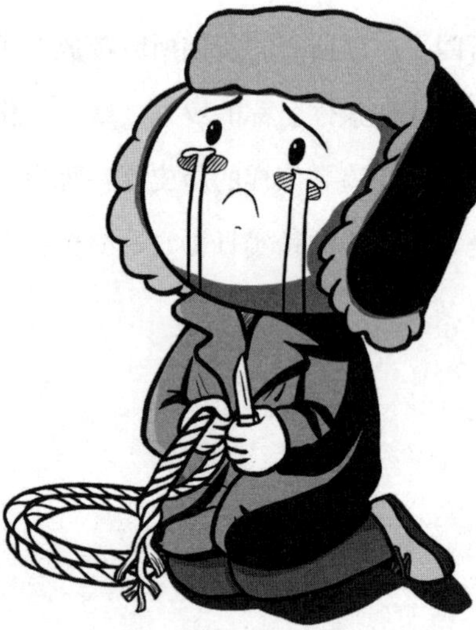

7

《三体》
——两个文明的碰撞，宇宙未来的探索

刘慈欣凭借着《三体》成为获得科幻界诺贝尔奖——雨果奖的第一个亚洲人，连霍金、奥巴马都成了这部小说的粉丝。这是一部兼具科幻与人性的经典大作，刘慈欣单枪匹马，把中国科幻文学的水平提升到了世界级水平。那么这部小说到底讲了一个什么故事呢？废话不多说，我直接开讲。

名著好看在哪里

听包子我娓娓道来，让你爱上读名著。

故事脉络

（一）倒计时

这个故事发生在现代，首先登场的是我们的"伪"男主——**汪淼**，一个研究纳米材料的科学家。其次登场的是**大史**——一个五大三粗、做事从不按套路出牌的警察，曾因办案手段过于激进被停了职。他是我在《三体》里最喜欢的角色之一，他的形象被塑造得十分饱满，在故事中贡献了许多"名场面"。

有一天，几个警察找到汪淼，想邀请汪淼参加一个作战会议。虽然当时会

大史与汪淼

议的内容不得而知，但汪淼答应了。一行人来到作战中心后，大史热情地接待了汪淼，并表示他现在和汪淼是同路人，在情报上，他和汪淼一样一无所知。这个会议很快就开始了。主持这个会议的将军名为**常伟思**（为了好记，我们就叫他**老常**）。老常点名告诫大史，让他开会的时候不要抽烟，这一点名倒是给了大史一个发言的机会，他说："不抽烟可以，但大家开会就必须做到信息对等，不然在这儿大眼瞪小眼，我们根本不知道你们在说些什么。"老常虽然觉得大史这个要求一点都不过分，但还是拒绝了他。老常还让大史识相点，特别是在现在这个战争时期。大史一听，心想："我的妈呀，为什么说现在是战争时期呢？"他转头问向汪淼，汪淼随便应付了几句，心中却很疑惑，外面风和日丽、国泰民安，怎么可能会有战争呢？他们两个接着听了下去。

在会议上，老常给汪淼布置了任务：请汪淼潜入一个叫"科学边界"的组织，充当卧底——原来是因为最近有很多科学家无故自杀，其中就有汪淼认识的**杨冬**。随后，老常吩咐一个叫**丁仪**（他是杨冬的男友，更准确来说应该是前男友）的人，把科学家杨冬的遗书交给汪淼。汪淼看起杨冬的遗书，整封遗书只有一处是他看不懂的——杨冬在遗书上写着：物理学从来就没有存在过。"什么叫物理学不存在？"汪淼很疑惑。

借着这个空隙，老常告诉会议上的各位，要想知道这些科学家的死因，必须先要调查"科学边界"。据了解，这些自杀的科学家大部分都跟这个组织有过联系，刚好汪淼也是正在与这个组织接触的一员。他们也想请汪淼说出最近与这个组织接触的一些情况。眼看事情到了这个地步，汪淼自述他和"科学边界"的接触是一个叫**申玉菲**的人——她是学者圈里有名的富一代——牵的线。申玉菲找到汪淼的目的就是想邀请他加入"科学边界"。

老常听完汪淼的描述当即就抛出请求，他们希望汪淼答应申玉菲的邀请，这样他们就能获得更多的信息。（谁说站在光里的才算英雄！）汪淼一听，立马拒绝了，说他这种学者不适合卧底。大史一听这话来了兴致，开始明嘲暗讽，说汪淼胆小怕事。三四句话下来，汪淼便招架不住了，转头就接受了老常的卧底任务。他这是中了大史的激将之法。刚好隔天是周末，汪淼起了大早来到城市拍照，摄影是汪淼为数不多的爱好。奇怪的事情也是在这一天发生的：拍完照，汪淼便拿着胶卷去暗室冲洗，冲洗完成后，他居然在胶片上看见了"倒计时"……

> 不吃软，不吃硬，反正就吃你这一套。

"倒计时"不单单出现在胶片里，后来直接出现在他的视网膜上，无论看什么都能看见"倒计时"。汪淼慌了，立刻前往医院检查，但医生检查后却只是让他多注意休息。在面临问题无解的时候，汪淼下意识地想到了申玉菲。这些怪事是不是跟"科学边界"有关系呢？汪淼立即给申玉菲打去了电话，希望得到她的帮助。

申玉菲住在一座高档的别墅里，一看就是个不差钱的主。汪淼到了之后，先是见到了申玉菲的丈夫**魏成**。经过魏成的引见，汪淼来到了申玉菲的房间，他看到申玉菲正在玩一款需要穿着"V装具"的游戏——《三体》。"V装具"在原著里的设定就像是我们现在的VR（虚拟现实）设备，由一个全视角显示头盔和一套感应服组成。它能让玩家在游戏中的体感逼真。

见汪淼来了，申玉菲停止了游戏。两个人聊了起来，汪淼描述他身上发生的这些怪事，包括奇怪的"倒计时"。申玉菲一脸淡定，只是简单地劝汪淼停下手中的纳米材料项目。汪淼有点摸不着头脑，这是八竿子都打不着的两件事……申玉菲并没有向汪淼解释其中的缘由，只是一个劲地重复着让他把项目停下来试试。绝望的汪淼没有得到他想要的答案，一气之下，连告辞都没有说一声，起身就走。

这时，另外一个男人到了，他就是**潘寒**。这个潘寒是个有头有脸的人物，他不仅言辞犀利，对未来趋势的分析也十分到位，他预言对了几次生物科技未来的趋势，拥有了一定的影响力。他和申玉菲一样，都是"科学边界"的成员。

汪淼回家后还是纠结他看到的"倒计时",可在医院的检查显示他并没有病。他只好带着"倒计时"回到了纳米中心开始上班。看来无论情况多凶险,"搬砖"(上班)依旧不能免(致敬打工人)!

汪淼的实验室目前正在研究一种名为飞刃的高强度纳米材料——只需要细细一根,就能割开许多坚韧的东西。这种材料会在后面的剧情中引爆一次高潮。

刚开工没多久的汪淼,好巧不巧地就收到了机器需要关闭维护的消息。听到这个消息,他想到了申玉菲对他说的"尝试停下"。于是,他顺势而为,命令全实验室停机,也让实验室的各位同事放个假。随着机器的停止,汪淼眼前的"倒计时"居然停止了。几秒之后,"倒计时"在汪淼眼前彻底消失了。在这几天里,唯有这个瞬间让汪淼得以喘口气。放松下来后,汪淼百思不得其解——难道"倒计时"真的跟纳米技术有关系?于是,汪淼再次拨通了申玉菲的电话,告知她"倒计时"已经消失。他本想继续追问真相,但申玉菲依旧遮遮掩掩。在这种情况下,汪淼更加确信这些"把戏"一定跟他们的组织有关。

汪淼让申玉菲赶紧收起这些把戏,并声称这些把戏对他来说实在是小儿科,如果想令人信服,他们应该拿出更大尺度的东西。申玉菲见状,让汪淼找到一个能观测宇宙背景辐射的地方,他在那儿会见到更大尺度的把戏。她再次向汪淼确认是否会让纳米材料研究继续启动,汪淼给出了肯定的回复,申玉菲也毫不隐瞒地说:"三天后,在凌晨一点到五点,整个宇宙将会为你而闪烁。"收到了这个信息,汪淼非常激动,即便当时已是凌晨,他仍然拨通了丁仪的电话,向丁仪询问在何处能观测宇宙辐射。丁仪表示杨冬的母亲能够帮汪淼解决这个问题,因为她年轻的时候就是干这个的。

挂断电话后,汪淼并没有立即去找杨冬的母亲,而是准备研究一下申玉菲的把戏,因为在他的认知里,申玉菲这号人物是绝对不会把宝贵的时间浪费在一款普通的游戏中的,这款游戏中必有乾坤。他输入网址,准备登录游戏,这个游戏界面告知汪淼,想要进入游戏需要连接"V装具",汪淼只好前往娱乐室找了一套,随后开启他的"网瘾之路"。

(二)《三体》游戏

进入游戏后,汪淼发现他身处一片荒原。汪淼开始在"新手村"里面游荡,很快就见到了两位NPC(指游戏中的非玩家控制角色)——周文王和他的随从,他们告诉汪淼"这是战国时代"。因为在这个游戏的设定中,时空背景是完全错乱的,所以不同时代的人会出现在同一个场景里。

汪淼看到周文王背包里藏着一款沙漏——用来分辨游戏里的时间,他瞬间觉得这两个NPC未免有点低智,"想知道时间的话,抬头看看太阳不就行了吗"。

听到汪淼的这个说法,周文王和他的随从面面相觑,到底是谁低智,难道汪淼不知道在三体世界中太阳是随机出现,没有规律的吗?想要靠太阳判断出时间,简直是痴人说梦,他们只好向汪淼介绍起这个世界。

在游戏世界的设定里,存在着三个太阳。这三个太阳在引力的作用下会各自运动,当天空只有一个太阳且运动速度正常时,游戏世界里就是气温宜人,昼夜与四季的更替都正常的。这段时间就被称为恒纪元——三体人(游戏世界中的所有角色)能正常过日子,发展文明。

与恒纪元相反的是乱纪元,即三个太阳开始各玩各的,随意乱窜。气候变

| 汪淼登录《三体》游戏 |

| 周文王、随从和汪淼 |

化与四季的更替也是令人捉摸不透的,一会儿严寒一会儿高温,各种极端天气都是有可能出现的。随着三个太阳各自运动,游戏世界还会迎来各种大灾难,例如三日凌空和三日连珠,就是三个太阳同时"在线"和三个太阳距离很近或位置能连成一条直线的情况。在这种情况下,游戏世界整体的温度会瞬间飙升,瞬间所有生命都会被燃烧殆尽,文明也将毁于一旦。

由于游戏世界复杂的环境情况,三体人便有了一个脱水的技能设定——他们可以自主地将身体内的水分全部排出体外,变成一张人皮卷。这样的人皮卷方便被携带和储存,可以帮助三体人更好地躲过乱纪元时期。

这个游戏的主旨就在于让玩家自主思考,发现恒纪元和乱纪元之间的变化规律,从而维系文明的生存。汪淼遇到周文王的地点,正是在周文王赶往朝歌的路上,他即将为纣王献上一份精准的万年历。汪淼跟随着他的脚步,走到了朝歌,见到了纣王。当时,纣王把目光投向周文王,问他下一个恒纪元到底是什么时候。周文王便开始占卜,他算出近期的恒纪元可能是上下浮动的,并不稳定，但只要他们熬过去，就会迎来一个长久的恒纪元。

游戏时间突然加快，来到对应时间后，一切竟然都在周文王的预料内，恒纪元真的来了。

纣王大喜过望，立即为周文王立碑行赏并下令立马浸泡复活仓库里的人皮卷。

一个伟大的王朝即将全面复兴！复活后的人们在夜里大肆庆祝，畅谈未来。不过，第八天太阳并没有按时出现，严寒的黑暗充斥四周。不久后，有士兵带来了噩耗，说天上出现了三颗飞星。

三颗飞星就是说三个太阳都远离了目前这颗行星，同时在这个过程中保持移动。这意味着他们所在的这颗行星会陷入漫长的极寒。纣王下令让手下们脱水，架起了火炉，他在取暖的同时也打算把周文王放进青铜大鼎里煮了，以示惩戒。

> 一锅两用，属于是杀鸡儆猴了。

大约二十天后，整个游戏世界已然是雪白一片。这时，有字幕出现在了汪淼的眼前：

"这一夜持续了四十八年，第137号文明在严寒中毁灭了，该文明进化至战国层次。

"文明的种子仍在，它将重新启动，再次开始在三体世界中命运莫测的进化，欢迎您再次登录。"

退出游戏后，汪淼一头雾水，心想："这是什么游戏？"眼看到天也差不多快亮了，汪淼便离开了单位，开车往杨冬的母亲家去了。路上，汪淼也一直在思考这个游戏。

汪淼来到了目的地，见到了杨冬的母亲，也就是书中的大女主——**叶文洁**。

见到汪淼，叶文洁没有一丝意外，她请汪淼去她家里坐坐。进入屋内，叶

| 叶文洁 |

文洁大大方方地向汪淼指了指杨冬房间的方向。汪淼一边转悠，一边问叶文洁："您知道什么地方可以观测到宇宙背景辐射吗？"抱着随便问问的心态，汪淼没想到叶文洁还真有门路，她立即帮汪淼联系到了她的一名学生——**沙瑞山**。叶文洁给了汪淼地址，说这个人可以帮得上汪淼。

汪淼根据叶文洁给的地址找到了沙瑞山，汪淼向他说明此次前来是想要观察到振幅在百分之五左右的宇宙背景辐射的波动。沙瑞山一听就笑了，眼前这个人是不是在开玩笑啊？沙瑞山说这种情况是不可能发生的，发现宇宙背景辐射百分之五的波动就仿佛是宇宙像一个坏掉的灯管一样，不停地闪烁，这可是千万年来都难遇的景象。

沙瑞山的震惊，反而让汪淼觉得这事有谱，因为纵观最近的生活，好像也没几件正常的事情，"让宇宙为他蹦迪"也就没那么让人难以接受了。

就差给他开瓶香槟了……

虽然沙瑞山不理解，但在汪淼的坚持下，他还是帮汪淼架好了机器，卖给汪淼这个面子。因为机器采集数据需要一定的时间，他们就趁着这个等待时间，一起聊天，聊天之余，沙瑞山也谈到了叶文洁。

（三）红岸往事

故事从这儿进入到讲述叶文洁往事的阶段。

时间回到一九六七年，当时中国正处于"文化大革命"时期，有无数人被批斗，其中包括叶文洁的父亲**叶哲泰**。作为科学家，叶哲泰被学生当作反动学术权威批斗，还被为了自保的妻子揭发。俗话说，夫妻本是同林鸟，大难临头踹一脚，指的就是这种。

尽管如此，叶哲泰还是坚持对真理的追求，最后几个红卫兵直接把叶哲泰打死了。闹出人命后，现场的人们开始离去，只剩下叶哲泰的女儿叶文洁站在原地，目睹了一切的叶文洁注定要用她的一生来治愈这个瞬间。

两年后，叶文洁来到大兴安岭的生产建设兵团，这个兵团的日常工作就是砍伐树木。一个叫**白沐霖**的男人引起了她的注意。白沐霖对叶文洁说，以前这儿的环境好得不行，不像现在这样，不知道这个兵团是搞生产的还是搞破坏的。这话一出，倒是让叶文洁觉得这个人有点意思，居然敢说大实话。随后，白沐霖拿出了《寂静的春天》这本书，他打算借给叶文洁看看，说是看了这本书之后会很有启发。这本书讲的是滥用杀虫剂对环境造成的危害，通过这种内容来隐喻人类社会的发展。这摆在当时妥妥的是资本主义的产物。

叶文洁一边看这本书一边听着白沐霖说的理想主义，他声称要给中央写一封信反映这个行为。读完书后，叶文洁对人类社会逐渐失望，她开始明白人类想要真正的道德自觉是根本不可能的，如果真想做到这一点，那么只有借助人类之外的力量。

四天后，叶文洁去还书，白沐霖拿出信给叶文洁看，叶文洁看完连忙称赞他写得不错。白沐霖正准备手抄一份正式版，然后寄到中央去。但这两天干的活太重了，他的手写不了字。叶文洁见状便说替他抄写一遍。

三周后的一个中午，叶文洁被紧急召回连部，领导开门见山地问叶文洁，那封反动信件是否出自她的手。叶文洁连忙否认，解释那封信是她替白沐霖抄写的。听到这儿，领导也不再隐瞒，表示白沐霖说他是受叶文洁之托寄信的，不知道信的内容。叶文洁听完眼前一黑，没想到，这个浓眉大眼的"暖男"会为了自保污蔑她。

《三体》

> 这叛变速度快得连包子我都没反应过来。

叶文洁因此事被押到一间极其寒冷的监室中。没过多久,一位叫**程丽华**的女干部来开导叶文洁,顺带让她签署一份出卖她父亲的文件,叶文洁坚持不认同文件的内容。一来二去,程丽华没了耐心,干脆"摆烂",破口大骂叶文洁,临走前还端了一盆冷水泼向叶文洁。原本这个行为是"物理攻击",但是经过寒冷天气的加成,活生生地变成了"魔法攻击",即使是故事中的大女主也顶不住了,叶文洁就这样晕了过去。

后来,昏迷的叶文洁被**雷志成**和**杨卫宁**所救,杨卫宁是叶哲泰当年的学生。雷志成和杨卫宁两个人把叶文洁带到雷达峰上的研究基地——一个专门用来发现外星生命、与外星文明沟通的地方,这个研究项目属于国家级保密

| 叶文洁来到红岸基地 |

名著好看在哪里

项目。

杨卫宁向叶文洁介绍了基地的情况，告知叶文洁因为研究的东西过于机密，她这次一进去，很有可能就出不来了。她如果现在反悔的话，顶多就是蹲几年牢。不过，叶文洁想都没想，她直接选了前者，她已经对这个世界彻底绝望了。

（四）《三体》游戏进阶

我们将故事画面拉回到现在。汪淼从沙瑞山口中得知了这些事情后，对叶文洁更加敬佩了。一个人经历过人世间的黑暗，现在还能如此祥和，实在是可贵的。眼看时间差不多了，他们一起回到实验室看数据，结果沙瑞山傻眼了——整个宇宙的确是在不停地闪烁。但是沙瑞山下意识地认为，这是仪器出现故障了。他秉着严谨的科学态度，查看了另外几台仪器，结果是惊人的一致，此时的宇宙就是在"蹦迪"。

熟悉的"倒计时"就在宇宙尺度上继续倒数。沙瑞山急迫地想让汪淼告诉他事情的真相。汪淼心想："我如果知道真相，那我大老远跑过来找你干什么？"两个人说了几句后，汪淼就从沙瑞山那儿离开了。

这几天经历的事情让汪淼身心俱疲，他的状态就好像是一根紧绷的弹簧到达拉伸极限后断裂了，他捂着脸哭了起来……不过，这也很正常，我们要是遇见这种事的话，那真是"你

| 汪淼看到宇宙闪烁 |

踩你也麻"了。

没过多久,温暖的小天使大史再次上线。大史把崩溃的汪淼带进了一家小饭馆,两个人第一次走心地聊起来。

大史告诉汪淼他总结出的一个普世的真理——邪乎到家必有鬼。这句话是什么意思呢?也就是说当现象不可理解的时候,八成是有人在后面捣鬼。他还建议汪淼无视眼前的"倒计时",该吃吃该喝喝,"不然下一个疯的就是你"。

大史还说,做他们这行的,其实就是把许多看上去不相关的事情串起来看。他发现有些人想把科学研究彻底搞垮。把这个作为终局来看的话,想要搞垮科学,就必然得从这些科学家下手,让他们死的死、疯的疯。这背后必定有一个组织,因为仅靠一人之力推倒人类科学是不可能的。那个组织惧怕的一定是科学家。所以,想要对抗这个组织,科学家就要继续去上班,继续把科学研究下去。工作累了可以去《三体》游戏里"摸鱼",如果能通关最好,里面多少会有些线索。

经过"一波"分析,汪淼大彻大悟,大史在他心中的地位瞬间从一个"小透明"提升到人生导师的高度。

回到家后,汪淼带着大史对他的鼓励和新买的"V装具",再次登录《三体》游戏。

进入游戏世界后,汪淼从环境中判断出游戏世界又经过了几次文明的轮回。汪淼这次最先遇见的是墨子,墨子告诉汪淼他对这个世界的理解:宇宙是一个悬浮于火海中的大空心球,球上有许多小洞和一个大洞,小洞是星星,大洞是太阳……因为宇宙之外火海的变化导致了太阳大小和光度的变化,所以这个世界看上去毫无规律。

如今,墨子已经造成一台机器,并用它来模拟火海的变化,墨子通过好几百年的观察,终于得出了规律。墨子向汪淼展示他总结出的结果。

墨子将游戏时间的流逝速度稍微调快了。果不其然,第一个恒纪元就在墨子的预测下顺利出现，三体人纷纷被浸泡、复活，游戏世界中的气氛瞬间被拉到了"嗨点"。十几天后，一声"赶紧脱水"打破了当时欢快的氛围。天空上出现一个巨大的太阳，大地上的生物开始燃烧，就像歌里唱的那样——"你就像那一把火，熊熊火焰燃烧了我"。很快世界又陷入一片黑暗。字幕出现了："第141号文明在烈焰中毁灭了，该文明进化至东汉层次。文明的种子仍在，她将重新启动，再次开始在三体世界中命运莫测的进化，欢迎您再次登录。"

退出游戏后的汪淼比上一次玩游戏时淡定得多，他开始觉得《三体》肯定不只是个游戏这么简单。汪淼决定再一次去拜访叶文洁。

两个人见面后，汪淼聊起了红岸。以当时的社会背景、科技水平来看，探索外星文明只是一个有些边缘化的基础研究，怎么会具有如此高的保密级别呢？叶文洁只是说当时人们的思想观念很超前，人类的探索欲就是会不断往前的，虽然红岸是花了很大的力气去做的事，但终究雷声大、雨点小，在岁月的流逝中成了历史。

回到家后，汪淼带着"使命"再次进入游戏，他这次注册了一个新的ID（账号）——哥白尼，游戏系统随着他ID的变化，把他匹配到欧洲中世纪副本。

汪淼在游戏中见到了一座金字塔。这一次，他遇见了亚里士多德、伽利略等一些知名度很高的NPC。汪淼借着这个机会告诉伽利略，墨子在上一轮文明中对宇宙的猜想。但是，伽利略听完后否定了墨子的猜想。随后，众人邀请汪淼说一说他对这个世界的猜想。汪淼表示这个世界之所以没有规律，是因为三个太阳在相互引力的作用下，做着无法预测的三体运动。当行星围绕其中一个太阳做稳定运动时，就是恒纪元。当另外一个或两个太阳运行到一定距离内时，它们的引力会把行星从那个太阳的身边夺走，行星在三个太阳的引力范围内游移不定，就是乱纪元。当近处只呈现出一个太阳时，另外两个太阳就是飞星。如果三个太阳都出现在远方时，这个世界就会出现严寒的情况。如果三个太阳同时出现在近处或连成一条线排开时，就会出现顶级的灾难——三日凌空。

伽利略问汪淼是否见过三个太阳，为什么在其他文明留下的记载中没有提到三个太阳呢？汪淼立即撑了回去："看到它们的人不可能将信息流传下来，因为当他们看到这伟大的景象时，最多只能再活几秒钟，不可能逃脱并幸存下来。"这个答案一出，全场都安静了，各个大人物都陷入了沉思，然后做出了一个伟大的决定——把汪淼给烧死。无辜的汪淼被架在十字架上，这时的汪淼只能"无能狂怒"，嘲讽他们是白痴，他换个电脑、ID还能继续登录游戏。这时一旁的达·芬奇说，这个游戏换什么ID都没用，游戏系统已经记录了人们的视网膜特征，人们是回不来的。

汪淼一听他可能进不去游戏了，瞬间紧张起来。他恳求众人不要放火，但亚里士多德还是无情地把打火机扔了下去。就在这个瞬间，一束红色的强光从门洞射入，就是汪淼说的三日凌空，这个世界再次陷入一片火海之中。

| 三日凌空 |

字幕随即出现："183号文明在'三日凌空'中毁灭了，该文明进化至中世纪层次。漫长的时间后，生命和文明将重新启动，再次开始在三体世界中命运莫测的进化。但在这次文明中，哥白尼成功地揭示了宇宙的基本结构，三体文明将产生第一次飞跃，游戏进入第二级。欢迎您登录第二级《三体》。"

退出游戏的汪淼接到了大史的电话，大史让他到重案组去一趟。原来是申玉菲的丈夫魏成有话要说。魏成是三体问题的资深研究者，但这几天他不断接到威胁电话，有人在电话里警告他，如果他停止研究三体问题就得死，更吓人的是他看到他的妻子在半夜拿枪顶着他，要他继续研究三体问题，魏成陷入了恐惧中。

听完魏成的描述，大史用自身丰富的经验，给申玉菲扣上非法持枪的罪名，勉强作为搜查他们家的理由。众人立即赶往申玉菲家中，结果大家发现申玉菲躺在血泊中。这时外面传来了汽车发动的声音，这引起了大史的注意，不过等他下楼查看时，汽车已经开走了。

事到如今，申玉菲死了，犯罪嫌疑人跑了，想要破案的话，就只剩下魏成这条线索。大史他们从魏成口中得到了一些信息：昨天下午，潘寒来过魏成家里，他和申玉菲进行了激烈的争吵，内容有关"降临派""拯救派""统帅"……眼看事情没能那么快解决，大史便让汪淼先回家，汪淼还特地找魏成要了三体问题的研究资料，魏成非常爽快地把资料全塞给他，还说汪淼是个好人。

> 咱们汪教授在为人这方面确实没什么毛病。

要不说汪淼心大呢，这玩意谁接谁"够呛"啊！汪淼回家后就带着这份三体问题的研究资料进入第二级的三体世界。

（五）秦始皇的国度

这一次的游戏场景是有史以来《三体》游戏中场景最为壮观的——由秦始

皇统治的东方国度。

进入游戏后，汪淼便看到两个男人在击剑，这两个人是牛顿和莱布尼茨，他们在辩驳谁才是微积分的发明者。他们发现，如果把微积分用好，掌握三个太阳运行规律就指日可待。不过一旁的冯·诺伊曼否定了这个说法，这个方法的计算量过于庞大，就算全世界的数学家天天"996"也算不完。汪淼在一旁心想，终于有个正常人了。

> 之前遇到的都是些什么玩意？

所以为了解决上面的bug（程序错误），他们才来到东方，打算借着东方的人群基数，全民参与，这样他们就能通过教给人们一些简单的指令，让几个人之间形成一个运算小队。只要人数足够多，就能形成一个运算系统，大约三千万人组合起来就能算出宇宙规律。纵观天下，能拥有、指挥这么多人的只有秦始皇。汪淼一听很诧异，这种运算系统不就是电脑吗？于是兴奋地陪同他们前去，几个人见到秦始皇后，冯·诺伊曼首先向秦始皇分析和介绍他们将如何运算这个世界的规律：他先向秦始皇借了三个人，将这三人组成一个小组，用举黑白旗的动作来完成标记。这三个人组成的小组简称为门部件，门部件能够完成一些简单的计算，如果有一千万个门部件，就能完成更复杂的运算，可以说这就是一台人形初代计算机，用这台计算机能够分析出宇宙规律。一番演示后，秦始皇同意借出三千万人。经过三个月的训练，"运算"正式开始，这台人形初代计算机，一共计算了一年两个月。根据得到的数据，冯·诺伊曼已经能精确描述出接下来两年里太阳的运行规律，并声称接下来的恒纪元会有一年之久。

看到这儿的朋友们，应该能猜到，这种"flag"（目标）一确立，通常不会有什么好结果。果不其然，所有人都在庆祝时，天上的三个太阳连成了一条直线，俗称"三日连珠"。这种现象改变了地心引力，所有物品和人都向上

| 秦始皇指挥方阵 |

悬浮，最后连声音也消失了，人物说出的话变成了字幕，汪淼看到，飘浮着的冯·诺伊曼张嘴向老秦解释，而老秦则是想挥动长剑砍死他。最后，184号文明在"三日连珠"的引力叠加中毁灭了，该文明进化到了科学革命和工业革命阶段。

回到现实世界的汪淼接到了电话，电话中对方称其是《三体》的游戏管理员，汪淼在游戏中的等级已经符合了参加《三体》的"面基"（线下见面）大会的资格，随后给了汪淼一个地址。

汪淼根据地址来到了一个地处僻静的小咖啡厅，没想到现场加上他，一共才七个人，而这次聚会的组织者居然是杀害申玉菲的头号嫌疑人潘寒。汪淼一见到他，立马掏出手机告知大史这儿的地址。

众人开始介绍是如何与《三体》这款游戏结缘的，而且一边介绍一边吐槽人类世界的肮脏和邪恶——这些话正是潘寒想听到的。轮到汪淼发言时，他向潘寒问出了全场都想问的问题，三体世界是否真实存在。潘寒并没有隐瞒，他告诉众人三体世界确实存在，不过真实的三体世界和游戏中的区别很大，但那三个太阳是存在的，这是三体世界的自然基础，这个游戏的目的也很单纯，就是为了聚集起志同道合的人。潘寒随后补充道："如果三体文明要进入人类世界，你们是什么态度？"众人一听立即就兴奋起来，有几个人大声表示赞同，汪淼为了不暴露，只能被迫表示同意。潘寒向汪淼和剩下的五个人伸出手来，最后庄严地说："我们，是同志了。"

（六）《三体》游戏最终场景

聚会结束后，汪淼回到家，第五次进入《三体》游戏。

进入游戏后，汪淼发现游戏中的世界已经面目全非，金字塔已经在"三日连珠"中毁灭了，这时，汪淼听见一阵小提琴声，循声而去，见到了一位流浪的老人坐在台阶上卖艺乞讨。就在两个人打招呼之际，游戏世界突然"日出"，汪淼发现升起的其实不是太阳而是一个巨型月亮。老人向汪淼做了自我介绍，原来他是爱因斯坦。汪淼便与爱因斯坦聊起了天，落魄的爱因斯坦开始向汪淼倾诉命运对他是何等的不公、生活是何等的不易，他倾诉完又开始拉起了琴。汪淼伴随琴声向后面走去，看到一群身穿西服的人好像是在开会，其中有人发现了汪淼。因为跨越了五个文明，汪淼已经变成了三体文明发展进程中的里程碑。

在这一次文明中，人们已经掌握了核能，到达了信息时代。经过众多科学家的不懈努力，最终证明三体问题无解，魏成提供的三体资料，也在实验中得到了验证——行不通。现在，三体人唯一的出路就是与宇宙赌一把，飞出三体星系，在银河系中寻找可以移民的新世界。他们的话音刚落，三体世界再次迎来一场大灾难，字幕便出现在汪淼的眼前："四百五十一年后，192号文明在双日凌空的烈焰中毁灭，它进化到原子和信息时代。192号文明是三体文明的里程碑，它最终证明了三体问题的不可解……确定了今后文明全新的走向……新的目标是：飞向宇宙，寻找新的家园。欢迎再次登录。"

| 三体领导人演讲 |

汪淼休息了半个小时,再次进入了《三体》游戏。登录游戏后,汪淼看到了一条意想不到的信息:"情况紧急,《三体》服务器即将关闭,剩余时间自由登录,《三体》将直接转换至最后场景。"

游戏的大结局来了。汪淼出现在挤满了人的大地上,他粗略估算一下至少也得有几亿人,看得出来三体世界要有大行动了。这时汪淼旁边的一个男人告诉他,现在三体的星际航队马上就要起航远征了,目的地是四光年外的一颗带有行星的恒星。随着巨大的欢呼声从人海中爆发,三体舰队正式起航。

伴随舰队的加速,飞船越过了巨月的顶端,最后消失在三体世界上空。

飞船走后众人的欢呼声也停了下来,他们很清楚他们这一生是看不到结局的,但是四五百年后,他们的子孙,将会获得来自新世界的消息,那时便是三体文明的新生。汪淼默默地见证了这一切。字幕又出现了:"三体文明对新世界的远征开始了……游戏结束了,当您回到现实时,如果忠于自己曾做出的承诺……参加地球三体组织的聚会。"

(七)红岸往事的高潮

退出游戏的汪淼立马开车前往聚会地点。到了现场后,汪淼发现这一次聚会的人数众多,而且都是来自社会各个阶层的精英。他又发现了潘寒,此时的潘寒正在因为杀害申玉菲一事,受到其他成员的指责。就在众人吵成一锅粥时，一声"统帅来了"打破了这个争吵的氛围。汪淼抬头望去，他没想到地球三体叛军的最高统帅居然是他敬仰的前辈叶文洁。

叶文洁举起她消瘦的拳头，坚定地喊道："消灭人类暴政！"其他人立刻接话："世界属于三体！"喊完口号，叶文洁又变回那副温柔的样子。她说潘寒严重违反了组织的纪律，但潘寒则认为他这么做是为了组织。况且，除掉那个数学天才是**伊文斯**的指令。这个伊文斯是三体叛军的领头人之一，我们先按下不表。

两三分钟后，一个妙龄少女向着潘寒走去，十分利落地把潘寒的头颅旋转了一百八十度，会场再次安静了下来，潘寒"杀青"了。惩罚结束后，叶文洁注意到汪淼，她亲切地同汪淼打了声招呼，也向众人介绍起汪淼，说汪淼研究的纳米材料技术是"主"首先要在地球上扑灭的技术。叶文洁所说的"主"，指的就是三体人。

一顿寒暄后，叶文洁向汪淼等人继续讲起了红岸的下半集故事，这个故事的高潮来了。

自从进入了红岸，叶文洁每天沉浸于工作中。渐渐地，她也开始承担一些更为重要的工作。在一次偶然的机会下，叶文洁发现太阳居然是一个电波放大器。人类可以将太阳作为超级天线，通过它向宇宙发射电波，它的功率比地球上任何发射功率都要大上亿倍。得知这个秘密后，叶文洁立马向上级申请操作权限。但她的上级领导雷志成很快就泼给她一盆冷水，这个操作包含着复杂的政治含义。叶文洁虽然被拒绝，但她没有放弃。

一九七一年秋天的一个下午，叶文洁私自向太阳发射了信号。在发射完成后，叶文洁找杨卫宁一起等待回复，等了约二十分钟，什么都没有收到。这时的叶文洁并不知道，她这个操作已经让地球向太空发出了一声能够被听到的啼鸣。

时间来到八年之后，这期间是叶文洁人生中最平静的时光。她已经和杨卫宁组成了家庭。

一天，叶文洁依照惯例查看了接收信息的波形显示器。她收到了一条来自外太空的讯息，它是三条重复的警告："不要回答！不要回答！不要回答！"这让叶文洁蒙了，很快主机译解出第二段信息，信息中表示地球人一旦回答，那儿的人就会锁定发送信息的位置，地球将会遭到入侵。看完这些信息，叶文洁已经无法冷静。但她还是以最快的速度平复了心情，开始思考：从上一次向太阳发射信号至今不到九年，那么这些信息的发射源距离地球也只有四光年左右。原来宇宙并不荒凉，还充满了生机。

彻底冷静下来后，叶文洁赶紧把这些信息转移到一个加密的文档中，同时用一些不重要的噪声文件来代替今晚这段重磅消息。完成这一系列动作后，叶文洁趁着其他科研人员休息的间隙，熟练地启动了发射系统。叶文洁毫不犹豫地按下了发射键。飞向太阳的信息是："到这儿来吧，我将帮助你们获得这个世界，我的文明已无力解决自己的问题，需要你们的力量来介入。"走出发射室没多久，叶文洁就晕了过去。醒来后，她发现自己躺在医务室中，她这才知道她已经怀孕了。

我们将故事画面拉回来。叶文洁在众人的面前讲述了这段历史后，现场的人无一例外都被深深吸引了。汪淼也被告知他为什么会被牵扯进来——纳米材料技术可以帮助人类大规模地进入太空，这样就可以在太空建立大规模的防御体系，所以三体人必须先扑灭这个技

| 叶文洁按下发射按钮 |

术，这也是为什么汪淼会看到"倒计时"。

（八）三体叛军

叶文洁的话音刚落，场地大门突然被大史他们开车撞开了，一群军人很快就包围了现场。这时刚刚扭断潘寒脖子的妙龄少女再次从人群中走了出来。她双手托起一颗金属球，声称这是一枚小型的原子弹，让她不引爆的要求也很简单，那就是放叶文洁走。

确认属实后，大史得知只要开枪射击那个球的外围将炸药打散，就不会发生核爆炸。但前提是让那个妙龄少女放下戒备，大史见状从衣袋里掏出一个信封，声称女孩的母亲已经找到了。听到"母亲"这两个字，少女的眼睛黯淡了。大史趁这机会靠近那个少女，闪电般地抽出手枪瞄准射击……那个少女手中的核弹就被击爆了，一声巨响后，少女"领了盒饭"。在这场爆炸中，除了

| 大史击中少女手中的原子弹 |

那个少女，没有造成其他人的伤亡，只是大史受到了严重的放射性沾染，很快被安排上了救护车。

现场被平息后，包括叶文洁在内的二三百人全部被捕。汪淼好奇大史是怎么找到那个少女的母亲的。大史说这样的女孩多半是没有见过母亲的，他干这行二十多年就学会了看人。汪淼也肯定了大史说的是真理，"真的是有人捣鬼"。不过，连大史也没有想到，这个"人"居然是外星人。

被逮捕的叶文洁很快就被押到了审讯室接受审讯，在审问中，叶文洁将她背负的两条人命给说了出来，这也是叶文洁的红岸故事的尾声。

当年叶文洁收到外星文明的回信时，雷志成也收到了风声，叶文洁怕事情败露，决定除掉雷志成。叶文洁通过一顿操作让设备出现了故障，引雷志成到悬崖下检修，就在她快要动手之际，杨卫宁来了。一听到雷志成下去检查，杨卫宁要下去帮忙，叶文洁坚持让杨卫宁多系一条安全绳索，让杨卫宁等她拿来安全绳再下去。但等到叶文洁再次回来的时候，杨卫宁已经下去了。看到丈夫也在悬崖下，叶文洁当时做了一会儿心理斗争，但眼看雷志成已经检查完毕，她认为她以后绝对不会有这样的机会了，稍加思考后，还是锯断了绳索，杨卫宁和雷志成双双毙命。

在杨、雷两个人遇难之后，上级按普通的工作事故处理了这件事情，谁都没有怀疑叶文洁。叶文洁的生活又恢复到以往的平静，直到女儿杨冬的出世。

杨冬两岁时，叶文洁得以平反，回到母校任教。离开基地的叶文洁再没有收到来自三体的任何消息。回到大学半年后，叶文洁因为一次任务去了偏远地区出差，结识了伊文斯，一个非常喜欢种树和养鸟的富二代老外，他渴望着有什么办法能拯救地球。听完这些，叶文洁肯定，这个年轻人和她的想法是一样的，于是就把红岸的经历与发现一股脑全部告诉了他。伊文斯听完大为震撼，虽然一时他还不敢相信，但是他有这个能力去求证，而两个人的交流在此刻终于同频。伊文斯向叶文洁伸出手去，说出那句经典的台词："我们是同

| 叶文洁割断绳子 |

志了。"

六年过去了,叶文洁过着平凡的生活,伊文斯也销声匿迹,直到一次出差,途中叶文洁受邀请来到一艘名为审判日号的巨轮上。她再一次见到了伊文斯。现在的伊文斯不仅证实了三体文明的存在,还和他们取得了联络。三体文明将会在四百五十年后到达地球。而他的理想就是请三体文明改造人类文明,让地球再一次成为一个和谐繁荣、没有罪恶的世界。介绍完毕后,伊文斯宣布,叶文洁就是地球上的三体叛军的最高统帅。

之后,地球上的三体叛军开始快速扩张,其成员大多来自高级知识阶层。随着人数越来越多,组织的内部也开始细分为三大派别。一是降临派,这是三体叛军最原本的一个派系,这个派系的人对人类的本性已经彻底绝望,甚至他们对外来文明也没有抱多大的希望,背叛只是源于对人类的仇恨。二是拯救派,本质上是一个宗教团体,最终理想是拯救"主",世界因为拯救"主"而避免被侵略,是个两全其美的结局。三是幸存派,当得知入侵已成事实时,人们希望四百五十年后的子孙能够幸存下来，所以现在就为三体侵略者服务。

> 这难道就是传说中的延迟满足，长期主义？

（九）古筝计划

我们将画面重新拉回到审讯室中。

经过审问，审讯员从叶文洁口中得知三体侵略者已经向人类发送了两个质子，而这两个质子，已经在两年前到达了地球。听到这儿，审讯员也是一脸蒙，因为这两个质子在宏观的世界中相当于什么都没有。毕竟一个细菌，也包含着十几亿个质子，所以这两个质子有什么意义呢？叶文洁告诉审讯员，这两个质子是一把锁，是用来锁死人类科学的。只要两个质子存在，人类科学将不

三体叛军的三大派系

幸存派　拯救派　降临派

可能有任何重大的进展，在三体文明面前，人类文明就像虫子一般。叶文洁说完，审讯也就结束了，汪淼和丁仪从头听到了尾，丁仪叫上汪淼去喝上一杯，然后睡个好觉。

大史的伤势已经好转。他和汪淼一起来参加一个全球作战会议，这是人类历史上第一次面对共同的敌人。作战目标非常明确，就是要夺取审判日号上被截留的三体信息，这些信息对人类文明的存亡具有重要的意义。审判日号将会在四天后通过巴拿马运河，这是最好的机会，也是最后一次机会，人类文明是死是活就靠这"一波"了。这次召集大家前来，就是为了在十个小时内制定且选择一个到三个作战方案，这个方案必须要一边攻击，一边避免敌人删除船上的三体信息，时间紧，任务重。

大史在会议上提出，像这种特别时刻需要剑走偏锋，得用邪招。随后，大史拿起一支笔在纸上画上两条曲线代表河流，拿了一个烟灰缸放在两条线的中间代表审判日号。再拿起两根雪茄立在运河的两边。大史表示他们可以在运河两岸立上两根柱子，在柱子之间缠上一些细丝。这些细丝就是汪淼他们研究的高强度纳米材料——飞刃。船从柱子中间驶过，这场战争在开始的时候就会结束。这时，旁边的专家也补充道，由于细丝极其锋利，就算三体资料遭到了切割，在这种状态下，绝大部分的信息都可以恢复。

就当所有人在商量这个方案要在什么时候实施时，大史补了一句"得想法让那船白天过运河"，因为一旦到了晚上，人们都会因为睡觉而躺下，这样留白的空间就太大了，飞刃不一定能够全部切到。

> 虽然说大史没啥文化，但人家过日子厉害啊，心思全在细节上。

这个方案一出，大史在会议中的地位拔地而起。由于这次行动将会使用大量的纳米细丝，细丝和柱子的搭配一立起来就像一架古筝，所以这个行动也被命名为古筝行动。四天后，汪淼等人一起来到作战的地点。汪淼一边和上校聊天，一边看着作战部队按计划部署的进展。审判日号离得越来越近，上校对汪淼说的话也越来越多，上校似乎想通过这种方式来消除汪淼心中的那股紧张。

"目标距琴三公里……两公里……一公里。"

当审判日号开始通过飞刃时，周围的空气仿佛都凝固了，甲板上的人前几秒还好好的。几秒后身体就被分成了几截，随后倒下。最后整艘巨轮开始散成四十多片薄片。薄片也很快就变了形，形成一堆复杂的形状，审判日号上的人也无一幸免。

（十）三体监听员

三天后，审问者再次审问叶文洁，叶文洁也从审问者口中得知了审判日号的消息：人们已在审判日号的电脑中找到了三体资料。随后，审问者也拿出一部分资料，让叶文洁看看她美好幻想中的三体文明是什么样子。

原来在三体文明中，三体人也是竭尽全力在寻找智慧文明发出的声音，为

| 古筝计划 |

此建立了许多监听站。直到一三七九号监听员收到了叶文洁所发来的消息,这才知道原来在这个宇宙中,有一个永远处于恒纪元的世界。通常收到如此重要的消息,监听员是一定要上报的,因为这关乎三体文明的生存与发展。但他却犹豫了,阅读地球消息时,他已经深深地爱上这颗蔚蓝色的星球。最后,他决定向地球发出警告。

很快,监听员的这个举动就被三体世界元首得知了。元首得知了监听员这个行为后,没有任何的情绪。因为三体人在漫长进化中抛弃了恐惧、悲伤、幸福等情绪,他们的世界过于残酷,这些情绪会导致个体和社会在精神上的脆弱性,不利于在这个恶劣的环境中生存,所以他们需要冷静和麻木,以这两种精神为主的文明生存能力是最强的,这个理论他们从别的文明的兴衰中得到了证实。

元首就开始质问一三七九号监听员为什么这么做,监听员向元首控诉,三

| 一三七九号监听员发出警告 |

体世界已经让他厌烦，他们的精神和生活通通只为生存二字，除此之外没有任何的东西。

我们来稍微说一下三体世界的文明。在三体文明中，他们是集权的专制社会，个体与个体之间是通过大脑思维直接交流、沟通的，因此他们也就不会说话，彼此之间都是诚实的，但是三体文明也是极度枯燥的，三体人要么干活，要么死，不会有其他的选择。就像监听员说的那样，一切只为生存发展而做准备。

虽然监听员触犯了三体世界中最大的罪，但是元首并没有立即把他处死，而且还他自由，元首这么做是想让他活到失去一切希望的那一天，可谓杀人诛心。这位监听员捡回一条小命，但元首下令把其他与此事相关的六千多名监听员全部烧死，来一个杀鸡儆猴，哦不，杀猴儆鸡。

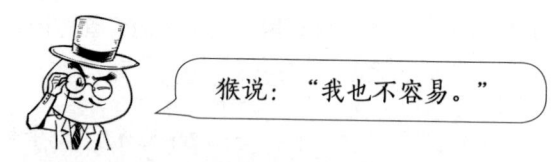

猴说："我也不容易。"

在这件事情之后，元首召开了紧急会议。地球人果然无视了那条警告消息，而三体人也通过信息源彻底掌握了地球的具体位置。三体人回顾了整个人类的进程，发现人类从狩猎时代到农耕时代，农耕时代到工业时代，工业时代到原子时代，原子时代再到信息时代，时间间隔越来越短。他们害怕在经历了四百五十个地球年到达地球之后，人类文明早就超过了三体文明，那他们就不是远征，而是送死。听到这儿，来参加会议的三体人全部陷入了沉默，直到元首说出了下一步计划——遏制地球科学的发展，把人类的科学锁死。他们开始出谋划策，直到其中有人说出了智子工程。智子工程，简而言之，就是把一个质子改造成一台超级智能计算机，也就是智子，然后将它送往地球。而智子第一个任务是开始干扰人类的科学，使其找不到发展规律。第二个任务则是制造神迹，智子可以在人类的视网膜上打出字母、图形或者数字，这可以让地球人陷入迷惑和恐惧，将人类科学思想引上歧途，最后自甘堕落破罐破摔。

以上这些都是叶文洁所阅读到的信息，而就在她阅读的过程中，作战中心又召开了一场紧急会议。

（十一）虫子

会议开始之前，老常提醒参加会议的各位人员，由于阅读过三体人的资料，现在大家都知道智子的存在，所以他们这场会议很有可能也在智子的监视中变成了现场直播。这意味着人类将会没有秘密。老常说完后，三体人与三体叛军之外的地球人进行了交流。三体人用智子向在场所有人传达了一句话："你们是虫子。"

会议结束后，丁仪和汪淼这对难兄难弟又开始讨论了起来。都说无知者无畏，像他们这种懂太多的，反而更容易感受到绝望，于是，他们就采用了古人的方法来麻醉自己——借酒消愁，无奈愁更愁。就当他们喝到八分醉的时候，大史走了进来。他向这对兄弟问道："事情真像你们说的，什么都完了吗？"丁仪和汪淼不知道怎么跟大史解释这个事情的严重性，接连用了好几个比喻，总之就是现在科学玩完了，他们能把这辈子打发完就行了。丁仪最后还高喊："虫子万岁！智子万岁！末日万岁！"大史看着自甘堕落的他们，并没有过多指责，只是把他们都拽上了车，然后开车前往老家的方向。

大史把他们带到了一处麦田地，田野被厚厚的一层蝗虫给覆盖住了。

| 三体人发送了"你们是虫子"的信息 |

这个时候大史发问了:"我只想请二位想一个问题——是地球人与三体人的技术水平差距大呢,还是蝗虫与咱们人的技术水平差距大?"

此话一出,丁仪和汪淼好像都能明白大史的弦外之音了。这就是虫子,虫子的技术与他们的技术的差距,远大于他们与三体文明的技术差距,直至今日人们都在竭尽全力地消灭虫子,可是到现在,他们与虫子的胜负仍然未分。虫子并没有灭绝,照样行于天地之间。把人类看作虫子的三体人,似乎忘记了一个事实——"虫子从来都没有被真正战胜过"。

掩卷遐思

情节思考

《三体》是一部很多人既熟悉而又陌生的作品,熟悉的是经常能够听到,如今也有了相关的影视、动漫等作品,陌生的是,《三体》虽然名声在外,但真正翻开原著的人并不多,大多数人只是知道框架,那样是会遗漏一些细节的。往往这些细节才是真正精彩的部分。

我第一次看《三体》会被大刘(刘慈欣)的想象力所折服,随着情节的跟进,每次回到现实中来,总是能发出"大刘到底是怎么想出这些的"的感叹,感叹宇宙之浩瀚、人类之渺小。我第二次看《三体》的时候,被大刘的洞察力所震撼,《三体》虽然是一个科幻的故事,但从始至终并没有脱离"人类那点事"——人性的善与恶,光辉和黑暗。

比如《三体》中的女主叶文洁,许多人认为叶文洁是邪恶的代表,但实际上叶文洁是个非常复杂且值得探讨的角色。面对父亲的遭遇,她愤懑不平,面对不实的控诉,她也坚决不屈,她相信人间自有正道在,可又不知道正道在何处。随着情节发展,叶文洁的黑化在情理之中,也在意料之中。付出的善意屡屡遭受打击,他人之恶也在逐步消耗着叶文洁的善意,再加上过分善于思考的理性思维,很难拦住她内心偏执的一面发酵,恶念一旦产生,在那个时期就只会越放越大。认为人类"恶"得深入骨髓的叶文洁把这种恶映射在别人身上，这会导致她做出一些理想化的决定和举动，还会导致她对生命的漠视。也正是复杂的善恶矛盾观让叶文洁在宇宙社会的研究上卓有成就。

叶文洁是一个偏执的理想主义者，当她意识到人类靠自己是无法实现道德自觉的时候，就想要借助人类之外的力量。三体文明的存在便成为叶文洁理想化的寄托。她的内心十分清楚，如果真的达到这个理想化的状态，人类社会要付出史无前例的巨大牺牲，但她依旧选择不惜一切代价去完成。理想最终还是因为叶文洁的偏执、过于理想化，忽视了现实与理想之间的矛盾而破灭。叶文洁并没有亲眼见过三体文明，与三体文明的沟通次数也十分有限，所以比地球科技水平更高的三体世界，其文明水平一定也比地球更高，这个概念在她脑中反复加强。就像是"白月光"在我们的脑子里会越来越完美一样。叶文洁不断地将她脑中的想法理想化，给予了过多的期望，在她的观念里虚构出一个拥有高级的文明程度、优质的道德品质的外星文明，而三体世界是否真的能达到这个标准，则在她脑子中逐渐被弱化。

在长期的恨意与恶意中，叶文洁失去了对人类文明的信心和希望，她需要一个寄托和一种追求，在叶文洁人生最低谷的时候接触的三体文明就是她的寄托和追求。等到她发现三体文明实际上是更冷漠残酷的文明时，已经是追悔莫及。

这也十分值得我们探讨，科技的发展真的会带动人类文明的发展吗？科学技术的进步能代替人类文明的进步吗？人类本身存在着疯狂、邪恶的一面，战争、压迫、破坏环境，但尽管如此，引入更高等的文明就能消除一些灾难或邪恶吗？这个问题留给大家来回答。这就是《三体》，阅读完《三体》，你能得到一些震撼，更能得到一些问题，但问题的明确答案是得不到的，或者说每个人得出的答案都不太一样。好的作品更像一面镜子，它不直接反映什么，而是反映你的所思所想。你想看到什么，你能看到什么，都由你自己决定。

名著好看在哪里

———— 置身事内 ————

如果你是叶文洁,你会选择相信三体人吗?

如果你是叶文洁,你会按下发射按钮吗?

如果你是汪淼,听到"你们是虫子"的时候,你会怎么想呢?

作者其人

一九六三年,刘慈欣出生于北京。

十五岁时,刘慈欣创作出他的第一个短篇作品,期待在他的十五岁画上那不平凡的一笔!但很快收到了出版社的退稿信。

大学毕业后,刘慈欣被分配到山西一家发电厂。闲暇时间,刘慈欣又开始写作,《宇宙坍缩》《微观尽头》《鲸歌》和《带上她的眼睛》,这四部作品在市场上大受欢迎。

《带上她的眼睛》让刘慈欣彻底火了。凭借这部作品,他获得了中国科幻界唯一且最高的奖项——银河奖,并从此开启了"八连奖"的封神之路。

二十世纪九十年代末,刘慈欣出版了《乡村教师》《朝闻道》《全频带阻塞干扰》《镜子》《赡养人类》《球状闪电》等作品。这个时期看刘慈欣好像是想法随便碰撞碰撞,简单组织一下语言,就能产出一部提名银

| 刘慈欣 |

河奖的作品。

　　这样的高产一直持续了五年，不过这时的刘慈欣突然按下了暂停键，二〇〇六年一月发表了《山》之后，刘慈欣好几个月没有动静，就在大家以为刘电工忙于工作生活的时候，刘慈欣带着《三体》走进了人们的视野！很快《三体》就成为当年最受关注、最畅销的科幻小说。

　　二〇一五年，《三体》获得了雨果奖最佳长篇小说奖。很快，他获奖的消息传遍各地，仅仅几个小时，《三体》的销量直接冲向图书销售榜单的首位。

　　科幻的洪流使得刘慈欣彻彻底底站在台前，不知道是老天的助力，还是命运自有安排，发电厂还是倒闭了，刘慈欣不得不成了专职作家。

结束语

　　"工程师""大刘""刘电工"等称号都属于刘慈欣，时至今日，刘慈欣仍然没有开通微博等网络社交平台上的账号，他从不刻意追求和各种圈子的交集，作为一名"六〇后"，刘慈欣仍然认为他是一个过客，他坚守着他的心灵世界，也坚守着对科幻世界的执着。刘慈欣说过他从科幻中来，也要回到科幻中去，对科幻之外的那些使命，他不感兴趣。或许科幻就像刘慈欣说的：大脑中所包含的那个宇宙，是要比这个星光灿烂的已经膨胀了一百五十亿年的外部宇宙更为宏大，外部宇宙虽然广阔，毕竟已被证明是有限的，而思想无限。

8

《基督山伯爵》
——一场酣畅淋漓的复仇

如果你让我用一个字概括这部小说的话,那就是"爽"。这部小说中不仅有枪杀、决斗、毒杀,还有把仇人们玩弄于股掌之间的"钞能力"。对男主来说,他的态度完全就是:人不犯我,我不犯人,你要是犯我,我就往死里弄你。这部小说也当之无愧被称为复仇"爽文"的开山鼻祖,甚至连金庸先生的《连城诀》也借用了这部小说的故事框架。不过话说回来,这部小说虽然被称为"爽文",但里面却不乏对人性的审视和思考!比如面对仇人,你会用"钞能力"把他粉碎,还是原谅他?比如面对巨额的财富,你是否能铭记初心?难怪它能火将近两百年,在小说界的地位至今无人超越!那这部小说到底讲了一个什么样的故事呢?话不多说,让我们开始看吧!

名著好看在哪里

> 听包子我娓娓道来，让你爱上读名著。

故事脉络

（一）含冤入狱

故事发生于十九世纪的法国，男主是一个叫**唐戴斯**的年轻人，他是法老号船上的一名水手。这一次的运输工作顺利完成，但不幸的是勒克莱尔船长在船上因高烧去世了。唐戴斯作为船上的大副，做事尽心尽力，勒克莱尔船长这么一走，估计他就可以成为新船长，船上的小伙伴们都替他开心，除了**唐格拉尔**——一个同样有机会升任船长的竞争者。唐格拉尔时不时地就在船主**莫雷尔**（为了好记，我们就叫他**老莫**）面前"阴阳"[①]唐戴斯，说唐戴斯还没得到"官方"承认就已经开始"飘"了，不过这番"阴阳"反倒是加速了唐戴斯的升迁。

唐戴斯向老莫汇报这次的航行情况，并解释中途耽搁的原因是去完成老船长临死之前交给他的一个小任务，这个任务暂且按下不表。

货物卸载完毕，老莫明示唐戴斯是新的船长。唐戴斯打拼多年，终于升迁了，这个小伙子的眼睛瞬间有了光，现在他只想赶回家，第一时间把这个消息告诉父亲。回到家后，唐戴斯发现他父亲的日子过得十分艰苦，原来他临走前忘记还邻居**卡德鲁斯**的钱了，邻居怕他逃债，就找到他父亲。他父亲把家中三分之二的钱都拿去还债了，才落得这般田地。这时卡德鲁斯不请自来了，美其名曰庆祝唐戴斯平安归来，但实际上他就是想看看唐戴斯这次赚了多少钱，顺便打听点八卦。聊了一小会儿后，卡德鲁斯得知唐戴斯快当船长了，而且还将

[①] 网络词语，指人用嘲讽的语气攻击他人的言语行为。——编者

订婚了。这不就是走在人生赢家的路上了吗？从唐戴斯家出来后，卡德鲁斯就和唐格拉尔见了面。

唐戴斯见完亲人见爱人，他和未婚妻**梅塞苔丝**紧紧拥抱在一起，沉浸在幸福里的唐戴斯甚至没发现梅塞苔丝的后面还跟着一个人，他就是**费尔南**。费尔南是梅塞苔丝的堂哥，多次表态明恋梅塞苔丝，但总是被拒绝。梅塞苔丝向唐戴斯介绍费尔南说："这是我堂哥，你们一定会成为好朋友的。"再次得知自己没戏的费尔南，只能郁闷地走开。他无助的样子被一旁喝酒的卡德鲁斯和唐格拉尔看到，擅长挑拨离间的唐格拉尔心生一计，告诉费尔南这件事不难，只要让唐戴斯消失，他就有机会。费尔南一听来了精神，唐格拉尔继续说唐戴斯在出海途中曾到过那不勒斯和厄尔巴岛，这两个地方是反动分子的聚集地。"你可以写一封信向检察官举报唐戴斯是反动分子的眼线，这样他不就消失了吗？"唐格拉尔说完后故意用左手写了这封信。散场后，费尔南拿起了这封信，放进口袋，走上举报之路。

> 费尔南此时春风得意、走路带风，不过这风在包子看来，不过是一股小人得志风。

隔天是唐戴斯和梅塞苔丝订婚的日子，唐戴斯的人缘很好，来祝福的人很多。在大家正开心时，一位警长带着士兵冲进宴厅，要逮捕唐戴斯，唐戴斯狼狈离去。

订婚当天，唐戴斯被捕，人们开始三五成群地议论唐戴斯被捕的原因。这时，唐戴斯的船主老莫带来消息，唐戴斯被指控是反动分子的眼线，很有可能被判叛国罪！一旦罪名成立，唐戴斯就算是不死，也要在监狱里待到老了。

同时，镇上另一对新人也在举行订婚喜宴，他是检察官**维尔福**，别人结婚是承诺爱情，他结婚是承诺立场，他在喜宴上向岳母保证："我爸的政治立场绝对没问题！"他为什么要承诺立场呢？因为维尔福的父亲是站在主流立场的对立面的，然而这段婚姻对维尔福而言是阶级的跃迁，他还能得到妻子陪嫁的一大笔钱和岳父日后的巨额遗产。所以，他为了前程发点毒誓又算得了什么呢。但是订婚宴还没结束，维尔福被人急匆匆通知回去上班，他要处理的正是唐戴斯的案件。

检察官维尔福看着唐戴斯一副老实人的面孔，觉得这个叛国的罪名有点蹊跷，他询问唐戴斯有没有什么仇人，唐戴斯这一时半会儿也想不到他会对谁造成威胁。此话一出，检察官维尔福把告密信拿给唐戴斯看，想从笔迹上下手调查，但唐戴斯不认得这个笔迹。唐戴斯告诉检察官维尔福，他答应过替老船长把一封神秘信交给一个叫**诺瓦蒂埃**的。听到这个名字，检察官维尔福感觉自己好像是被雷劈了！那个诺瓦蒂埃先生是他的父亲。难道父亲是一个谋反分子？检察官维尔福赶紧打开信，信里写着下一次谋反活动的时间、地点。如果这封谋反信流出去了，那还得了？检察官维尔福心生一计！他反复向唐戴斯确认唐戴斯是不是真的不知道信里的内容，确认唐戴斯不知道后，他二话不说就把信

| 唐戴斯被逮捕 |

《基督山伯爵》

烧掉了,并安抚唐戴斯,很快就能出去了,但要记得绝口不提这封信,这都是为了唐戴斯好。唐戴斯被半哄半骗地上了检察官维尔福的车,这辆车并不是送唐戴斯回家的,而是送他入狱的。

得知唐戴斯入狱后,卡德鲁斯感觉内心不安,他心里过意不去,便借酒消愁。但是唐格拉尔却是一副小人得志的样子,他成功坐上了船长的位置。而梅塞苔丝每天以泪洗面,费尔南趁机陪伴梅塞苔丝,他认为他的机会终于来了。

其实,唐戴斯入狱一事,以上三个人只是推波助澜,真正让唐戴斯进监狱并把他的人生"焊死"的,还是检察官维尔福。虽然维尔福和他父亲的政治立场截然相反,但考虑到自己的利益,他不得不藏下那封信来保护他父亲,但他知道,纸永远包不住火,与其被人揭发拖下水,不如主动出击!检察官维尔福最后决定向国王举报这次谋反活动,这一举报行为既证明了他的忠诚,还撇清了他和他父亲的关系。举报之后,国王授予他了一枚四级荣誉勋章,他那桩婚事便成了。

> 在这部小说里,坏人的脑瓜子转得贼快,但坏人也只能痛快一时。

有人欢喜有人愁,在监狱里的唐戴斯每天都在循环,经历了无数次希望的破灭后他决定自杀。他决定绝食,计划执行的第四天,躺在床上的唐戴斯突然听到了房间内有一种声音,像是有人在挖地道,唐戴斯立马从床上坐起来,往有声音的方向咚咚咚敲了三下。结果这一敲反而打草惊蛇了,那边再也没声音了。唐戴斯时常把耳朵贴在墙上。某天,唐戴斯隐约感受到一股震动,这股震动给了唐戴斯新的希望,他决定帮助那个越狱者,他把瓦罐打碎,选了带尖角的瓦罐碎片作为挖掘工具,朝着声音传出的方向开始挖。他干了几天,好不容易有点起色,但前方出现的一根大梁堵住了唐戴斯辛苦挖的洞!在唐戴斯在绝望边缘哭天喊地之时,突然传来声音。这是唐戴斯这些年里第一次听到除狱卒以外的人的声音。唐戴斯紧紧抓住对话的机会。经过一番沟通,两个人约定明天再聊。唐戴斯在第二天看到那个黑黢黢的洞里钻出来一个人。这个人的个子不高，铁窗生活把他的头发全熬白了，他曾是一名**神甫**，现在看上去他至少有六十岁，但他的行为举止很利索。

两个人先交流起了挖洞心得，唐戴斯知道了神甫花了四年才挖到这儿，他在这期间做了很多工具——像凿子、钳子、撬棍等等，还通过数学算出挖通的具体时间，果然知识就是力量。一番交流下来，唐戴斯发现神甫会五种现代语言，精通数理化，自学能力超强。聊到深处，唐戴斯便和神甫说起了自己为何入狱的故事。

神甫带着唐戴斯一起复盘。他向唐戴斯发问："你想一想，你这段故事里的最后获益者会是谁呢？"唐戴斯想到了唐格拉尔，唐戴斯仔细回想，他想起来当时他正和老船长谈话，唐格拉尔刚好走过，并且看到了他拿着信。唐戴斯恍然大悟！神甫又问出第二个问题："你不娶梅塞苔丝的话，谁会获益？""是费尔南。"唐戴斯回想起在订婚宴前，唐戴斯总能看见费尔南、唐格拉尔和卡德鲁斯一起喝酒的场景，他们喝酒的桌子上就放着墨水、笔和纸。但他不明白的是为什么自己直接就被定罪了。神甫指出，诺瓦蒂埃是检察官维尔福的父亲，他们三个只是推波助澜，这个检察官才是阴险毒辣的家伙。单纯天真的唐戴斯，被原地重塑了世界观。难道好人就该被如此欺负吗？愤怒的唐戴斯冷静了好几个小时，他下定决心，他不能死在监狱里，他一定要出去复仇！

> 这才是一个受了欺负的年轻人正常的思维，哪来的那么轻易的原谅？

唐戴斯希望神甫能教授自己知识，一是让自己变强，二是只要神甫肯教他，他就不提彼此要逃走的事情。神甫见这个年轻人也怪不容易的，便答应了。在接下来的牢狱生活里，唐戴斯开始给自己升级，与神甫成了"学习搭子"。唐戴斯有着惊人的记忆力和极强的学习能力，六个月后，他已经能说西班牙语、英语和德语了，还精通各类剑术与礼仪。神甫多了一个逃走的好帮手，两个人开启了新的挖洞计划，终于在第十五个月的时候地道挖通了，为了不打草惊蛇，他们准备深夜动身。

临走前，神甫忽然脸色苍白，浑身无力，神甫说他的家族病要犯了。他让唐戴斯到他房间里拿药，还嘱咐道，如果他进入假死状态，就给他喂上十滴八滴，他也许能恢复过来。人命关天，唐戴斯不敢马虎，听话照做后，神甫脸上恢复了一点血色，唐戴斯这才舒了口气。神甫告诉唐戴斯，他要是第三次发病的话，便无药可救了，让唐戴斯只管自己走就好！唐戴斯表示拒绝，他要与神甫有福同享，有难同当。神甫在唐戴斯的脸上看到了真挚和决心，放下了最后一层戒备，他准备告诉唐戴斯一个惊天秘密。

神甫说他身上有一张写有宝藏位置的信，信里提到了一个名叫基督山岛的地方，那个岛上藏着一个巨大的宝藏。如果唐戴斯能够出去，一定要去取走，这个宝藏能助他一臂之力，神甫表示唐戴斯是囚禁生活赐给他的儿子！只要唐戴斯出去后拥有这笔财富，便可以为好友多做一些事。唐戴斯被触动了，能为朋友做多少好事，他不知道，但能为仇人做多少事，他门儿清。他决定接受这个宝藏，复仇之火已经在他心中燃起了火苗。

其间，神甫的情况越来越糟糕，他连站起来都很难。一波未平，一波又起，唐戴斯发现狱卒突然加固了地基，"一夜回到解放前"，他只能放弃挖洞。

神甫的病情一天天恶化，他可能察觉到自己时日无多，活不长了，便

| 唐戴斯燃起复仇之火 |

在一天夜里特地和唐戴斯告别，并鼓励唐戴斯无论如何也要逃出去。第二天的清晨六点，唐戴斯意识到隔壁的神甫已经是一具尸体了。狱卒在发现神甫的尸体时并不觉得奇怪，按照惯例，他们只要把尸体装进麻袋，等到晚上扔到海里就算处理完了。此时，智商上线的唐戴斯想到，如果他和神甫调换，狱卒不就会把他扔到海里了吗？他孤注一掷，决定来一个"狸猫换太子"。唐戴斯趁狱卒出去的时候，把神甫的尸体拖到隔壁自己的狱室，随后便自己钻入了麻袋中，他大气不敢喘，一心等着黑夜的到来。到了晚上，麻袋果然被抬了出去，狱卒们并没有发现异常，直接从高处将麻袋抛向了海里，只听一声巨响，麻袋沉入海中。唐戴斯赌赢了，他用偷藏的小刀迅速划破麻袋，探出头，又割断了麻袋上绑着铁球的绳子。时隔多年，他终于呼吸到了自由的空气。

> 这时我的脑海里响起了一句歌词：这是自由的感觉！！

唐戴斯本就是水手，在海中他如鱼得水，朝着远方游去，一个小时过去了，海浪开始涌动。暴风雨没有带走唐戴斯，但他已经两天没吃东西了。这时，远处驶来了一艘船，唐戴斯装作遇难者，大声地向船员呼救。他最终体力不支，昏了过去。

再次醒来，唐戴斯已经在船的甲板上了，他获救了！唐戴斯装作遇难的水手，表示他的那艘船都完蛋了，只剩下他捡回了一条命。他希望船长能把自己随便放到哪个港口。船长决定先试试唐戴斯的能力，如果能力尚可，那就直接把他留在船上。安顿下来后，唐戴斯开始打听现在的年份，他发现自己被监禁了整整十四年。

虽然复仇在即，但唐戴斯非常冷静地计划了日后的安排。首先当然是去找神甫说的宝藏了。

机会说来就来，刚好唐戴斯上的这艘船的第一个目的地就是基督山岛。唐戴斯假装受了很重的伤，直接拒绝了和船员们同行。听到唐戴斯不舒服，船上竟然有一位同事**雅各布**（为了好记，我们就叫他**阿雅**），愿意留下来照顾唐戴斯，但还是被唐戴斯婉拒了。待船员们离开，唐戴斯便开始动身，按照藏宝信的指引，如愿找到了宝藏！好在唐戴斯不傻，财不外露的道理，他还是懂的。碍于"打工人"的身份，他索性就决定先拿一点用着。回到船上后，唐戴斯先是买了一条新的小船送给阿雅，一方面是感谢他，另一方面是为了让他去打听唐戴斯父亲和梅塞苔丝的消息。阿雅打听到消息回来，告诉唐戴斯男的没了、女的走了。听到这个消息后，唐戴斯脸色平静。等到雇佣期满后，他决定重回马赛！

（二）谋划布局，复仇开始

唐戴斯乔装打扮成一名教士，自称教士唐，来到卡德鲁斯开的夫妻客栈。

教士唐说自己是给唐戴斯做临终圣事的，受委托弄清楚唐戴斯坐牢的真相，唐戴斯还指定自己作为他的遗嘱执行人，唐戴斯将偶然得到的钻石作为他的遗产，分给唐戴斯的父亲、未婚妻和三个好朋友，其中就有卡德鲁斯。一听有遗产，卡德鲁斯表示他们可熟了。卡德鲁斯一五一十把唐戴斯的父亲被饿死的凄惨经历及费尔南和唐格拉尔的所作所为全交代了。在诉说中，唯一令唐戴斯感动的是船主老莫，在他被抓走的日子里，老莫为他前后奔走，照顾他父亲。但如今这个善良的人却濒临破产，女儿的婚事也要没了，老莫家穷得都揭不开锅了。

命运弄人，小人唐格拉尔和费尔南飞黄腾达了。唐格拉尔做起了生意，财产翻了好几倍，在前妻死后娶了一位和王室沾边的寡妇，如今被封为男爵。费尔南应征入伍，在战役中当了逃兵，却成了保王党的英雄，捞了一大笔钱，被人们称作伯爵。梅塞苔丝在唐戴斯刚离开的三个月里，天天以泪洗面。不过在十八个月后，她嫁给了费尔南。

在惆怅之中，卡德鲁斯唉声叹气，表示大家都过得不错，就他过得不行，教士唐一听，便说了句"拿着吧，这颗钻石归您了"。作为交换，教士唐拿走

名著好看在哪里

了曾经老莫救济唐戴斯父亲的那个红丝绒钱袋。教士唐一离开，卡德鲁斯就找珠宝商来鉴定钻石的真假，而在家等待的妻子却感叹道："是一笔钱……但算不上发财。"

> 小人的贪念就是这样的，没有时渴望有，一旦有了还嫌不够。

得知老莫日子不好过，唐戴斯再次伪装，找到了给老莫公司投资的监狱督察长，以原价二十万收购了监狱督察长手中的老莫公司的债权。交易完，唐戴斯又换了一个英国人的身份，到老莫的公司，这位"英国唐"通知老莫下个月该兑换期票了。

这个期票是什么意思呢？就好比你在银行里存了一笔钱，到时间要连本带利取出来。

| 救急的红丝绒钱袋 |

"英国唐"要兑换的金额是二十八万七千五百元。拿不出钱的老莫只能选择三个月后的延期兑换。如果到时候还不能拿出钱，就只能宣告公司破产。现在老莫唯一的希望就是等待一艘船的回归，但所有人都说那艘船已经沉了。其间，唐戴斯还碰到了老莫的女儿**朱丽**，唐戴斯在离开前趁机告诉她，在以后的某一天，她会收到署名水手**辛巴德**的信，不管信上的要求多么奇怪，请她务必按照信上说的内容做。朱丽虽然一脸蒙，但还是答应了。

转眼就到了他们约定的期限的最后一天。眼看钱是还不上了，老莫为了不让自己的家族蒙羞，决定在还债前的最后一刻结束他自己的生命。在危急之下，朱丽收到一封来自水手辛巴德的信。信上写着："请即刻去梅朗巷十五号楼……取下壁炉上的红丝绒钱袋……交给您父亲……十一点钟之前……不要忘记您的诺言。"朱丽没有过多的怀疑就出了门，并且按照信件的指引来到目的地，拿到了钱袋，急忙往家里赶。在绝望之际，大家打开了红丝绒钱袋，里面有一张二十八万七千五百元的期票、一颗大如榛子的钻石和一张羊皮纸，羊皮纸上面写着五个字——朱丽的嫁妆。

有了这张期票，老莫既不用自杀，也不用宣告破产了，更令人激动的是那艘被人说沉了的法老号也顺利返航了！这一切都是唐戴斯安排好的，既然好事完成了，唐戴斯接下来就要开始复仇了。

两个年轻人来到罗马看狂欢节，他们是**阿尔贝·德·莫尔塞夫**子爵和**弗朗兹·德·埃皮奈**男爵（为了好记，我们就分别叫他们**阿尔贝**和**弗朗兹**）。在这儿，他们"偶遇"了伯爵唐，一起看了行刑。面对行刑，弗朗兹两脚发软，阿尔贝的脸比衬衫还白，两个年轻人显然没有见过这般血腥的场景，只有伯爵唐不为所动。

行刑结束后，他们一行人便正式进入当天活动的主体部分——嘉年华游玩。阿尔贝邂逅了一位姑娘，但也因此被绑架。弗朗兹收到信，发现全部身家加在一起也不够赎阿尔贝，只好找到伯爵唐求助，伯爵唐也不是什么冷血的人，答应一同前去救人。他们一起到了现场，绑匪**路易吉·万帕**（为了好记，我们就叫他**万帕**）很识相，伯爵唐的威名无人不知，今天这个面子多少是要给他的。得知阿尔贝是伯爵唐的朋友，万帕急忙责怪手下，并让手下带着他们来到关押阿尔贝的地方。令人意外的是，阿尔贝不仅没受伤，还躺在墙角睡得正香。得救的第二天，阿尔贝正式向伯爵唐道谢："家父……祖籍西班牙……颇有地位，我今天特地来……随时愿意为您效劳。"伯爵唐假装惊讶于阿尔贝的身份，说他正想打入巴黎的上层社交圈，希望有人可以引荐呢。阿尔贝积极地表示这事包在他身上。于是两个人相约三个月后在巴黎见。就这样，罗马之旅结束，各回各家。

现在看起来他们的这趟旅行好像跟唐戴斯的复仇没什么关系，殊不知，唐戴斯这次可以说是专门为阿尔贝而来的，因为阿尔贝正是费尔南和梅塞苔丝的儿子！阿尔贝被绑架，正是唐戴斯联合万帕设的一个局，一方面衬托出他是个高大、稳重、有钱的主，另一方面他还成了阿尔贝的救命恩人，有正当理由把"伯爵唐"引入巴黎的社交圈。唐戴斯的棋局才刚刚开局。

三个月的时间弹指一挥，转眼就到了伯爵唐和阿尔贝相约的日子，阿尔贝精心准备着早餐，叫来一堆上流人物，准备为大家介绍伯爵唐。上午十点半的钟声敲响，只见伯爵唐穿着优雅，面带微笑，落座后还介绍了他自己。大家因为伯爵唐高雅的品位和优雅的谈吐，把对他的印象分直接加满。一顿饭吃完，博爱、优雅、富有都成了伯爵唐的代名词，伯爵唐还表示已经在巴黎买了一座公馆，配有管家、仆人和女奴，这些都是当时成功人士的"标配"，这更让大家对伯爵唐的好奇心暴增。

> 这货看起来还真像那么回事，也不像暴发户。

不过，伯爵唐真的没有说谎，他虽然住在城里的香榭丽舍大街三十号，但他确实有了一座公馆（位于乡下的奥特伊的拉封丹街二十八号），而且是一座有故事和事故的公馆。他刚搬进那座公馆时，问管家以前的房主是谁，管家回答是**德·圣梅朗**侯爵先生——检察官维尔福的前岳父。维尔福的前妻和前岳父都去世了，他又娶了一个妻子，所以这座公馆一直空着。管家还向伯爵唐道出了实情，他是在这座公馆里报的仇。

原来，管家的哥哥在管家小时候被人杀死了，四处打听也没人敢说是谁杀了他哥哥。管家当时就去找了当地的检察官维尔福，希望能为嫂子申请一点抚恤金。不过，维尔福当时的态度很不好，认为也许管家的哥哥就是该死的。管家当时特别震惊，这怎么会是一个检察官该说出来的话呢？他怒火中烧，发誓要杀了维尔福。他暗中跟踪了维尔福三个月，发现一个大"八卦"：检察官维尔福在前岳父的房子里金屋藏娇——一个十八九岁的姑娘。而且这个姑娘马上就要生产了。没过多久，管家看到维尔福在院子里埋一个箱子，他立刻冲了出来，一刀攮了上去，检察官维尔福躺倒在地，不过没死。但这个时候的管家不知道维尔福没死，以为维尔福死了的管家挖出了刚埋的小箱子，本以为箱子里是财宝，但打开后发现里面是一个男婴。管家发现那个男婴还没死，一时心软，就把男婴带了回去，和嫂子一起抚养，还为男婴取名为**贝内代托**（为了好记，我们就叫他**小托**）。但这孩子打小心眼就坏，没少干偷盗的事情，管家根本管不了，最后实在没办法，决定骗他上船做事。

送走了小托，管家为了躲杀人罪去了法国，中途遇到海关缉私队，便就近躲到一家客栈里，恰巧就是卡德鲁斯开的那一家。在管家来时唐戴斯刚走，管家目睹了后面的事情：卡德鲁斯找来珠宝商鉴定钻石的价钱，但他在看到珠宝商钱包里的钱之后，起了歹心，最后他的妻子和珠宝商都死了，卡德鲁斯独占了钱和钻石，溜之大吉。跟踪管家的海关人员错把管家当成杀害珠宝商的凶手，将他缉拿归案。管家为了证明自身清白，找到了当天去过客栈的教士唐。教士唐赶去证明了管家的清白。没过多久，卡德鲁斯在国外被捕了，管家也就被释放了，教士唐因此给了管家一封推荐信，让他去找那个基督山伯爵谋生活。事已至此，我们可以看出这是唐戴斯设的一个一石二鸟的小棋局。管家讲述完他的故事后，伯爵唐问起那个小托最后怎么样了，管家说小托得知管家要送走他，直接把管家的嫂子绑了起来，拿着钱跑了，管家也不知道小托最后去了何处，而管家的嫂子没过多久就死了。伯爵唐没有再追问下去，似乎心里在盘算着什么……

第二天下午，唐格拉尔来了，他听闻这儿来了一位伯爵，便上门拜访伯爵唐。伯爵唐早就猜到了这个唯利是图的小人肯定会来拜访，便吩咐了下人表示不见客。唐格拉尔留下他的名片，声称"哪天他要用钱了，自会来找我的"。唐格拉尔走远后，伯爵唐叫来管家，要求管家花双倍的价钱买下唐格拉尔的马，至于什么原因、要干什么，一律没说。一场好戏就要开场。

晚上，伯爵唐回访唐格拉尔，他希望能在唐格拉尔的银行里贷款。一听到合作，唐格拉尔让伯爵唐不要客气，想借多少尽管开口。伯爵唐张口就说第一年就"浅浅地"借个六百万法郎吧，明天先提个五十万法郎零花。伯爵唐竟然拿五十万法郎当零花钱用，唐格拉尔知道这个金主他必须傍上。聊完生意，唐格拉尔带着伯爵唐参观他的府邸，参观时还遇到了**唐格拉尔夫人**。在交谈之间，唐格拉尔夫人得知了她心爱的两匹马居然被唐格拉尔给卖了，因为有客人在场，唐格拉尔夫人表现得还算得体，但她明嘲暗讽唐格拉尔，"居然为了钱把我的马卖了，你怎么不连马夫也一起卖了"。唐格拉尔偷偷告诉他夫人买主是个冤大头，他们卖这两匹马净赚了一倍。这种打情骂俏的场面，伯爵唐表示不看了，他要回家了。这时唐格拉尔的仆人发现，夫人的马居然在伯爵唐的马车那儿，伯爵唐也是一脸吃惊，"怎么这么巧呢"，伯爵唐为了让暴风雨来得更猛烈一些，没有做多余的解释，直接坐上马车回了家。两小时后，伯爵唐给唐格拉尔夫人送去一封信，委婉地表示他不想让一位美丽的夫人伤心，他恳请唐格拉尔夫人收回这两匹马，同时还送了两颗钻石作为伴手礼。唐格拉尔夫人表示"爱了爱了"，她惊叹于天底下怎么会有如此绅士的男人。

开玩笑地说一句，这个零花钱比我的全部存款还多。

《基督山伯爵》

隔天，伯爵唐交代仆人："待会儿有一辆马车经过这儿，拉车的就是我昨天买的那两匹马，无论如何，你得让它们停下来。"事情果然如伯爵唐所说，第二天下午五点，有一辆马车经过那儿，而且马车当时无法控制了，车厢里的一位少妇和一个七八岁的孩子已经被吓得喊不出声了，好在伯爵唐的仆人早早地做好了准备，三下五除二就拉住了马，救下了这对母子。伯爵唐把这对母子一起抱进客厅，这对母子相继清醒，对伯爵唐感激不尽。这位夫人自报家门，说她是**维尔福夫人**，表示改日一定登门拜谢，伯爵唐假装没有听过这个名字，只是礼貌送客。为什么伯爵唐会预见第二天的事情呢？原来，伯爵唐把马还给唐格拉尔夫人之后，维尔福夫人打听到唐格拉尔夫人有两匹漂亮的马，便想试一试，没想到根本驾驭不了。这次的意外不仅让伯爵唐大名远扬，还让他成了贵妇们心中的英雄。

> 用我们广东话说，他妥妥是师奶杀手了。

因为自己的妻子被救，检察官维尔福不得不去拜访一下伯爵唐。两人见面后，检察官维尔福不断试探伯爵唐的知识水平，一试才知道伯爵唐的知识储备真是深不见底，甚至在自己擅长的法律领域都拿捏不住伯爵唐。在对话中，伯爵唐表达出无所畏惧的观点，但维尔福给出了不一样的看法，他说："除了死亡、衰老和发疯，还有别的让人惧怕的事情，比如说中风……一旦发病，你就完了。"确实，检察官维尔福的父亲诺瓦蒂埃便是如此——因为中风不能开口说话，只能和孙女做伴。检察官维尔福觉得父亲的中风是一种对年轻时站错队的报应。伯爵唐表面微笑，内心实则对其感到讽刺。

贵族来往主打一个有来有回，伯爵唐回访维尔福家，了解到检察官维尔福现在有一个和前妻生的女儿（**瓦朗蒂娜**），还有一个和现任妻子生的儿子（**爱德华**），也就是前面提到伯爵唐救下来的那个孩子。几个人聊着就聊到了毒药这个话题上，维尔福夫人呈现一副好奇的样子，希望伯爵唐能多讲一讲，伯爵

263

唐好像知道了些什么一样，知无不答，还提醒维尔福夫人，世上有一种神奇的毒药，对于没有防备的人，用同一个水壶喝水都会死亡，而且尸检还容易检验不出来。维尔福夫人如饥似渴地听着伯爵唐说的每一句话，伯爵唐不经意地展现了他自己的"万能药"：一滴能救命，多滴几滴就让对方死翘翘。他展示完之后还顺便将其献给了维尔福夫人，还贴心地再次提醒，这个药只要五六滴就能让人必死无疑了。

（三）仇人上钩，复仇深入

我们将视角转到歌剧院，有头有脸的主角们在这儿齐聚一堂。

阿尔贝在人群中发现了唐戴斯和**海黛**，海黛是伯爵唐的女仆，相当貌美。演出结束后，唐格拉尔夫人向阿尔贝打听伯爵唐是何许人也，想邀请伯爵唐来参加她的舞会。阿尔贝听完表示伯爵唐跟自己可太熟了。于是唐格拉尔夫人便让阿尔贝去请伯爵唐到她的包厢会面洽谈，阿尔贝来到伯爵唐的包厢门前，直接说清了来意，伯爵唐表示荣幸之至，稍后就去。见到伯爵唐后，唐格拉尔夫人非常感谢伯爵唐救了她的好朋友——维尔福夫人，她看了看伯爵唐身旁的海黛，唐格拉尔夫人看到海黛的服饰后问费尔南："当年你当兵的时候，有没有在宫廷里见过这样雍容华贵的服饰？"一听到这个关键信息，伯爵唐追问费尔南："哦，您还在那儿服过兵役呢？"费尔南心里乐开了花，还说他的家产也是那个统帅慷慨赐予的。这些话足以让他在这个上层圈子立足。

回到包厢后，海黛问伯爵唐刚刚说话的人是谁，她问的就是费尔南。伯爵唐回答道："那个人说他的家产都是你父亲给的。"至此，海黛的身份也昭然若揭，海黛直接大骂费尔南，什么慷慨赐予，明明是费尔南出卖了她的父亲，抢夺了她父亲的家产，海黛表示她一看这个人渣就会被恶心到，所以伯爵唐就带着她离开了剧院。

几天后，阿尔贝与朋友来拜访伯爵唐，说是替唐格拉尔夫人表示感谢，伯爵唐提出疑问："怎么好几次都是你替她家跑腿呢，你和唐格拉尔家还挺熟的？"这可打开了阿尔贝的话匣子：原来，阿尔贝和唐格拉尔的女儿订了婚，虽然对方看起来和他挺般配，但她不是阿尔贝喜欢的类型，而且阿尔贝的母亲也不太看好这桩婚事。相反的是，阿尔贝的父亲对这桩婚事满意得很，阿尔贝一时半会儿不知道该听谁的。既然人来都来了，阿尔贝希望伯爵唐能给他支个招，伯爵唐先是安慰了几句，顺便提到他认识一个意大利贵族的朋友，那个贵族朋友的儿子也到了适婚年龄。阿尔贝好像懂了点什么，阿尔贝提出让伯爵唐撮合一下这个意大利贵族家的儿子和唐格拉尔的女儿，这样他不就自由了吗！此刻阿尔贝耳边仿佛响起了一句歌词：这是自由的感觉。

> 没想到这首歌还能在这儿二度出场。

伯爵唐这个人也怪好的，他表示愿意帮这个忙，他打算在周六邀请唐格拉尔一家和检察官维尔福一家参加宴会。伯爵唐还支招，他让阿尔贝带着自己的母亲去旅游，这样就可以把婚事延后商讨。在这场宴会上，伯爵唐假装顺嘴提到那个意大利贵族的儿子。阿尔贝一听高兴坏了，他一定要邀请伯爵唐今晚到他家里吃饭，邀请虽然真诚，但是伯爵唐还是婉拒了。毕竟在心爱的女人面前不一定还能演得下去了。

阿尔贝见事情安排好了，就心满意足地离开了。伯爵唐让管家开始准备周六的宴请，特别指出有一个挂红色锦缎帷幔的房间不能动，游戏将会从这儿开始！

时间来到了宴会当天！除了唐格拉尔一家、检察官维尔福一家，伯爵唐还邀请了**莫雷尔**（老莫的儿子）、神秘的意大利贵族父子和几位上流（次要）人物。这对意大利贵族父子是什么来头？实际上他们是唐戴斯雇来的演员，唐戴斯找来了一个丢了儿子的，对外名叫**巴尔托洛梅奥·卡瓦尔坎蒂**的少校和一个寻找父亲的儿子，对外名叫**安德烈亚·卡瓦尔坎蒂**（为了好记，我们就分别叫他们**老蒂**和**小蒂**）。稍微包装一下，他们就是贵族父子。至于人家为什么答应出演，因为唐戴斯出手就是几万法郎。就这样的条件，别说演父子了，让他们演孙子都行。果不其然，这对假父子见面后分外亲切，用一句话形容就是，他们比亲父子还亲。

莫雷尔最先到达宴会地点，第二个到的是唐格拉尔一家，唐格拉尔夫人踏入这间屋子的时候总是感觉有点不自在。接着是意大利贵族老蒂和小蒂，唐戴斯找来的演员父子。大家入座后，伯爵唐让管家去数有多少人。不看不知道，一看吓一跳，管家一眼就认出唐格拉尔夫人就是检察官维尔福之前金屋藏娇的那位年轻姑娘。还有，检察官维尔福居然没被捅死！那对意大利父子中的小蒂，其真实身份是小托，是维尔福埋在后院的孩子，也是辜负了管家和管家的嫂子的熊孩子！

> 我差点都看蒙了，得做个笔记才能捋顺。两对夫妻居然能凑出三个家庭，贵圈是真的乱。

伯爵唐及时用目光止住了差点叫出声的管家，伯爵唐吩咐管家"该开宴了"。吃完饭后，大家组团参观一下伯爵唐的房子。他们进到了一个特殊的房间，伯爵唐向他们介绍房间里的陈设，表示这间房给人的感觉是不是很像发生过什么凶杀案。有人听故事，有人照镜子，唐格拉尔夫人当场晕倒。维尔福夫人用上次伯爵唐给的"万能药"，让唐格拉尔夫人醒了过来，醒来的唐格拉尔夫人感叹："这是多可怕的梦啊！"检察官维尔福担心唐格拉尔夫人多嘴，赶紧在唐格拉尔夫人手腕上用力捏了一下，这会儿伯爵唐继续发力，带着大家来到一棵梧桐树下，说之前在这儿挖到一个箱子，里面是新生婴儿的骨架，唐格拉尔夫人慌得不行。

此时的唐格拉尔全然不顾妻子和在场宾客，只顾着和意大利的老蒂谈怎么做实业、怎么赚钱，得知老蒂每年能给小蒂五万零花钱时，唐格拉尔的心里打起了算盘。夜幕降临，宴会进入结束阶段。就在小蒂准备上车离开时，一个像乞丐的人拍了拍他，要求小蒂用高级马车送他回去，随后乞丐喊出了小托这个

《基督山伯爵》

名字。真名一被喊出来,小蒂瞬间慌了。这个乞丐也是老熟人了——唐戴斯的邻居卡德鲁斯,他们在监狱里认识,如今狱友混得这么好,实在是心生嫉妒,卡德鲁斯趁机威胁小蒂给他封口费,否则就把小蒂的真实身份爆出来,小蒂碍于卡德鲁斯知道得太多,他只好答应卡德鲁斯的请求,这也为后面的剧情埋下了伏笔。

自从参观了伯爵唐的房子,唐格拉尔夫人总是闷闷不乐。为了排解烦闷,唐格拉尔夫人便约了情人解闷,就在情人想起身安慰一下唐格拉尔夫人时,唐格拉尔推门而入,但唐格拉尔夫人让情人不要慌。这尴尬场面,被唐格拉尔的一家之主的权威打破,情人不得不离开,唐格拉尔不气也不恼,直接亮出谈话的真正目的。原来,唐格拉尔夫人前些天从情人的口中打探到了一个不准确的投资消息,导致唐格拉尔在西班牙公债上损失了七十万。既然钱赔没了,唐格拉尔夫人就应该负起这个责任,亲夫妻,明算账,唐格拉尔表示她要是没钱

| 听故事的众人和心虚的唐格拉尔夫人 |

给自己的话,就去借,她的情人就是个不错的人选。唐格拉尔夫人觉得不可思议,不明白怎么会有人爱钱爱到这个地步。唐格拉尔也不装了,他表示他知道夫人这些年没少给他戴绿帽子,包括检察官维尔福和那些乱七八糟的朋友,他只是懒得计较,只要把钱给他,其他的都无所谓。唐格拉尔夫人直接傻眼了,再次被气晕。

一肚子气的唐格拉尔去找伯爵唐诉苦,说他投资损失了七十万。伯爵唐顺着话茬接下去,表示唐格拉尔真不容易,照这样下去不出六个月大概就要破产了。为什么伯爵唐会说得这么云淡风轻呢?原来,给唐格拉尔造成损失的假消息是伯爵唐暗中找人传播的,这就是为了下一盘大棋。唐格拉尔觉得如果伯爵唐能来牵线,让自己跟意大利的老蒂搭伙的话,这七十万就解决了。听到这儿,伯爵唐便顺水推舟地介绍了一下老蒂家的财富基础,说老蒂来法国就是为了给他儿子找妻子的,要是儿媳妇深得他心,很可能在婚后得到一大笔钱。唐格拉尔开始在心里盘算怎么才能与费尔南家解除婚约。这时,伯爵唐主动出击,问起唐格拉尔他女儿和阿尔贝的婚事准备得怎么样了。不提还不生气,唐格拉尔听完就开始埋怨起阿尔贝的家世不好,说费尔南原本只是个臭卖鱼的,不知道是有了什么奇遇才发了财、改了名。唐格拉尔表示只要能揭开这个谜,他花再多钱也愿意。伯爵唐提醒唐格拉尔,给同行写信打听一下不就行了。唐格拉尔恍然大悟,决定当天就写。

别的不积极,害人第一名。

我们将画面转向另一边,躲避结亲的阿尔贝带着他的母亲结束了旅行,回到了巴黎。阿尔贝第一时间就来到了伯爵唐家,打听他解除婚约的事进度如何,虽然进度可观,但伯爵唐没有给出正面回答。阿尔贝还想邀请伯爵唐参加他家办的夏日舞会,伯爵唐本不想答应,但是三番两次的拒绝总归有点过意不去,伯爵唐最终就答应了。

《基督山伯爵》

舞会当天,镇上有头有脸的人物都来了,大家纷纷和伯爵唐聊起了天。这时,检察官维尔福带来了自己前岳父过世的消息,然后带着他的夫人和女儿离开了,跟着离开的还有莫雷尔。

检察官维尔福接上他的夫人和女儿瓦朗蒂娜后,路上告知了瓦朗蒂娜她外公离去的消息,她外婆也病倒了,可能也不久于世,老人家在临走前想看看外孙女瓦朗蒂娜和女婿维尔福。

老人家还留下了两个叮嘱:一个是催瓦朗蒂娜的婚事,另一个是把名下所有财产都给瓦朗蒂娜继承,想找公证人处理遗嘱。因为她外公的意外离世,如今她外婆希望瓦朗蒂娜尽快结婚,最好是明天就敲定。但这对瓦朗蒂娜来说是很痛苦的,不是说她不能明天结婚,只是长辈们给她安排的这个人不对,给她安排的是阿尔贝的好兄弟弗朗兹,这小伙人是不错,可惜的是,瓦朗蒂娜不爱弗朗兹,她的心早有归属——那个人就是莫雷尔,他们已经偷偷地交往一段时间了。

因为外婆的身体不好,瓦朗蒂娜的婚期被提前,瓦朗蒂娜和莫雷尔说了这个事情,两个人伤心了一阵,决定第二天私奔。可是到了约定好的时间,莫雷尔左等右等,也没看到瓦朗蒂娜。原来是因为瓦朗蒂娜的外婆中毒去世了,瓦朗蒂娜不得不留下守灵。家庭医生问家里有谁会因为瓦朗蒂娜的外婆去世获益,检察官维尔福想出唯一的人是他的女儿瓦朗蒂娜,因为瓦朗蒂娜是唯一的遗产继承人,但检察官维尔福实在难以相信,天真善良的女儿居然会对其外婆动手。医生听完,很严肃地建议检察官维尔福好好调查一下,因为从下毒的方式来看,很可能是来寻仇的。面对家人的离奇死亡,检察官维尔福第一时间想的不是怎么找出凶手,而是怎样才能不影响自己的荣誉和地位,毕竟身在高位,传出丑闻可不好听。

真的是"孝"(笑)死人了。

葬礼结束后，检察官维尔福把弗朗兹和瓦朗蒂娜带到了一个房间里，表示自己希望他们马上结婚，越快越好。好在这时检察官维尔福的父亲诺瓦蒂埃派人传话，要求弗朗兹去见见他。弗朗兹毅然决然地去了，弗朗兹到了后，诺瓦蒂埃便指示仆人给弗朗兹递上了一份会议纪要，要求弗朗兹读一遍。不读不知道，一读吓一跳，这封会议纪要上面竟然记载着弗朗兹的父亲遇害的全部真相，凶手便是诺瓦蒂埃。这个事实令弗朗兹崩溃了，事已至此，这桩婚事必然是不成了。

检察官维尔福家的婚事暂时先告一段落，我们来看看唐格拉尔家和费尔南家的联姻情况。自从上次在伯爵唐家聚会之后，小蒂便开始追求唐格拉尔的女儿**欧仁妮·唐格拉尔**（为了好记，我们就叫她**欧仁妮**）。唐格拉尔恨不得立刻就把女儿嫁给小蒂，因为这样他就能得到意大利富商老蒂的财产。时间一晃，费尔南找上了唐格拉尔，两家人正式谈起了子女结婚的事情。费尔南本以为这次的提亲只是走个流程，万万没想到唐格拉尔竟然反悔了，费尔南追问原因，唐格拉尔表示取消子女的婚约是迫于无奈，还有一些不能说出口的原因。费尔南很是无语，但婚姻毕竟不是买卖，两个人也只能不欢而散。

第二天，报纸上刊登了一篇报道，内容是一个叫费尔南的法国将军出卖了自己上司的事情。

这篇报道一出，唐格拉尔就有了合理的理由拒绝这份婚约。但阿尔贝相信他的父亲肯定干不出这种事情，一定是有人诬陷，所以报道上的费尔南一定是其他的家伙。一气之下，阿尔贝打算找写这篇报道的编辑决斗，这个编辑表示他冤得很，最后两个人达成协议，阿尔贝给这个编辑三周的时间调查清楚此事。当然，这些都在伯爵唐的复仇计划内，这招就叫"让子弹飞一会儿"，既能让阿尔贝看清费尔南的嘴脸，还能让事情继续发酵一会儿，这样才能造成更大的伤害。

回过头来，我们再看看检察官维尔福家。莫雷尔来找瓦朗蒂娜，瓦朗蒂娜打算和爷爷诺瓦蒂埃一起离开这个是非之地。就在他们谈话期间，瓦朗蒂娜注

《基督山伯爵》

意到门口的仆人热得直流汗,瓦朗蒂娜好心让仆人喝桌子上的柠檬水,仆人也没多想,直接就喝了,没过多久,仆人开始痛苦地呻吟,呼吸异常,瓦朗蒂娜直呼医生,一阵抢救后最终没能救下仆人。检察官维尔福感到吃惊,是谁敢在一个检察官的眼皮底下杀人?这事要是传出去了,以后他还怎么混?经过一番调查,他们发现仆人之所以会死是因为喝了那杯柠檬水,这种毒死人的事件他们第二次见到了,第一次被毒死的便是瓦朗蒂娜的外婆。医生通过现场推断,这次毒死仆人应该是个意外,如果仆人不喝,最有可能喝下的就是检察官的父亲诺瓦蒂埃,瓦朗蒂娜好心帮忙,却酿成惨剧,不过就算凶手得逞,诺瓦蒂埃因为本身生病,长期吃药,对这种毒药已经有了耐药性,所以也不致死。

诺瓦蒂埃前几天立了遗嘱,写明自己会留给瓦朗蒂娜一部分遗产。也就是说,如果诺瓦蒂埃死了,瓦朗蒂娜就有钱可拿。这不得不让医生怀疑,瓦朗蒂娜就是这两起下毒案的罪魁祸首。事已至此,检察官维尔福跪了下来,希望医

| "费尔南将军出卖上司"的报道 |

生不要对外人说起。检察官维尔福自诩是法律的代言人,却不想家里三番两次地出现谋杀案,他十分害怕好名声会被毁掉。医生答应了他的请求,和他家断绝了联系,他家里的那些仆人也开始纷纷请辞,都害怕成为下一个被毒害的人。

(四)复仇结束,功成身退

唐格拉尔刚和费尔南家解除婚约,就马上约小蒂,提出他的条件:"如果你肯娶我的女儿,我给五十万的陪嫁。"小蒂一听到这个数字,立马改口,直呼唐格拉尔为岳父。他们真的是各自打着各自的算盘,都被蒙在鼓里。这个婚约两个人一拍即合,小蒂甚至还在唐格拉尔手里提前预支了两万零花钱。

感觉自己发达的小蒂回到旅馆,然后被告知有人约他明早见面。小蒂连想都不用想,就知道一定是卡德鲁斯找他,小蒂感叹卡德鲁斯太贪心,留到以后肯定是个祸害,为了永绝后患,小蒂想出了借刀杀人的方法。小蒂约了卡德鲁斯,给他带去了一个重磅的消息,伯爵唐就是小蒂的亲爹,伯爵唐的财产能堆成山,直接明示卡德鲁斯:"你就去偷吧,一点难度都没有。"面对如此没有质量的谎言,卡德鲁斯竟然信以为真,甚至当天夜里就打算行动。

> 从某种意义上来说,卡德鲁斯也算是个老实人了。

怂恿了卡德鲁斯后,小蒂提前给伯爵唐写了一封匿名提醒信,通知伯爵唐今晚有贼,提醒他做好防备。收到信后,伯爵唐一看,什么贼敢在他那儿动土呢,索性决定陪贼玩一玩。伯爵唐对外放出他要出去旅游,家里没人的消息。实际上,伯爵唐带着仆人悄悄回到家里,拿着手枪和斧头守株待兔。

月黑风高,一个黑影在墙外放风,一个黑影翻墙而入。伯爵唐一看,这不是老熟人卡德鲁斯吗?为了让游戏更加好玩,伯爵唐换上神甫的马甲(教士唐),出现在了卡德鲁斯面前。卡德鲁斯被突然出现的教士唐吓了一大跳,

| 唐戴斯和倒下的卡德鲁斯 |

教士唐顺着这个节奏开始套话，"你是谁""从哪儿来""为何偷盗""如果不说，死后是要下地狱的"，卡德鲁斯被吓蒙了，赶紧说出了实情。教士唐得知卡德鲁斯是因为杀人被关进监狱的，而且是和小蒂关在一起的。有一个勋爵帮助小蒂逃狱，他也跟着逃了出来，不过不同的是，小蒂出来后有了富裕生活，而卡德鲁斯还是穷困潦倒，如今为了生活只能偷窃。总之一切都不是他的错，他就是运气不好而已。我们通过前面的叙述可以知道，帮助小蒂逃狱的勋爵就是唐戴斯。唐戴斯为的就是实现他的复仇计划，卡德鲁斯只是捡漏了。

如今，卡德鲁斯觉得就算是死也要拉个垫背的，掏出了刀向伯爵唐刺了过去，还好伯爵唐有一身武艺，两三下就制服了他。紧接着，伯爵唐让卡德鲁斯把小蒂是个逃犯的事实写在信纸上，然后填写了唐格拉尔家的地址。伯爵唐的目的达到了，也就让卡德鲁斯走了。但和卡德鲁斯一起来的"伙伴"可不会轻易放过卡德鲁斯，直接刺了他几刀。卡德鲁斯拼尽力气大喊救命，伯爵唐闻声而来，将他移进房内，让仆人去找检察官和医生。卡德鲁斯自知活不了多久了，临死前说出背刺他的就是小蒂，本着自己死了也不能让对方好过的原则，他写下了告发小蒂是凶手的信件。伯爵唐向卡德鲁斯细数了他这些年的罪过，但是卡德鲁斯总有借口，总觉得他很委屈。唐戴斯卸下了伪装，让卡德鲁斯看看自己到底是谁。卡德鲁斯好像回光返照一样来了精神头："你不会是……"

273

唐戴斯当然知道他要说什么，于是凑到他的耳边说出了自己真正的名字——唐戴斯。卡德鲁斯闭上了眼睛，彻底死了。唐戴斯看着卡德鲁斯被死亡折磨得变了形的尸体说道："一个。"

接下来两周，伯爵唐家里的偷盗案上了"热搜"第一名。只可惜公众的视线从来不会为一件事情停留，三周后霸占榜首的消息是唐格拉尔的女儿和小蒂的婚事。

话分两头，前面提到阿尔贝看到报纸上出现了一位名为费尔南的军官出卖上司的报道，现在撰写此报道的编辑带着调查到的结果找到阿尔贝。有证据表明，出卖上司的那位名为费尔南的军官就是他父亲。但编辑表示作为阿尔贝的朋友，会替阿尔贝保密，把这些证据都用火烧了。这下证据确凿，阿尔贝陷入了深深的郁闷中。编辑提议他去伯爵唐那儿散散心。两个人见面后，得知这个情况的伯爵唐提议要不他们一起出门旅旅游、散散心好了。择日不如撞日，当晚就出发。旅游第三天他们收到消息，费尔南的往事被另一家报纸指名道姓地报道出来了，这下尽人皆知。阿尔贝看到这张报纸，立马和伯爵唐告别回到家里。原来别家报纸收到了匿名证据，自然不会放弃这个爆炸性新闻。阿尔贝一肚子的气不知道该往何处撒。

另外一边，费尔南不知道此事，还和平时一样准备参加日常会议。没想到今天的会议和以往不同，会议上，他的一位宿敌拿着他的新闻报道直接开怼，议员们纷纷要求费尔南自证清白。好在费尔南也聪明，他早就想过会有这么一天，他一一出示了早就准备好的证据。就在议员们觉得错怪了费尔南的时候，事情反转了，海黛来了，还带来了她的身份证明、卖身契，她作为人证指证背主求荣的费尔南。同时，海黛阐述她是看到报纸后赶来这儿报仇的。伯爵唐还在外地旅游，对此事丝毫不知。这下费尔南露出和平时截然不同的狼狈模样。结合费尔南的反应，议员们就知道这是海黛"实锤"费尔南了。在所有人的鄙夷下，费尔南发疯一样地逃了出去，他被定罪为叛逆罪、投敌罪，被剥夺了公民权利。

《基督山伯爵》

> 我寻思着这判得算是轻的吧？

费尔南卖主求荣的事实被揭发，阿尔贝除了感到羞愧，还感到愤怒，他决心要找揭发他父亲的那个人决斗！顺藤摸瓜，他查到了唐格拉尔。唐格拉尔一下就猜到了阿尔贝的意图，他开始推卸责任，说他调查费尔南都是因为伯爵唐的教唆。阿尔贝虽然愤怒，但也明白费尔南才是一切错误的根源，无奈他心里憋着一口气，必须找一个能迁怒的人。同时，他想通过一场决斗来洗刷他身上和费尔南流着同样的血的羞愧。

晚上阿尔贝来到歌剧院，挑衅伯爵唐，他们最终约定于第二天的上午十点决斗，武器什么的随阿尔贝决定。伯爵唐回到家后便开始擦拭他的手枪，这时门外来了一个戴着面纱的女子，祈求道："唐戴斯，别杀我的儿子。"原来，这个戴着面纱的女子是梅塞苔丝。事情到了这个地步，伯爵唐承认了他就是唐戴斯，唐戴斯借着这个话题说出了自己被捕和坐牢的真相。知道了真相的梅塞苔丝还是希望唐戴斯能够宽恕阿尔贝，她劝唐戴斯道："请你在有罪的人身上报仇，在费尔南身上报仇，在我身上报仇，但你不能动我的儿子！"梅塞苔丝讲起唐戴斯被抓走后她悲痛的回忆，唐戴斯终究是动容了，他被说服了。他向梅塞苔丝承诺阿尔贝会活下去，但代价是自己会死。梅塞苔丝镇静地接受了唐戴斯视死如归的牺牲，还说唐戴斯的举动是高尚的、伟大的、崇高的。见目的已经达到，梅塞苔丝便离开了，只剩唐戴斯独自一人在家里后悔自己在复仇的时候为什么不把心摘下来。

> 好人难做啊！

按照当时的主流，决斗只要进行，就必须以一个人的死亡终止，唐戴斯做出承诺就一定会做到。

约定决斗的时间到了。阿尔贝的几位朋友纷纷到场见证，在大家都以为决斗要开始的时候，阿尔贝竟然道歉了。伯爵唐一下子明白，为什么梅塞苔丝昨天对自己视死如归的样子视而不见，因为梅塞苔丝早就确定他的牺牲是不需要兑现的。场面一片温馨。回到家，阿尔贝和梅塞苔丝都开始收拾东西，他们下定决心摆脱那个家。

狼狈而逃的费尔南懦弱地藏了起来，他知道儿子要和伯爵唐决斗的消息后，就打算在家藏着，看儿子能否回来。结果儿子回来了，费尔南猜想一定是伯爵唐被杀了，但是为什么好儿子没主动投入他的怀抱呢？费尔南派仆人前去询问决斗的结果，得到的反馈却是儿子向伯爵唐道歉了。费尔南觉得儿子太尿了，打算亲自上阵，于是恬不知耻地来到了伯爵唐府上挑衅，费尔南看到伯爵唐穿着水手服的时候，感觉这样的伯爵唐有些眼熟。伯爵唐刺激费尔南道："我的名字你应该猜到了吧，你应该在梦里经常见到的，尤其是你娶了我的未婚妻之后！"费尔南认出来伯爵唐是谁了，落荒而逃。失魂落魄的费尔南回到家，发现他的儿子和妻子正准备离开这个家。这对费尔南来说如晴天霹雳，他对人生绝望了，回卧室后便用枪自尽了。对比唐戴斯十四年的冤狱，这样轻松干脆的死法实在是便宜费尔南了，但同时也证明了费尔南确实是不堪一击的。这是唐戴斯复仇路上死的第二个人。

现在让我们把目光转到检察官维尔福家。瓦朗蒂娜的爷爷诺瓦蒂埃意识到了危险，开始着手做两件事：一件事是计划和瓦朗蒂娜从检察官维尔福家里搬出去，另一件事就是要瓦朗蒂娜每天喝一点自己的药来产生抗药性，以防家里的毒下到她的头上。莫雷尔做完阿尔贝和伯爵唐决斗的见证人之后，来找女朋友瓦朗蒂娜。刚好唐格拉尔夫人和女儿来串门，瓦朗蒂娜便先去接待她们了，她中途口渴，喝了半杯水，然后脸色越来越不好，结果在回到爷爷房间的时候，瓦朗蒂娜直接晕倒，症状和之前仆人中毒时的情况一模一样。检察官维尔福去找医生，医生一点也不意外，但在听到这次晕倒的人是瓦朗蒂娜时，他很吃惊，如今瓦朗蒂娜也中招了，就说明凶手另有他人。诺瓦蒂埃和医生沟通，告诉医生他知道有人要害他或瓦朗蒂娜，就暗中让瓦朗蒂娜每天喝一点他的药，建立抗毒性，所以她现在才只是晕倒。而莫雷尔在瓦朗蒂娜晕倒之际就赶紧去找伯爵唐，希望伯爵唐能帮他，因为这次倒下的瓦朗蒂娜是他心爱的女人。听到这儿，伯爵唐马上不淡定了，百密一疏，伯爵唐万万没想到莫雷尔会喜欢上他敌人的女儿。最终，伯爵唐还是答应了帮瓦朗蒂娜挺过这次毒杀。我们来猜一猜，伯爵唐会怎么做呢？

> 复仇大计的路上，怎么会杀出来个"恋爱脑"呢？

当晚，检察官维尔福家隔壁就被一位神甫租了下来，这位神甫就是教士唐，他租下隔壁是用来实施他的计划的。检察官维尔福家出事两天后，唐格拉尔的女儿和小蒂的订婚仪式打算在晚上举办。为了稳住小蒂，伯爵唐告诉小蒂，他父亲给他结婚用的三百万已经到账了，等他结完婚就能自由支配了，而且岳父唐格拉尔还有一个铁路投资的项目，也能赚很多钱。一听有这么多的钱，小蒂乐呵呵地去订婚了。

所有巴黎贵族都被邀请到了订婚现场，维尔福夫人在晚会上与其他贵族闲聊，说她的丈夫因为伯爵府上的盗窃杀人案在家忙得不可开交。伯爵唐刚好接上这个话题，说是因为前些日子仆人找到一件血衣，里面有封信，收信人竟然是唐格拉尔，伯爵唐"十分担心"这是一个阴谋，就赶紧把这些东西交给了检察官维尔福处理。听到这个消息的小蒂慌得不行，他悄悄地往门口的方向挪动。在众人闲聊之际，一队宪兵来到唐格拉尔的府上，说要逮捕小蒂，因为他是个逃犯，还杀了人。现场一片哗然，结果往四周一看，小蒂早已经逃之夭夭。这时，所有人都知道了小蒂是个杀人犯，这个消息爆炸式传开。小蒂东躲西藏，原本是打算在旅馆休息一晚，第二天离开法国的，结果他在起床的时候发现有一队宪兵在搜查旅馆。他急中生智，从屋子里的烟囱爬了出去，结果脚底一滑，摔了下去，小蒂就这样落网了。

我们再来看看检察官维尔福家的投毒案。瓦朗蒂娜中毒后一直精神恍惚地躺在床上。今晚，她清醒了一些。她看到伯爵唐来到了她的房间，伯爵唐说他是被莫雷尔派来的，这几天都是他在夜里保护她，倒掉毒药。瓦朗蒂娜惊呆了，怎么会有人持续给她下毒呢！伯爵唐看了看时间，觉得下毒者差不多快来了，让瓦朗蒂娜装睡，好亲眼看看下毒者是谁。伯爵唐藏到书架后面，瓦朗蒂娜开始装睡。她听到往水杯里倒入液体的声音，偷偷看了一眼，竟然是她的继母——维尔福夫人。维尔福夫人下完毒后偷偷退出了房间。凶手走后，瓦朗蒂娜便不再装睡，她不懂继母为什么非要让她死掉。伯爵唐点出她的继母的目的，瓦朗蒂娜继承了她外公、外婆的财产，只要她死了，她的财产就全归维尔福了，那维尔福夫人的亲生儿子作为独生子，就可以继承维尔福的全部财产了。伯爵唐安慰瓦朗蒂娜，至少现在已经知道了敌人是谁，他会一直保护瓦朗蒂娜。瓦朗蒂娜得到了安慰，她愿意和伯爵唐一起揭露这个坏女人，于是她服下了伯爵唐给的药丸，昏睡过去，继续装死。接着，伯爵唐帮她盖好被子，把水杯中的毒药倒出去一部分，装作瓦朗蒂娜已经喝了一部分一样。正如伯爵唐预料的，维尔福夫人偷偷跑到瓦朗蒂娜的房间确定毒药是否奏效，看到瓦朗蒂娜有中毒的症状才放下心来。

第二天，瓦朗蒂娜被宣告死亡。检察官维尔福难以接受这个事实，医生发现了杯中残留的水里有毒药，还注意到维尔福夫人悄悄地离开了房间。莫雷尔每天都会来到诺瓦蒂埃的房间和瓦朗蒂娜见面，但他今天来了后发现情况不对劲，很快就知道了出事的是瓦朗蒂娜，他立即迸发出超出常人的力量，抱着诺瓦蒂埃的轮椅就来到了二楼瓦朗蒂娜的房间。听到瓦朗蒂娜死了的消息后，他崩溃了。莫雷尔希望检察官维尔福能够严惩凶手，医生和诺瓦蒂埃也坚持要维尔福将凶手绳之以法。在众人的施压下，检察官维尔福只能承诺用法律来处理此事，但希望众人在有结果之前不要将此事宣扬出去。得到检察官维尔福的承诺后，众人开始准备处理瓦朗蒂娜的后事，检察官维尔福邀请隔壁的神甫来帮忙做女儿的死亡祷告，这位神甫自然就是教士唐。

《基督山伯爵》

所有社会名流都出席了瓦朗蒂娜的葬礼，只有莫雷尔、伯爵唐和唐格拉尔没参加。伯爵唐趁着这个空隙去拜访了唐格拉尔，伯爵唐提出了要在他手里取出五百一十万法郎，伯爵唐之前同他预定的是提六百万法郎，已经取出九十万了。伯爵唐今天刚好有急用，拿着收据就来了。唐格拉尔手里有原本要给济贫院的五百万，还差十万现金，于是伯爵唐随口提议用手上的五百一十万的收据换五百万现金，剩的十万就当是送给唐格拉尔的手续费了。白赚十万的买卖唐格拉尔可是不会错过的，他一口答应下来。伯爵唐刚走，济贫院就来了，唐格拉尔和负责人说推迟到第二天给钱。但唐格拉尔实际上已经没什么钱了，他现在就是拆了东墙补西墙。送走了济贫院的人后，唐格拉尔拿好护照计划跑路。对唐格拉尔这个守财奴来说，有钱没命花比有命没钱花更痛苦。唐格拉尔夫人收到信后，得知唐格拉尔准备跑路便慌了，她马上去找了她的情人，但她的情人立马跟她划清了界限，把之前合作赚的钱一分为二，从此两清。唐格拉尔夫人伤透了心，只好拿钱就走。

> 咱小声地说一句，其实能拿到钱就算不错了……

我在前面说没参加葬礼的还有莫雷尔，那莫雷尔此时在干吗呢？

伯爵唐离开唐格拉尔家之后就去参加瓦朗蒂娜的葬礼了，他注意到离人群远远的莫雷尔正观望着葬礼仪式。等到众人离开后，莫雷尔才来到瓦朗蒂娜的墓前待了一会儿，然后回家。伯爵唐察觉到了他的不对劲，果然，伯爵唐发现回到家的莫雷尔竟然在写遗书，抽屉里还放着手枪。于是伯爵唐出手制止，莫雷尔很生气，指责伯爵唐："你明明答应保护好瓦朗蒂娜，你却没做到，现在你没权利管我是否自杀！"伯爵唐说："我是世界上唯一有权利说这话的人。"他不愿意看到老莫的儿子重蹈覆辙，在这种情况下，伯爵唐表示他就是唐戴斯，就是当年救莫雷尔的父亲及其家族产业于水火之中的人，莫雷尔愣了一下，然后火速地跑出来喊家里人。这么多年过去了，他终于找到恩人了。一番感慨后，莫雷尔还是不肯放弃自杀，伯爵唐看着这个油盐不进的"恋爱脑"，提出让莫雷尔跟着他一个月，一个月之后莫雷尔要是还想自杀，他便不拦着了。

瓦朗蒂娜"去世"后，检察官维尔福用工作麻痹他自己，整理完卡德鲁斯被杀案件后，他到花园中透气，遇到了诺瓦蒂埃，诺瓦蒂埃用眼神逼问维尔福，关于瓦朗蒂娜的死，他什么时候能给出一个交代，维尔福知道他拖不了多久了。之前医生的检测和他的夫人的种种行为，基本确定了他的夫人就是凶手，现在维尔福要有所行动了。身为检察官，他决不允许他家发生凶杀案，这是有损家族荣誉的。他要求维尔福夫人用杀人的毒药自尽，而且要在他回来之前喝下毒药，不然就算是名誉扫地，他也要揭发他夫人的罪行。然后，维尔福把夫人锁在房间里，就去上班了。

现在检察官维尔福要先去审判卡德鲁斯被杀一案了。这次开庭很多社会名流都来了，被告小蒂从门里走出来，明明大难临头，小蒂却一点也不慌。在开庭前，伯爵唐的管家到监狱里找到他，告诉小蒂他的真实身份其实是检察官维尔福的儿子。检察官维尔福在法院上提出对小蒂的起诉，小蒂都承认了。当庭审进入审问阶段时，小蒂开始反客为主，要求变更提问顺序。第一个问题是问小蒂的真实名字，小蒂要求最后回答，然后先说自己的年龄和出生地点，检察官维尔福越听脸色越差。最后回到姓名上，小蒂说他也不知道他的名字是什么，但是他知道父亲的名字是什么，然后说出了维尔福的名字。工作人员表示小蒂这是戏弄法庭，小蒂便讲起他在出生时被认为是死胎，然后被维尔福埋在后花园，在巧合下被人挖出来并抚养大，但是他因为邪恶的本性还是走上了歪路。在重压之下，维尔福承认了小蒂说的都是事实，表示他将在家等候新检察官的处置，接着就离开了法院。小蒂非常平静地接受了一切安排，对此刻的他来说，对父亲维尔福的恨意已经抵过了一切吧。

坐在马车里的维尔福思绪混乱，他想到了他的夫人，如今他的罪行被爆出来，和夫人算是半斤八两了，两个人既然都有瑕疵，那么就还能好好地生活下去，他不能让夫人也离他而去。

《基督山伯爵》

但他还是回来晚了，维尔福夫人已经服毒自杀，还带走了他们无辜的儿子。私生子没了，儿子没了，女儿也没了，他什么都没有了，检察官维尔福不堪重负，全家只剩下他和他的死对头父亲了。他来到父亲的房间，发现除了诺瓦蒂埃，神甫也在。神甫摘下头套和伪装，检察官维尔福认出了眼前的人就是伯爵唐，在提示下，维尔福认出了眼前的人就是当年的唐戴斯。回忆像猛兽般袭来，维尔福就这样疯了，他开始发疯似的在花园里寻找曾经埋下的孩子。伯爵唐被维尔福发疯的样子震惊到了，他开始怀疑自己是不是复仇过度了。接着他便离开了维尔福的府邸。

心乱的伯爵唐便带着莫雷尔离开巴黎，回到了马赛，伯爵唐希望莫雷尔能像其父亲一样不要放弃希望，他让莫雷尔去老莫的墓地祭拜，而他自己则去办点私事。

唐戴斯来到了伊夫堡，这儿是曾经关押他的地方，如今已经变成一个景点。唐戴斯没想到维尔福的夫人和小儿子会死去，他对自己的复仇产生了动摇和后悔，重游故地，希望能找到答案。在导游的带领下，唐戴斯来到了曾关押他和神甫的牢房，导游讲述起曾经有个犯人逃狱的传奇故事。导游不知道的是，正主就在他的面前。

导游在讲述逃狱的故事时，表示了对这两个犯人的同情。唐戴斯从口袋里摸出几块金币给导游，导游送了一件东西给伯爵唐——居然是神甫的遗物，一个写着字的布条——主说你将拔去龙的牙齿，你将傲然地把狮子踩在脚下。神甫的手稿一下子给唐戴斯指明了方向，消除了他心中的疑虑。神甫肯定了唐戴斯的复仇是神圣的，给多年后的唐戴斯送去了力量。唐戴斯重新归来，让那些曾导致他被关进监狱里的人都倒霉去吧！

要燃起来了！兄弟们！

伯爵唐带着莫雷尔来到了老莫的墓前，对迷茫的莫雷尔讲了他年轻时的遭

281

遇，再次鼓励莫雷尔。他告诉莫雷尔他要去意大利了，不过会在一个月之约的最后一天回来，到时候在基督山岛上见。

唐戴斯去意大利是要干吗呢？他当然是去找最后一个仇人唐格拉尔。

前面说到唐格拉尔卷钱跑路，殊不知他此时已经被伯爵唐的强盗朋友万帕盯上了。唐格拉尔没想到他会被绑架，但是转眼一想，强盗无非是想要钱，给强盗几万应该就够放了他的。

唐格拉尔被带到万帕面前，万帕让手下带唐格拉尔去牢笼里睡一觉。睡醒后，唐格拉尔乖乖等着强盗要赎金，但左等右等也没人来要，这时的唐格拉尔已经二十四小时没吃饭了，他喊来守卫说他要吃饭。守卫表示他想吃什么都可以说出来，有厨师给他做。唐格拉尔还觉得这儿挺人性化的，不客气地点了烧鸡。没过一会儿，烧鸡就来了。就在他想要吃的时候，守卫拦住了他，说所有食物的价格都是十万，付钱就能吃。唐格拉尔表示他没那么多钱，守卫说他身上的五百多万可是够他吃五十多只烧鸡。唐格拉尔饿得不行，最终乖乖地付了十万。

吃饱后，唐格拉尔开始反思，这么贵的饭不能多吃，但人是铁，饭是钢，一顿不吃饿得慌，十几天后，唐格拉尔就剩五万了。这时唐格拉尔的心境转变了，他宁愿饿死，也不再花钱了。在挨饿期间，唐格拉尔陷入幻觉，他从一间简陋的屋子里看见老人在病床上痛苦地呻吟，最终因饥饿撞地而死。

恍惚间，唐格拉尔听到一个声音问他："那您忏悔了吗？"唐格拉尔喊着："我忏悔！我忏悔！"一个人从阴影中走了出来，唐格拉尔认出了他，"基督山伯爵！"。唐戴斯说他猜错了，开始给出提示，直到他说出伯爵唐的本名——唐戴斯。

唐戴斯原本是想让唐格拉尔体验一下被饿死的感觉，但经历这么多事后，唐戴斯最后选择了宽恕，因为唐戴斯也需要被宽恕。唐戴斯告诉唐格拉尔，强盗们会放了他，最后那五万也留给他，但之前花出去的那五百万已经捐给济贫院了，让他别再惦记了，然后让唐格拉尔吃了一顿饱餐，放走了他。

《基督山伯爵》

重获自由的唐格拉尔在路边的树下待了一夜。第二天天一亮，唐格拉尔便到小溪边喝水，他发现水中的他头发全白了。

正是在这个阳光明媚的早上，唐戴斯和莫雷尔在基督山岛上相见。尽管唐戴斯一直开导莫雷尔，但莫雷尔还是想不开。唐戴斯把他带到岛上的一个洞里，给了他一勺药，莫雷尔以为是毒药，毫不犹豫地服下。这时，唐戴斯打开了另一扇门，瓦朗蒂娜从里面走了出来。莫雷尔感觉自己好像看到了瓦朗蒂娜，他以为自己到天堂了。

看着莫雷尔和瓦朗蒂娜重逢，唐戴斯为他们感到高兴，他想把海黛托付给他们。"为什么？"海黛站在不远处问道。唐戴斯表示他希望海黛忘记他，去过幸福的生活。可是，海黛认为只有在唐戴斯身边才能幸福，并表达了她对他的爱。如今完成复仇的唐戴斯，终于注意到了身边的海黛，他现在又是"可爱"的人了。最后唐戴斯搂着海黛和瓦朗蒂娜告别。

| 遥望海面的瓦朗蒂娜和莫雷尔 |

不久后，莫雷尔醒了过来，他绝望地喊道："伯爵骗人！"他想拿刀自尽，他旁边的瓦朗蒂娜赶紧拦住他，他才反应过来原来瓦朗蒂娜没死！瓦朗蒂娜隔天和莫雷尔说了一切的真相。这时，有个人来送信——唐戴斯写信告诉瓦朗蒂娜她父亲发疯和她弟弟去世的消息，她流下了心碎的眼泪。两个人问送信的人唐戴斯和海黛人在何处，送信的人指向大海，瓦朗蒂娜和莫雷尔看见有一片白帆在海上漂荡。

莫雷尔问瓦朗蒂娜他们还能再见到唐戴斯吗，瓦朗蒂娜指着唐戴斯的信说，人类的全部智慧就包含在"等待和希望"这五个字里面！

掩卷遐思
情节思考

作者大仲马曾表示，当你拼命想完成一件事的时候，你就不再是别人的对手，换句话说，别人就不再是你的对手了。其实，不管是谁，只要下了这个决心，他就会立刻觉得增添了无穷的力量，他的视野也会随之开阔了。我们在面对困境时，放弃才是真的输了。

唐戴斯这个角色是一个常读常新的角色。第一次看，我们会对他的复仇拍手称快，恨不得他快一点手刃每一个仇人，我们会沉浸在故事的爽感之中。第二次看，我们会发现看到的不仅仅是他的复仇，还有他面对逆境时的态度。面对逆境，你会如何选择呢？我们敢不敢像唐戴斯一样躲进麻袋中搏一把呢？我们会不会默默地在监狱里安静地老去呢？唐戴斯在逆境中努力找寻希望的曙光，在复仇时也不忘心怀感恩。

不过我有两个问题：复仇真的能解决问题吗？唐戴斯真的能在复仇中得到前所未有的痛快的感觉吗？其实未必，在整个复仇的过程中，我们可以看到唐戴斯找回本心的过程，从绝望，到享受，再到孤独，以及醒悟。这何尝不是我们一生中的某些瞬间呢？

《基督山伯爵》

当然，未经他人苦，莫劝他人善。我们评价他人总是高高在上的，可以说是站着说话不腰疼，所以当你认为唐戴斯应该这样去做的时候，本质上是我们把自己映射在这个角色上面，我们在那一刻便是唐戴斯，选择复仇还是原谅，都在我们的一念之间。

当然，书中的唐戴斯最后认为，对他人的恨本身就是对自己的一种惩罚，它无休无止，没有尽头，比起自我煎熬，宽容和内心的平和比复仇更有价值。原来，放下才是人生真正的胜利。

————————置身事内————————

如果你是唐戴斯，你会以怎样的方式重新回归呢？

如果你是唐戴斯，你会饶过唐格拉尔吗？

作者其人

大仲马于一八〇二年七月生于法国的维莱-科特雷，他从小与母亲相依为命。儿时的大仲马酷爱英国作家笛福的冒险小说《鲁滨孙漂流记》、法国作家费纳隆的《忒勒马科斯历险记》等，这也奠定了大仲马的创作基础，他偏爱用曲折离奇的故事，通过人物的心路历程或冒险经历，向读者阐述他的人生观或价值观。

少年大仲马多从事文字抄写工作，出于对戏剧事业的热爱与向往，二十一岁的大仲马只身来到巴黎闯荡。

一八二九年，他写的剧本《亨利三世及其宫廷》问世，获得了巨大的成功。

一八三一年至一八五〇年，他写了大量剧本和小说，极其高产，其中最为知名的就是《三个火枪手》和《基督山伯爵》。他的名气越来越大，成了法国的畅销书作家，巨额的稿费和版税使他成了百万富翁。

一八七〇年,大仲马病逝,享年六十八岁。

二〇〇二年,他的遗骸由他的家乡运抵巴黎,被迁入巴黎先贤祠,同伏尔泰、卢梭、雨果等文豪一样享有崇高的荣誉。

结束语

　　大仲马的一生充满了传奇色彩,他的作品更是影响了无数读者。我们在他的作品中不仅享受到了阅读的乐趣,还在其中汲取了智慧和力量。希望大家在了解这部小说之后,在面对困境和挫折的时候,保持希望和勇气,不断地寻找解决问题的办法。我们只要有坚定的信念和勇气,就能够克服一切困难,成为更好的自己。